從妳的全世界消失

羅絲・華許 Rosie Walsh —— 著

林曉欽 譯

The Man Who Didn't Call

獻給所有等不到電話而承受打擊、
尤其是不曾以為自己在乎的你。

也許，只有在我們不知道自己愛上誰的時候，
我們才能真正墜入情網。

——艾倫．狄波頓（Alain De Botton），《愛情筆記》（*Essays in Love*）

第一部

莎拉

1

親愛的妳：

距離那個陽光普照的清晨，我們微笑道別，已經過了整整十九年。我們從不懷疑彼此還能再見面，不是嗎？終究只是時間的問題，不是能不能的問題。事實上，那根本不是一個問題。未來似乎像扭曲的夢境邊緣一樣虛無飄渺，但確確實實地將我們包含於其中。我們一直在一起。

然而，並非如此。即使過了如此多年，我依然震驚不已。

從那天起，已經過了十九年。整整十九年！我依然在找妳，我永遠不會停止找妳。

妳總是出乎意料地來到。今天稍早，我被困在種種沒有意義的黑暗思想中，我緊緊攥著身體，就像金屬做的拳頭。剎那之間，妳翩然來到，一片明亮無比的秋葉，在蒼白如蠟的草坪上隨風盤旋。我拉直身體，嗅到了生命。我的雙腿感受露水，看見綠影，我想抓住妳，那些鮮亮的樹葉，它們在空中跳躍、旋轉和嘻笑。我想抓住妳的手，看著妳的眼睛。但是，就像視覺的黑洞，妳沉默地飛入小徑，我抓不住妳。

我永遠不會停止找妳。

2

第七天：當我們都知情

草地變得潮溼，漆黑且充滿活力。它朝著森林的黑色稜線延伸，螞蟻、笨重的蝸牛、編織輕盈絲網的蜘蛛，這群大軍讓草地顫抖。在我們的下方，地球正在替自己注入最後一絲溫暖。

艾迪躺在我的身旁，哼唱《星際大戰》的主題旋律。他的拇指撫摸我的拇指，緩慢而溫柔，彷彿天上的雲朵掠過美麗的月相。「一起去找外星人吧。」稍早，淡紫羅蘭的天色愈來愈濃郁，終於變成深紫色時，他說，我們還在這裡。

我聽見遠方山丘上，最後一班火車消失在隧道前的嘆息，我笑了，我想起自己和漢娜小時候常在那兒露營。在同一座鄉村的小田地，我們想要遠離迄今依然覺得微小的世界。

夏季的第一個徵兆來臨時，漢娜總是央求我們的父母搭起帳篷。

「當然好。」他們說：「只要妳們乖乖待在花園裡露營。」

花園四周平坦，位於我們家的正前方，幾乎所有窗戶都能看到花園。漢娜從不滿足，她的冒險精神永遠勝過我，儘管她比我小五歲。她渴望田野。田野蔓延而上，直到我們家後方的陡坡，形成一塊大小足以搭起一座帳篷的小平地。沒有任何人看得見那塊平地，只有天空。周圍都是堅硬的牛糞，地勢很高，幾乎可以俯視我們家的煙囪。

我們的父母不太喜歡田野。

「放心，我會很安全的。」漢娜總是如此堅持，她的聲音雖輕，卻透著跋扈（我如此懷念她的聲音）。

「艾利克絲會陪我。」她是漢娜最好的朋友，幾乎時時刻刻待在我們家。「還有莎拉，要是殺人犯出現了，莎拉會保護我們。」

彷彿我是個身強體壯的男人，能夠揮出厲害的右鉤拳。

「況且，如果我們去露營，妳就不用替我們準備晚餐或早餐了……」

漢娜就像一臺小推土機——隨時都知道如何反駁你——而我們的父母永遠都會退讓。起初，他們和我們一起在田野露營；到後來，我陷在青春期的糾結叢林裡奮戰，父母終於同意讓漢娜與艾利克絲單獨睡在帳篷中，我就當女孩的貼身保鏢。

我們躺在父親老舊的節慶帳篷中——那是一個笨重的玩意兒，用橘色的帆布做成，看起來就像一間小屋——聆聽篷外青草演奏的交響曲。我通常會保持清醒，等妹妹和她的朋友睡著許久之後，才會入眠，思忖著有人闖入帳篷時，我能怎麼保護女孩們。保護漢娜的必要——不只是睡在帳篷裡，而是時時刻刻——猶如胃中的熔岩，也似一座無法駕馭的火山。話說回來，我又能怎麼做呢？讓我那青少年的纖弱手腕施展空手道嗎？還是拿著烤棉花糖的棒子刺向侵入者？

優柔寡斷，缺乏自信。以前的家庭教師在評估報告上如此描述我。

「老師的報告還真是有用。」母親曾說，一如平常斥責父親的口吻。「別管老師，莎拉，妳要是真沒自信，就沒自信吧！這才是青春！」

想要保護漢娜的心情及內心的無力感激烈交戰，終究讓我筋疲力竭，沉沉睡去。明天一大早，我還要起床整理漢娜和艾利克絲撿來的各式各樣噁心物品，準備製作她們惡名昭彰的「早餐三明治」。

我將一隻手放在胸口，試著讓回憶變得黯淡。這不是一個適合悲傷的夜晚。這個夜晚屬於當下，艾迪和我，以及我們之間持續成長的巨大情感。

我專注聆聽夜裡傳來的林地聲響，柔軟的窸窣聲，哺乳動物的腳步聲，樹葉搖曳的綠色細語，艾迪平靜的呼吸起伏。我傾聽他的心跳，靜靜地從針織衫傳來，艾迪的平穩讓我驚訝。「日久見人心。」我父親總是如此評論人們：「莎拉，妳必須耐心等待，慢慢觀察。」但是，我已經看著這個男人一整個星期，從未見到絲毫憂慮。他自然流露的許多特質，讓我想起我曾努力訓練自己在工作時應該表現的模樣：穩重、理性，不會因為任何非營利組織的得失成敗而煩惱——我花費多年心力練習，而艾迪似乎生來如此。

我好奇他是否能夠聽見我內心深處的暗潮洶湧。不過幾天前，我才剛分居，就要走入離婚和四十大關。然後，我遇見了他。

「哦！有隻獾！」我說，一隻低矮的動物形影穿過漆黑的視線邊緣。「不知道那是不是賽德瑞克。」

「賽德瑞克？」

「沒錯。但我猜牠不是賽德瑞克。獾能活多久？」

「十年左右吧。」艾迪笑了。我聽著他的笑聲。

「好吧，那就絕對不是賽德瑞克了，可能是牠的兒子，或孫子。」我停頓片刻。「我們都很愛賽德瑞克。」

他笑了，我感受到他身體的震動。「誰是我們？」

「我和我妹妹。我們以前常在附近露營。」

他轉身面對我，我可以從他的瞳孔中看見自己的臉。

「賽德瑞克小獾。我……妳。」他靜靜地說。他的手指掠過我的髮線。「我喜歡妳。我喜歡妳和我在一起。事實上，我非常喜歡妳和我在一起。」

我也笑了，對著那雙善良又真誠的眼睛、眼角紋路，以及堅毅的下巴線條。我握住他的手，親吻手指。他的手指經歷二十年的木工變得粗糙斑駁。我覺得自己似乎認識他多年，甚至像一輩子，彷彿某人暗中替我們牽線，也許早在出生時命定，然後督促、調整、計畫且安排，直到我們終於在六天前相遇。

「我有個非常感傷的想法。」漫長的停頓之後，我說。

「我也是。」他嘆息道：「就像這整個星期都將被寫入小提琴掃弦的樂譜中。」

我笑了，他吻吻我的鼻子。我不禁思考，為什麼一個人可以度過好幾週、好幾個月——甚至好幾年——只是庸庸碌碌活著，從未改變。可剎那之間，幾個小時之內，你的人生劇本徹底改寫了。要是當天我晚一點出門，就會直接搭上公車，不會遇見他，而我內心如此踏實且嶄新的感受，也將淪為錯失時機、無人聆聽的耳語。

「多談談妳自己。」他說：「我了解的不夠，我想知道一切，完整且毫無刪減的莎拉・伊芙琳・麥基人生故事；包括那些不好的片段。」

我不由得屏息。

我不是不明白，到了關係的某個階段就得面臨這種事，只是我還沒決定，一旦發生了我該怎麼做。**完整且毫無刪減的莎拉・伊芙琳・麥基人生故事；包括那些不好的片段**。或許，他真的可以接納一切。這個男人有一副盔甲，強壯得讓我想起堤防，或橡樹。

他的手滑過我臀部至胸口的曲線。「我喜歡這道曲線。」他說。

對於眼前如此自信的男人，或許可以將祕密、或所有真相告訴他，他能承受一切，不會造成任何實質上的傷害。

我當然可以對他談談自己。

「我有一個想法。」我說：「今天晚上，我們一起露營吧，假裝我們還年輕。我們可以生火、煮香腸，說故事。前提是你有帳篷，對吧？你看起來就像有帳篷的男人。」

「我的確是個有帳篷的男人。」他點頭。

「太好了！那麼，我們來露營吧。我會告訴你每件事，我……」我翻過身，看著窗外的夜晚。最後一根香氛蠟燭的火光模糊映照在遠方林地七葉樹的邊陲，毛茛在我面前的夜色搖曳。漢娜討厭毛茛，但女孩的驕傲讓她不願告訴我為什麼。

我的胸口好像有什麼正在升起。「太好了，露營能讓我想起好多回憶。」

「好，」艾迪微笑。「我們露營吧。但妳先過來，好嗎。」

他吻上了我的唇，一瞬間，全世界都安靜了下來，彷彿哪隻手按下靜音或轉小音量。

「我不要明天就是我們的最後一天。」兩個人的嘴唇要分開之際，他說。他的雙手緊緊圍繞著我，我感受到他胸口和腹部的溫熱，修剪過的短髮溫柔地搔著我的雙手下方。

聞著他肌膚傳來潔淨如沙的氣味，我心想，這親密感已是遙遠的回憶。我和魯本就寢時，彷彿靜置在床側兩頭的書架，平整的床單中央是一道忠誠的敬詞，訴說著一場失敗的婚姻。

「直到床單將我們分開。」一天晚上，我說，但魯本沒笑。

艾迪稍微拉開距離，我驀然看清他的臉。「我確實……聽好，我確實想過，我們是不是應該取消各自的計畫，我的假期和妳的倫敦之旅，我們下個星期就可以在田野裡打滾了。」

我讓手肘撐起身體。**我想要的，遠比你想的更多，**我心想。**我有過一段十七年的婚姻，在那歲月，我從未有過和你在一起時的感覺。**

「共度另一個星期，一定很完美。」我告訴他：「但是，你絕對不能取消假期。等你回來，我在這裡等你。」

「妳不會在這裡。妳會在倫敦。」

「你不高興嗎？」

「對。」他吻了我的鎖骨。

「別這樣。你回來之後，我很快就會回到格羅斯特郡。」

他的心情似乎並未好轉。

「你不生我的氣，我可能還會到機場等你。」我補充道：「我會站在人群中拿著牌子，租輛車去接你。」

他沉思半晌。「這樣很好。」他說：「非常好。」

「說定了。」

「還有……」他停頓，霎時間似乎變得猶疑不定。「我知道說這些太早，但等妳說完妳的故事，我煮了不曉得能不能吃的香腸之後，我希望我們可以認真談談。妳住加州而我住英格蘭，妳這次來英格蘭的時間太短了。」

「我知道。」

他使勁扯著暗處的草。「等我度假回來，我們可以相處……大概一個星期？隨後，妳就要回美國了？」

我點頭。在我們共度的這個星期，這是唯一的陰霾：我們終須一別。

「好吧，我想我們必須……我不曉得，做些什麼、決定些什麼，我不想就此放手。我不能忍受，我明明知道妳在世界上某處，卻不能和妳在一起。我覺得我們應該努力試試看。」

「沒錯。」我靜靜地說：「沒錯，我也這麼想。」我將手滑入他的袖子。「我一直有同樣的想法，但每當想說出口，就覺得害怕。」

「真的嗎？」他的聲音浮上笑意和輕鬆。我這才發現，他鼓起了相當程度的勇氣，才能討論這個話題。「莎拉，妳是我遇過最有自信的女人。」

「嗯。」

「妳確實如此，這是妳讓我如此喜歡的其中一個優點。妳擁有許多令我喜愛的優點，這只是其中之一。」

從我將自信作為招牌特質以來，已經過了很多年。一切變得如此自然——我在世界各地的醫學研討會上發表演說、接受媒體訪談，或管理我的團隊——但每當有人強調我的自信，我依然覺得心神不寧。或許是心神不寧，也可能是覺得自己變得赤裸裸，恍如獨自站在暴風雨的山丘上。

艾迪吻了我，一切的憂愁都煙消雲散。過去的悲傷，未來的不確定。這一切才是命中注定要發生的。**我和艾迪的一切。**

3

十五天後

「他一定遇到很糟糕的事！」

「像是什麼？」

「可能死了，或沒死。但為什麼不是死了？我祖母四十四歲就死了。」

蕎從副駕駛座轉頭說：「莎拉。」

我沒有看她的眼睛。

她也沒看我，她看著湯米。湯米負責開車，行駛在M4公路上，往西前進。「你聽到她說了什麼嗎？」她質問。

湯米不作聲，他繃緊下巴，太陽穴周圍蒼白的肌膚跳動，彷彿有人藏在裡面正試圖衝出來。

我和蕎不該來的，我又冒出這念頭。我們都以為湯米需要兩位老朋友的支持——畢竟多數人通常並不需要和曾在學校霸凌你的人並肩讓媒體拍照——但是，隨著一里又一里枯燥且雨水飛濺的路程，事態變得明朗，我們這番互動，只不過讓湯米變得更焦慮。

湯米今天需要的，是在運動科技研討會上暢所欲言，而不是讓最了解他的朋友對他小心翼翼。他想要假裝過往已付諸流水。**你們看，我已經成為一名成功的運動顧問，來向母校傳達新的運動計畫。看我多快樂，與學校的體能教育主任並肩站在一起，而他就是當年一拳打在我肚子上，我倒在草地上哭泣時哈哈大笑的那個男人。**

更糟糕的是，蕎的七歲兒子魯迪和我一起坐在汽車後座。他父親今天要面試工作，蕎沒時間找保母。一路上，魯迪饒富興趣地聆聽我們討論艾迪消失這件事。

「所以呢，莎拉覺得她的男朋友死了，媽被弄糊塗了。」魯迪如此推測。他正處於將大人間尷尬的對話濃縮成一句話的階段，而且非常善於此道。

「那傢伙才不是她男朋友。」蕎說：「他們只不過共度了七天。」

車內再度陷入沉默。「莎拉以為七天男友死掉了。」魯迪的童音帶著俄羅斯腔調。他在學校認識了一位新朋友亞歷山卓，亞歷山卓最近剛從烏克蘭邊境回到倫敦。「被特務殺死了。」媽不同意，所以對莎拉生氣了。」

「我沒有生氣。」蕎生氣地說：「我只是擔心。」

魯迪仔細思考之後說：「我覺得妳說謊。」

蕎無法否認，於是保持沉默。我不想與蕎針鋒相對，也不說話。湯米已經兩個小時沒有開口了，他決定緘默。魯迪對這個話題失去興趣，繼續玩iPad的遊戲。成人的世界充滿錯綜複雜且沒有意義的問題。

我看著魯迪一一消除螢幕上看似甘藍菜的東西，忽然之間，內心湧起一股渴望。我渴望魯迪的純真，七歲男孩的世界觀。我不禁想像魯迪的世界，他的手機是一座遊樂園，裡頭沒有那些折磨心靈的事物；他母親對他的愛如此堅定，如心跳般踏實。

長大成人有何意義，今日的我已經不知道了。誰不想消滅螢幕上的甘藍菜，天真地帶著俄羅斯腔調說話？比起深陷於某個曾是妳的一切、卻不知為何消失的男人所賦予的極度絕望之中，誰不想找個能為自己準備早餐、挑選穿搭的人？而且那不是我結婚十七年的男人，只是一個認識七天的男人。難怪車裡所有人都覺得我瘋了。

「聽好，我知道這一切聽起來就像青少年的浪漫事蹟。」我終於開口：「毫無疑問，我知道妳很不高興，但是，他肯定發生了什麼事，我敢肯定。」

蕎打開湯米車裡的手套箱，拿出一大包巧克力，折斷巧克力棒。

「媽，」魯迪說：「那是什麼？」

他很清楚蕎拿了什麼。蕎不發一語，將巧克力遞給兒子。魯迪對她微笑，露出最多牙齒、最陽光的笑容——雖然蕎就快失去耐心，但她仍報以微笑。「別吃太多，」她警告：「要不然身體會不舒服喔。」

魯迪什麼都沒說，心底非常確定蕎會讓步。

蕎轉頭看著我。「莎拉，聽好，我不想將話說得太重。但我覺得妳必須接受艾迪沒死、沒受傷，電話也沒壞掉，更不是正在對抗危及生命的重大疾病。」

「真的嗎？妳打電話給醫院了嗎？妳向地方驗屍官查過嗎？」

「天啊。」她瞪著我。「拜託，告訴我，妳沒做這些事，莎拉！天啊！」

「天啊！」魯迪小小聲說。
「住口。」蕎要求魯迪。
「妳先說的。」
蕎給了魯迪更多巧克力，他又盯著iPad玩起遊戲。那臺iPad是我在美國買來送他的禮物，他稍早曾說，他愛這臺iPad勝過世上其他事物。他的話讓我笑了，又讓他感到困惑，因為我哭了。我知道他從蕎身上學會了這個句子。蕎安娜・蒙克是一位了不起的母親，儘管她經歷了艱困的童年。
「妳有嗎？」
「我當然沒有打電話到醫院。」我嘆息。「拜託，蕎。」我看著一群烏鴉凌亂掠過路邊的電話纜線。
「妳保證？」
「當然。我想表達的重點是，妳和我一樣不清楚艾迪到底怎麼了。」
「但男人總是如此！」她大吼：「妳很清楚他們都一樣！」
「我一點也不清楚怎麼和男人約會。過去十七年來，我都是已婚狀態。」
「好，妳就參考我的經驗：他們從未改變。」蕎不悅地說：「他們從來就不回電話。」
她轉向湯米，察覺他的沉默。關於今天的重大發表會，即使他一度假裝胸有成竹，剩餘的信心就如同清晨的迷霧一樣消逝了。我們出發之後，他極少開口。在切夫利休息站，他收到當地三家報社都會前來採訪的訊息時，曾短暫虛張聲勢。幾分鐘之後，我們在史密斯連鎖商店排隊結帳，他突然叫我「莎拉」。他只在極度焦慮時才會叫我莎拉（從我們十三歲，他開始做伏地挺身和擦拭鬍後水後，他都叫我「哈靈頓」）。

沉默的氛圍變得更凝重。我輸掉了離開倫敦後就掀起的爭論。

我正要回格羅斯特郡。我傳訊息給艾迪，輸入得很快。**我要出席一場活動支持我的朋友湯米；他在我們的母校宣布一項大型體育計畫。如果你想見面，我會待在父母家。希望可以見面聊聊。愛你的莎拉。**

我不覺得驕傲，也不感到羞恥。我遠遠跳脫出這些情緒。每隔幾秒，我會觸碰手機螢幕，等待訊息傳達通知。

已送達。手機精力旺盛地表示。

我看著螢幕，檢查可能出現的對話訊息框，倘若出現了，代表艾迪正在回訊息。

沒有對話訊息框。

我再看一次。沒有對話訊息框。

我又看一次。還是沒有對話訊息框。我將手機放入手提包，遠離視線之外。我心想，這是青少年時期溫柔卻備感煎熬的女孩才會做的事。那些女孩還在學習如何愛自己，卻處在輕微的歇斯底里狀態，等待上星期五在街角火熱擁吻的男孩捎來消息。但這不是三十七歲女人該做的事。這個女人周遊世界各地、曾親身承受悲劇，還經營慈善事業。

雨水洗淨大地，隔著車窗縫隙，我依然可以聞到潮溼的柏油路面，以及煙霧瀰漫的大地氣味。**我很痛苦**。我茫然地望著路邊田野捆綁的乾草飼料，它們被閃亮的黑色塑膠緊密捆綁，彷彿胖而短的小腿。我瀕臨極限，幾乎要崩潰，如果我還是不知道艾迪究竟出了什麼事，我將如自由落體般墜落。

我檢查手機。上一次，我拔出SIM卡重新開機。已經過了二十四小時，是時候再一次重開機了。

半小時後，我們抵達通往賽倫賽斯特的雙向車道。魯迪問他的母親，為什麼雲朵會往不同的方向移動。

距離我們相遇的地方，還不到幾英里。我閉上眼睛，試著回想那次炙熱的清晨散步，遇見艾迪之前，單純而不複雜的幾個小時。接骨木花洋溢酸牛奶的芬香，被太陽烤焦的青草香味，空中飄舞的蝴蝶在炎熱的氣溫中停滯。那是一座空蕩蕩的田野，猶如一席地毯的綠意，因為高溫彷彿正在喘息膨脹。一隻受驚的野兔四下亂竄。一種詭異的期待籠罩那天的鄉村小路，激昂的平靜，還有淩亂的祕密。

我的記憶不受使喚，迅速快轉幾分鐘，來到遇見艾迪的那個時刻——一個直率友善的男人，溫暖的眼神，真摯的面孔，領著一隻逃跑的綿羊，迎接來訪者——神祕和困惑就像糾結叢生的雜草。

「你們可以說我只是不想承認。」我對著沉默的車內說：「但是，我和艾迪的關係不是出於任性的放縱……而是……而是一切。我們都很清楚，所以我才如此肯定，他絕對發生了什麼事。」

這個想法讓我的呼吸變得急促。

「你要說些什麼。」蕎對湯米說：「向她說些什麼。」

「我只是運動顧問。」他喃喃自語，困窘讓他的脖頸泛紅。「我處理人的身體，不是頭腦。」

「誰處理頭腦？」魯迪問，他還是豎直了耳朵仔細聆聽我們的談話。

「心理醫師處理人的頭腦。」蕎疲倦地說：「心理醫師，還有我。」

星理醫師。她念成**星理醫師**。蕎在英國的堡區出生長大，是個極為坦率真誠的倫敦東區人。我愛她，我愛她的直言不諱與反覆無常的情緒，我愛她的無所畏懼（別人可能會說蕎不懂得節制），最重要的是，我愛她付出如此巨大的熱情愛著她的兒子。我愛蕎的一切，但今天的我不想和她同坐在這輛車裡。

魯迪問我是否快要抵達目的地。我說快了。

「那是妳的學校嗎？」他指著一間工業建築。

「不是，雖然外觀有點像。」

「那是妳的學校嗎？」

「不，那是維特羅斯連鎖超市。」

「還要多久才到？」

「不久了。」

「幾分鐘？」

「大概二十分鐘。」

魯迪出於一種自覺的沮喪，深深陷入汽車座椅中。「**太久了**。」他喃喃說著：「媽，我需要新遊戲，我可以買新遊戲嗎？」

蕎說不可以，但魯迪還是買了新遊戲。我看著魯迪不動聲色地輸入蕎的Apple帳號和密碼，內心升起一股敬畏。

「呃，不好意思。」我小聲地說。他抬頭望著我，小巧的金色捲髮就像不可能存在的天使光圈，杏仁般的眼睛懷著一股淘氣。他的手指劃過嘴唇，像作勢拉起拉鍊，然後指著我，要我像他一樣。我對這孩子的愛遠超過我的想像，於是我遵守他的指示。

他的母親將注意力轉向後座的另一個孩子。「現在，聽好了。」她驀然將手放在我的腿上。她今天搽的指甲油是瓦礫色。「我覺得妳必須面對事實。妳遇到一個傢伙，和他共度一週，而他去度假後從來沒有回妳電話。」

此刻的事實太過痛楚，我寧願思考其他可能的理論。

「十五天了，他必須和妳聯絡，莎拉。妳不斷傳訊息給他、打電話給他，還有各式各樣的舉動，坦白說，我原本不認為妳會做到這種地步……可他還是無消無息。我也愛過，愛很傷人。但除非妳接受事實，往前走，否則愛不會停止傷害妳。」

「如果我知道他只是單純對我沒興趣了，我就會往前走。但現在，我不知道。」

蕎嘆息。「湯米，拜託你幫幫我。」

漫長的停滯。我開始思考，世界上有任何事會比眼下更羞辱人？這種對話。我都要邁入該死的**四十歲了**。三個星期前，我還是一個精明世故的成年人；我主持董事會會議，我的慈善基金會正要和一間兒童醫院合作，我撰寫醫院的相關報告，我餵飽自己，我自行打理衣物，我開玩笑，我妥善回答各方來電，我回覆電子郵件。而現在，我比坐在我旁邊的七歲男孩更無法掌握自己的情緒。

我從車內後視鏡觀察湯米的眉毛，確認他是否打算開口。湯米在二十歲初就開始掉髮，自此以後，他的眉毛彷彿有了自己的生命，比起他說什麼，眉毛才是判斷湯米內心想法的氣壓計。

他微微蹙眉。「問題是，」他開口，又停頓，我可以感受他正努力從自身困境中提取額外的努力說話：「問題是，蕎，雖然妳假設我支持妳對莎拉的看法，但我不確定自己是否如此。」他的聲音溫柔，但謹慎，就像一隻正小心翼翼避開危險的貓。

「你說什麼？」

「我預言車內將有一場騷動。」魯迪小聲說。

湯米的眉毛隨著下一個句子挑動。「我想男人之所以不回電，大多是因為他們沒興趣了。但我不認為這是莎拉面臨的狀況。我的意思是說，莎拉和他共度一個星期。整整一星期，妳能想像嗎？假設艾迪只是想要……妳懂我意思……他可以在與莎拉過夜之後就消失。」

蕎嗤之以鼻。「為什麼一晚之後就要消失，要是他能享受七天的……你們懂我意思。」

「蕎，拜託！那是二十歲男孩才會做的事，不是快四十歲的男人。」

「你們在討論性嗎？」魯迪問。

「呃，當然不是。」蕎生氣了。「你這小孩懂什麼！」

魯迪嚇壞了，連忙繼續玩他偷偷使用母親帳號購買的 iPad 遊戲。

蕎看了他一會兒。魯迪刻意縮著身體看螢幕，一口俄羅斯腔調喃喃自語。

我深呼吸。「我不斷在想，他曾經提議取消他原本的度假行程，所以為什麼會——」

「我要上廁所。」魯迪突如其來宣布：「我連一分鐘都沒辦法等。」在蕎提出任何問題之前，魯迪補充。

我們在農業大學外停車，馬路對面就是艾迪曾經就讀的綜合學校。看著綜合學校的招牌，一陣痛苦的迷霧籠罩上我的身體，我想像二十歲的艾迪雀躍地走進校門，一張圓潤的臉龐，還有經年累月深深刻出臉上紋路的笑容。

我剛剛經過你以前的學校。我傳訊給他，根本來不及阻止自己。**但願我知道你究竟怎麼了。**

蕎很可疑。她和魯迪回到車上時，變得十分開心。她說今天一定會很美好，而且非常高興可以和我們一起到郊區。

「我跟她說，她對妳太惡劣了。」魯迪小聲告訴我：「妳要不要吃一片起司？」他輕拍特百惠的保鮮盒，裡面裝著蕎稍早替他準備的三明治，但他不想吃起司。

我撥弄他的頭髮。「不用。」我也輕聲細語說道：「但我愛你，謝謝你。」

蕎假裝沒聽到我們的對話。「妳剛剛說艾迪曾經提議取消假期行程？」蕎爽朗地說。

我覺得內心裂了一道巨大的縫，我當然曉得蕎為何如此沒有耐心。我知道，在生下魯迪之前，多年來，蕎曾經將自己的心交給許多男人（當然，通常也有身體），但他們幾乎都沒回電；而回電的男人，後來被發現周旋於許多女人之間。每一次，蕎會任憑男人擺布，因為她從不曾放棄被愛的希望。直到蕭・歐基夫出現。蕎懷孕之後，歐基夫和她同居。他知道蕎會照顧他。他從不去找工作，整個晚上不見蹤影，也不讓蕎知道他在哪裡。歐基夫說今天有一場「工作面試」，多半是捏造的謊言。

但是，蕎忍讓了他七年，她說服自己相信，要是她願意和蕭更努力，要是她願意等待，蕭會改變，他們的愛會開花結果。她說服自己相信，她和蕭可以組成她從未擁有的家庭。

沒錯，蕎非常了解什麼是背棄。

但是她似乎無法理解我的情況。自從艾迪消失在地球表面之後，她一度迎合我，強迫自己傾聽我的理論，也告訴我艾迪明天就會回電。其實，蕎從來就不曾相信這些自我安慰的鬼話，如今終於失控爆發。**別像我一樣被男人利用**，她說，**趁妳還沒陷得太深，快點離開，莎拉**。

問題是，我做不到。

我早已設想艾迪只是單純對我沒興趣了。這十五天，每一天，我的手機都是沉默的。我梳理所有與他共度的那些搖曳發亮的時刻，仔細尋找每一道細小的裂痕或警訊，想要證明他或許和我不同，並未對這段感情懷抱如此確定的態度，但我一無所獲。

長久以來，我鮮少使用臉書。忽然之間，我開始無時無刻瀏覽他的個人檔案，想要追蹤他留下的任何足跡，或者，更糟糕的——另一個女人。

但我依然一無所獲。

我打電話給他，傳訊息給他。我還向他發送一則相當可悲的推特。我下載臉書的Messenger還有WhatsApp，每天確認他是否上線。但是，所有軟體都給我相同的答案：艾迪・大衛前次上線時間為兩個星期之前，也就是我離開他家、他打包西班牙度假行李的那天。

我被絕望和羞恥擊倒。我甚至下載許多約會軟體，尋找艾迪是否曾註冊使用。

他沒有。

我渴望掌控這個無法控制的處境。我無法入眠，進食的念頭讓我的內心翻騰。我難以專注，手機一嗡嗡作響，我就像飢餓的動物般瘋狂滑手機。白天，疲倦壓垮我的身軀——就像一團巨大的纖維，有時幾乎讓我窒息——夜晚，我保持清醒，凝視漆黑的房間，湯米在倫敦西區為我保留的客房。

詭異的是，我**很清楚**這不是臆想。我很清楚這不是瘋狂的行動。我很清楚事態變得更惡劣，而不是更好。但我沒有力氣和意願阻止自己。

他為什麼不回電？有一天，我在Google輸入這句話。搜尋結果一如龍捲風肆虐，為了保護我剩餘的理智，我立刻關閉網頁。

我開始搜尋艾迪，瀏覽他的木工網站，尋找各種蹤跡，直到我根本不知道自己在找什麼。當然，我還是一無所獲。

「妳覺得，他讓妳知道他的一切嗎？」湯米問：「舉例來說，妳確定他沒有和另一個女人在一起？」

我們轉入一小段草地道路，莊嚴的橡木林立，彷彿待在吸菸沙發區的紳士。

「他沒有別的女人。」我說。

「妳怎麼知道？」

身。」

「我知道……我就是知道。他單身，他的確單身，不只是名義上的單身，情感上也是單

鹿的身影猝然閃入山毛櫸木林間。

「好吧，有沒有其他的警訊？」湯米堅持問道：「言行不一？妳是否覺得他有所保留？」

「不。」我稍作停頓：「雖然我當時覺得……」

蕎轉頭問道：「覺得什麼？」

我嘆了一口氣。「我們相遇那天，他刻意不接幾通電話，就那幾次。」我迅速補充。「從那之後，電話響起他都會接，也沒有任何不尋常的來電，都是他的朋友、母親、生意往來……」

還有德瑞克，我突然想起。我從來沒有追問誰是德瑞克。

湯米的眉毛糾結成一道複雜的三角形。

「你怎麼想？」我問他：「你覺得呢？那是第一天的事了，湯米。之後任何來電他都會接。」

「我相信妳，只不過……」他的聲音變得微弱。

蕎雖然沒開口，但一臉激動。我裝作沒看見。

「只不過，我一直認為網路約會的風險很高。」湯米終於說：「我知道妳不是在網路上遇到他，但情況相似——你們缺乏共同的朋友，過去也不認識彼此。他幾乎可以假扮成任何人。」

我蹙眉。「但是，他願意將我加為臉書朋友。如果他想要隱瞞某些事，為何要這麼做？他使用推特和 Instagram 刊登木工作品，還有一個商業網站，網站上刊出他的照片。你們記得嗎？我在他家住了一個星期，寄來的包裹收件人都是艾迪・大衛。他若不是木匠艾迪・大衛，

我絕對會知道。」

我們進入穿越賽倫賽斯特公園的林地深處。蕎凝視窗外，神情茫然，一道道光線閃過她露出的大腿。不久之後，汽車離開林地，很快地，我們會抵達轉彎處，也是當初發生意外的地點。

想到那場意外，我察覺自己的呼吸出現變化，就像車內的氧氣被抽走了一般。

幾分鐘之後，我們進入雨後明亮的鄉村田野。我閉上眼，多年以後，我依然無法凝視草地邊緣。他們說，當時醫療人員將她放在那兒，努力阻止一場無可避免的悲劇。

蕎將手放在我的膝上。

「為什麼要這樣？」魯迪的天線接收到某種訊息。「媽，妳為什麼摸莎拉的腿？為什麼這些花掛在樹上？為什麼每個人都——」

「魯迪。」蕎說：「魯迪，要不要玩『我是小間諜』遊戲[1]？我是小間諜，我發現某個東西的第一個大寫字母是『W』！」

魯迪停頓片刻。「我太老了，不適合玩這種遊戲。」然後他憂鬱地說。

我依然緊閉雙眼，雖然我知道我們早已遠離事故地點。

「鯨魚（Whale）？」魯迪不情願地玩起遊戲。「水桶（Watering can）？**尋動**電話（Wobile phone）[2]？」

「沒事了，哈靈頓，妳還好嗎？」湯米出於尊重，經過一段漫長的沉默之後終於問我。

「沒事了。」我張開眼睛。小麥田，搖搖欲墜的乾裂石牆，馬兒啃食過的草地上還有閃電般的足跡。「我很好。」

我從來不覺得自己好了。十九年過去，那場意外的記憶不如往昔尖利，最痛苦的環節也逐漸平撫，但我不曾忘懷。

「我們回到艾迪吧？」蕎提議。我想同意，話語卻幾乎不成聲。「沒關係，慢慢來。」她輕拍我的腿。

「好吧，我的確想過，艾迪說不定遇上了意外。」我好不容易開口。「他去西班牙南部地區衝浪。」

湯米的眉毛又呈現思考的形狀。「這是合理的推論。」

蕎指出，我和艾迪是臉書朋友。「如果艾迪受傷或出事，莎拉肯定會知道。」

「我們也不能忽略艾迪的手機可能壞了。」我說。隨著每條通往希望的康莊大道消失，我的話語也漸不成聲。「也許事態很惡劣，他──」

「寶貝。」蕎溫柔地打斷我。「寶貝，他的手機沒壞。妳打給他的時候，電話接通了。」

我悲慘地點頭同意。

魯迪一邊吃馬鈴薯片，一邊踢蕎的座椅後背。「好無──聊。」

「住手。」蕎說：「記得我們說好的？嘴裡都是食物時不可以說話。」

蕎看不見魯迪。他轉向我，咧嘴給我看他嘴裡咬了一半的馬鈴薯片。不幸的是，基於不明

1 一種親子間在長途汽車旅行時打發時間的猜謎遊戲。

2 魯迪將Mobile拼成了Wobile。

原因，他決定這以後就是我們之間才懂的哏。

我將手滑入手提包側袋，緊握最後的希望。「老鼠。」我淡淡地說，溫熱的淚水在眼眶打轉。「他給了我一隻老鼠。」

我的手心包覆她，破舊卻平滑的觸感，一只體型比胡桃還小的老鼠雕刻。艾迪九歲時雕刻了這塊木頭。**她和我一起經歷了很多**。艾迪曾說：**她是我的護身符女神**。

她讓我想起，我準備中等教育普通證書考試時，父親給我的銅製企鵝桌面擺飾。那是個看起來非常堅毅的小傢伙，每當我翻開書本，就用那凶惡的表情瞪著我。時至今日，我依然非常喜歡那隻企鵝，我無法想像自己會將企鵝交給任何人。

老鼠對艾迪的意義也一樣，我知道的——他依然將老鼠交給我。**好好照顧她，等我回來**。他曾說：**她對我意義重大**。

蕎回頭看了我一眼，接著嘆息。她知道老鼠的故事。「人會改變心意。」她靜靜地說：「或許對他而言，放棄一個鑰匙圈比打電話給妳更容易。」

「她不只是一個鑰匙圈。她……」我放棄了。

蕎繼續說，聲音變得更溫柔。「莎拉，妳聽我說。要是妳真的認為他發生意外，要不要乾脆放棄私訊，直接在他臉書上寫些什麼？畢竟每個人都會看到。而妳可以說自己非常擔心，詢問其他人有沒有艾迪的消息。」

我嚥下口水，驚訝地說：「妳的意思是？」

「我的意思就是我剛說的，向他朋友打聽艾迪的下落。為什麼不這麼做？」

我轉頭看著窗外，無法回答她的問題。

蕎步步進逼。「我認為，**唯一能夠阻止**妳的就是羞恥心。要是妳真的認為艾迪出事，就不會在乎那該死的羞恥心。」

我們的車正要穿過英國國防部的老舊機場，一只褪色的風向袋成為空跑道的裝飾品。我驀然想起漢娜的笑聲。父親發現橘色的風向袋就像巨大的橘色陰莖，「陰莖袋！」漢娜直接大喊。母親雖想斥責，卻也忍不住放聲大笑。

魯迪點開蕎存在iPad的音樂資料庫，選擇「東岸饒舌」播放清單。

要是我真的像自己所說的那麼擔心，我**為什麼還沒**在艾迪的臉書上留言？蕎是對的嗎？

查爾福特的柯茲沃石小屋映入眼簾。小屋堅定地攀附山丘，像在等待救援。穿過查爾福特就是布林斯康，再轉向端普，然後是斯特勞德。一大群教師、學生和媒體記者此刻聚集在斯特勞德，我們的母校裡等待湯米。我得振作起來。

「等等。」湯米冷不防開口。他降低魯迪的饒舌音樂音量，從車內後視鏡看著我。「哈靈頓，艾迪知道妳結過婚嗎？」

「不知道。」

他的眉毛形狀又變得相當古怪。「我以為妳什麼都告訴他了。」

「我的確都說了！但我們還沒談過前任，那種事實在……太俗氣了。我的意思是，我們都是快四十歲的人了……」我的聲音愈來愈小，難道我們真的該談那些事嗎？「我和艾迪已經準備好向彼此訴說自己的人生。我們確實這麼想，卻還未付諸實行，但我們很清楚彼此都是單身。」

湯米從車內後視鏡看著我。「妳和魯本更新過基金會的網頁嗎？」

我不禁蹙眉，思忖湯米究竟想說什麼。

哦，不！我驚呼一聲，腹部湧上一陣寒意。「怎麼了？」魯迪大叫：「你們在討論什麼？」

「莎拉的慈善基金會網站。」蕎告訴他：「網站上有個頁面放了莎拉和魯本在一九九〇年代結婚時創立小丑醫師慈善基金會的故事，以及他們如何共同經營基金會。」

「哦！」魯迪放下 iPad，因為謎團解開而顯得開心。「莎拉的男朋友看過網頁之後心碎了！所以他才會死掉，因為人類的心臟壞掉之後活不下去。」

不過，蕎說：「抱歉——我不相信這個說法。」她平靜地說：「如果他曾經和妳共度一個星期，莎拉，倘若他像妳看待他一樣認真，這種事情並不會讓他憤怒。他可以當面問妳，不會像一隻瀕死的貓咪一樣消失。」

然而，我已經在該死的臉書上輸入文字，寫訊息給他。

4

第一天：我們相遇之日

我遇到艾迪．大衛的那一天，氣溫如爐火般炎熱。郊區正在融化淹沒；小鳥躲藏在靜謐的樹上，蜜蜂也陶醉在灼熱的溫度。那並不是個適合愛上一名陌生男子的午後，反而與我曾漫步其間的六月二日極為相似，安靜、悲傷且沉重。一切是如此熟悉。

我看見艾迪之前，就聽見了他的聲音。我在公車站，試著回想當天是星期幾——我猜是星期四，當時我還要在烈日下等待將近一個小時。沐浴在當日火紅的高溫下等待一輛公車，我鐵定會被烤焦。於是，我沿著草坪漫步走向鄉村，尋覓蔭影。在熱浪中，我聽見小學的孩童聲。

他們被不知何處傳來的綿羊叫聲打斷。**吧啊啊啊啊**。綿羊大喊。**吧啊啊啊啊**。

綿羊的叫聲換來了男人的明亮笑聲，猶如凝滯的熱天午後飄散而來的清爽空氣。看見男人之前，我已經笑了。男人的笑聲總結了我對綿羊的所有感受，憨傻的臉龐和愚笨的側眼。

他們就在不遠處的鄉村草地上。男人背對我，坐著，綿羊在他面前幾步之遙。綿羊的側眼盯著他，又想吧啊啊啊啊地叫著，男人似乎說了什麼，我聽不清楚。

等我踏上草地，他們已然展開一場漫長的對話。

我站在枯萎的草地邊緣，看著他們，彷彿正盯著一張我熟悉的老幻燈片瞧。我不認識這個男人，但他就像我求學時約會的許多男孩，一個迷人的複製品，高大而討喜，剪短的頭髮，餅乾色的肌膚，西郡鄉村風格的工作短褲和褪色上衣。他絕對有能力安裝櫃子，我也不懷疑他會衝浪，很可能駕駛著和藹可親卻古怪的母親贈送的破舊Golf汽車。

他彷彿是我曾在少女時期的日記裡所寫下，有朝一日會共結連理的男孩（所謂「有朝一日」是指未來某個不確定的時間，我將如蝴蝶般掙脫卑賤的蝶蛹，不再是曼迪或克蕾兒身旁其貌不揚且有交際難題的跟班，成為一位勇敢而美麗的女人；而當我留意到身邊的任何男性，也有能力吸引他）。我的丈夫來自此地——薩伯頓，或鄰近的任何一個鄉村——駕駛一臺Golf汽車（出於某些理由，Golf成為重要的元素。在我的夢想中，我和丈夫駕車前往康瓦爾郡度蜜月，我將衝浪板夾進胳膊，勇敢無懼奔向大海，讓丈夫大感驚奇）。

但現實中，我和一個貧弱的美國小丑結婚。他是真正的小丑，他有好幾箱的紅鼻子、烏克麗麗和愚蠢的帽子。幾個小時後，加州的明亮陽光會將我們的公寓牆壁曬得潔白閃亮，他會起身忙碌。也許，他清醒後會先打個呵欠，滾動身體，讓鼻子緊挨著新女友，然後下床打開冷氣，替她做一杯噁心的綠色果汁。

「嗨。」我說。

「哦，嗨。」那男人一邊說，一邊四處張望。**哦，嗨**。彷彿他已經認識我多年。「我正在找一頭綿羊。」

綿羊又尖銳地「吧啊啊啊」叫著，眼神從未離開男人的臉。「雖然才過了幾分鐘，」男人告訴我：「但我和綿羊對彼此很認真。」

「原來如此。」我微笑說道：「你們之間的感情合法嗎？」

「感情這回事，可沒辦法立法。」他的口氣充滿喜悅。

我的腦海中浮上一股意想不到的念頭：**我想念英格蘭**。

「你們怎麼認識的？」我一邊問，一邊踏上草地。

他對著綿羊微笑。「嗯，我獨自坐在這兒，正覺得自己有些可悲，這位女士就憑空出現了。於是我們交談，才回過神，我們已經討論到同居了。」

「這是一位**年輕的男人**。」我說：「我雖然不了解綿羊在想什麼，但我可以分辨他絕對不是一位女士。」

片刻之後，男人後退幾步，看向綿羊的腹部下方。

「哦。」

綿羊瞪著他。「你的名字不是露西？」他問。綿羊保持沉默。「他說他的名字是露西。」

「他的名字不是露西。」我確認道。

綿羊又吧啊啊啊叫著，男人大笑。男人、綿羊和我一同站在褪色的鄉村草地。他抬頭看著我。他的眼睛就像異國的海洋，我心想，如此溫暖且充滿善意。

他是如此的可愛。

想要和另一個男人發展真正的感情，妳可能需要一段時間，或許好幾個月。今天早上，有人這麼告訴我。這個善意的建議來自一個可笑的App，名為「分手教練」。我和魯本分手隔天，我在洛杉磯最好的朋友珍妮·卡麥可，沒有經過我的允許，逕自用我的手機下載了這個應用程式。每天早上，它都會發送悲慘的推播通知，探討我目前的情緒創傷，並且做出完全「沒問題」的評估。

但願我的確深陷情緒創傷之中。即使魯本說，他認為我們應該離婚，他很遺憾；我得逼迫自己流淚，才不致傷害他的感情。應用程式指出我的心靈已經支離破碎，但我總覺得收到了寫給別人的訊息。

不過，珍妮只要看到我讀取App的訊息就會很開心，所以我留著這個App。珍妮的幸福——隨著愈來愈接近三十歲大關，變得益發敏感脆弱，一如她渴望生兒育女的心願——與她照顧需陪伴之人的能力緊緊相依。

男人轉身看著綿羊。「好吧，真可惜。我以為我們之間有美好的未來，我和露西。」他的手機響了。

「妳要待在這兒嗎？」

他從口袋中稍微抽出手機，拒絕來電。我說：「哦！我是這樣想的。至少，我如此希望。」我忙於環顧四周，尋找另一隻綿羊、農夫或可以派上用場的牧羊犬。「你不覺得，我們應該幫助這隻綿羊嗎？」

「也許吧。」男人起身站好。「我會打電話給法蘭克，這一帶的綿羊幾乎都是他的。」他在手機上撥打某個號碼，我屏息以待，內心驀然湧現一股不確定感。等綿羊回了家，我們就要停止開玩笑，進行真正的對話。

我站在草地等候。綿羊毫無興致地翻弄周圍一叢雜草，目光緊盯我們。雖然牠才理過毛，短短的羊毛看起來依然燠熱難受。

我思忖自己為何在此。我思忖這個男人稍早為何覺得自己可悲。我思忖自己為何抬起手撥弄頭髮。他正在電話上與法蘭克談笑：「沒問題，兄弟，我會竭盡所能，好的。」他一邊看著我，一邊說。他的眼睛真的很可愛。

（我得停止盯著他瞧！）

「小法蘭克在一個小時內來不了。他說露西從酒館旁的田野跑出來。」他轉頭看著綿羊。

「你走了很長一段路，讓我印象深刻。」

綿羊繼續吃草，男人轉身對我說：「我要帶牠回去，想不想幫忙？」

「當然好，我也正好要上那兒吃午餐。」

我沒有要上那兒吃中餐。事實上，我打算搭乘五十四號公車前往賽倫賽斯特，有人在賽倫賽斯特等我。我父母家裡目前沒人在。昨天晚上，萊斯特皇家醫院的急診護理師打電話通知我們，外公因為髖部骨折而入院。外公已經九十三歲，一貫言行無禮而惡名昭彰。外公身邊只剩下我母親，還有她的姊妹萊斯麗；萊斯麗與第三任丈夫定居馬爾地夫。

「去看外公吧。」母親猶豫時，我如此告訴她。她不喜歡讓我失望。每年六月，我回英格蘭探望她，她總是為了我大肆鋪張，毫無瑕疵的家裡放滿鮮花和美味餐點，以及任何能夠說服我相信英格蘭生活遠遠勝過洛杉磯的精心安排。

「但是……」我注視著她喪氣的表情。「妳得獨自待在家裡。」

「別在意我。」我說：「還有，妳們最好替外公向醫院道歉，要不然他肯定會被趕走。」

上次外公住院，和一名會診醫師有過一場令人遺憾的爭執。外公總是稱呼那醫師是「愚蠢的醫學院學生」。

母親在子女和父母的責任間掙扎時，對話暫時打住。

「讓我空出未來幾天的行程。」我再度開口：「我也去萊斯特。」

母親看著父親，兩人下不了決定。我思忖，**你們何時變得如此猶豫不決？**這次見面，他們看起來更蒼老了，身形更顯矮小，尤其是母親，彷彿她的軀體不再屬於她自己（是我的錯嗎？因為我堅持住在國外，才讓她失去生氣、逐漸委靡？）。

「但妳不喜歡住在家裡。」父親似乎找不到更好的說詞。這一次，他的風趣居然派不上用場。我喉嚨彷彿變得腫脹，吐不出任何話語。

「我當然喜歡住在家裡！別胡說。」

「我們沒辦法把汽車留在家裡，妳要怎麼出門？」

「我可以搭公車。」

「公車站要走上數英里。」

「我喜歡走路，求求你們去看外公。我會放輕鬆，你們一直以來都叫我放輕鬆。我會讀我的書，然後吃光家裡堆積如山的食物。」

今天早上，我揮手向他們道別，隨後發現自己待在——是的——我其實不喜歡的房子裡，而且是獨處。

這表示我根本不在獨自前往丹英威的某間小酒館用餐的路上。事實上，我正想盡辦法讓這名徹頭徹尾的陌生人跟我喝一杯，儘管今天早上App曾提醒我，與男人調情，換來的終究是淚水。**記住，妳現在極度脆弱**，它說，同時附上一名女孩埋進舒適的枕頭山肝腸寸斷的圖片。

男人的電話又響了。這一次，他任憑鈴聲消逝。

「好了，我們帶你一起走吧。」他走向露西。綿羊瞪了他一眼之後，轉頭跑開。「妳快過來。」他朝我大喊：「我們夾擊他，讓他回到路上。哦，可惡！」他尷尬地單腳跳過草地，跑回去撿他的人字拖。

我急忙轉向左側，雖然高溫足以融化蜂蜜，我仍舊拔腿狂奔。露西知道自己被困住了，嘟嘟噥噥轉向通往小酒館的道路，一邊走，一邊吧啊啊啊地抗議著。

感謝祢，上帝，或者宇宙，或者命運。我心想。**謝謝祢讓我遇見這隻綿羊、這個男人，還有英格蘭的灌木叢。**

與一個完全不清楚我正在承受何種痛苦的男人交談，是一種解脫。他不會一邊和我說話，一邊側頭表達同情。他只知道如何讓我展顏歡笑。

露西幾度想要逃往小酒館旁邊的道路，爭取自由，但我們美好的團隊合作，讓露西重返田野。男人從樹上折斷樹枝，擋住綿羊先前逃脫的籬笆缺口，轉頭對我微笑。「收工。」

「收工。」我說。我們就站在小酒館旁邊。「你欠我一杯啤酒。」

他微笑，他說我的要求很合理。
這就是我們相遇的過程。

5

七天之後，我向艾迪說再見，但那是一種法國式的再見，***au revoir***，意思是**下次見**，不是道別，絕對不是道別。從什麼時候開始，「道別」代表「我覺得自己早已愛上你」？

我沿著佛羅姆河回到父母家中，一路歡愉地哼歌。那一天，河水澄澈，一旁的河堤青綠生苔，還有乾淨的灰色淺灘，香蒲植物的尖葉照看著它們。我走過漢娜曾為了撿拾毛莨而意外滑倒的地點，憶及她當時讓我詫異的爽朗笑聲。我的心情飽滿踏實，歌詠整個星期的回憶：昨夜的深談、起司三明治、捧腹大笑，以及在欄杆上披曬毛巾。艾迪寬闊的身體，風溫柔掠過他穀倉外的樹梢，彷彿正篩落一縷縷精緻的碎粉，還有我離去時，他述說的字字句句。

當晚，我抵達萊斯特，搭計程車前往醫院途中，霎時狂風暴雨；整座城鎮驟然轉黑，急診室的紅色燈光像熱湯一樣傾灑在車前的擋風玻璃。我在高溫的病房中找到外公，他嚇壞了，但脾氣依舊火爆，還有筋疲力盡的父母。

那天夜裡，艾迪並未來電，也沒有傳訊告知他回英格蘭的班機資訊。換上睡衣時，我稍微思考原因。**他可能很匆忙**，我對自己說。**他和朋友在一起**。還有，**他愛我**。他一定會來電。

但是，艾迪·大衛沒有來電，他沒有來電，他從未來電。

那幾天，我一直告訴自己這沒什麼，質疑我們之間的感情很荒謬——甚至瘋狂。彷彿淌血的日子一天天過去，一週了，我意識到我愈來愈難壓抑內心日漸高漲、恍若一座巨大海洋的恐懼。

「他在西班牙玩得很開心。」按照計畫抵達倫敦與湯米會合時，我說了謊。

幾天之後，我和蕎共進午餐時崩潰了。「他還沒打來。」我終於坦承。恐懼和羞恥的淚水浮上我的眼眶。「他肯定遇上了意外。我和他之間不是一時的放縱，蕎，這段感情讓一切變得不同。」

湯米和蕎極富耐心。他們傾聽，告訴我，我「做得很好」，但我感覺得到他們很驚訝，因為他們認識的莎拉居然就此瓦解了。難道我不再是當初那個走出陰霾，奔向洛杉磯，徹底扭轉人生的女人嗎？難道我不再是創立了一個傑出的兒童慈善基金會，和一位土生土長美國人結婚的女人嗎？難道我不再是那個飛向世界各地進行主題演講的女人嗎？

那個女人耗掉了整整兩週時間躲在湯米的公寓裡，唯一做的事就是不斷傳訊給曾經與她共度一星期的男人。

當時面臨歐盟公投，英國舉國上下處在沉重的氛圍中，外公進行了兩場手術，我父母只能待在外公家，就像囚犯一般。我的慈善基金會獲得重大的補助，珍妮進入試管受精的最後階段，情況良好，費用由保險公司支付。我見證了人類生活真正的高昂與低潮，卻拒絕承認一切。

我曾見過朋友如此。我看著朋友宣稱男人的手機壞了，而感到詫異不已。她們解釋男人的腿斷了、或者**他死了**，才失去音信。她們堅持自己在某個時刻過於魯莽，肯定「將男人嚇跑了」，所以必須「澄清彼此的誤會」。我目睹她們撕裂自己的自尊，打碎自己的心，甚至失去理智，全都是為了一個不回電的男人。更糟糕的是，她們根本不了解那個男人。

而我現在就是如此。坐在湯米的車裡，自尊撕裂、心碎且喪失理智，撰寫一則則絕望的訊息，表明自己真的已經離婚了，而且是**非常友好理性地分手**。

湯米將車子停在母校門口附近，雨水在擋風玻璃上畫出溫和的圖像。他停得很糟糕，不符合他一貫作風，其中一個輪胎還壓上了路沿石；但更反常的是，他完全不想移動。我看著茂密的山毛櫸樹籬，道路上的黃色Z字線條，校門旁的標示，令人緊張的老舊低音在我的腹腔迴響。我將手機放入手提袋，只能稍後再傳訊給艾迪了。

「我們到了。」湯米的聲音中感受不到任何熱忱，話說到一半，聲音就像過重的曬衣繩從中間往下沉。「快點走吧，我要在五分鐘之內上臺演講。」

但他並未加快腳步，我們也沒有。魯迪瞪著我們。「你們為什麼不下車？」他懷疑地問，沒人回答他。幾秒鐘之後，他從後座衝下車，朝校門口狂奔而去。我們沉默地看著他慢下腳步，一手插進口袋，從容漫步，若無其事地在大門口評估校園裡是否藏有任何樂趣。他瞇起眼睛觀望一會兒，回到車內，看起來似乎不太滿意。

可憐的魯迪。我不曉得蕎如何向他描述今天的旅程，但我懷疑她是否據實以告。在中等學校發表體育計畫確實可能頗具吸引力，倘若魯迪可以配戴該計畫推出的一款體適能手錶或心跳率測量背心，甚或現場有和他同樣年紀的孩子能一起玩耍。但是，湯米那套計畫核心的科技玩具將在現場由一群「前程似錦的運動員」展示，由學校的體育主任遴選出那些孩子，最年輕的參與者也都十四歲了。

魯迪站在汽車附近，看起來略顯沮喪，蕎走出車外與他交談。湯米不發一語，忽然傾身查看自己在車內後視鏡的倒影。**他嚇壞了**，我心想，湧上一股同情。

湯馬斯・史丁漢小時候，這間重點學校的男孩對他並不友善。湯米滿十二歲時，豔麗的母親替他設計了時髦的髮型，一個男孩馬修・馬丁指控湯米是同性戀。湯米哭了，當然，自此以後同性戀的標籤就貼在他的身上。馬修與同夥每天都在湯米的座位噴灑「去同性戀」化合物，還在湯米的置物櫃內側貼上男人的照片。湯米十四歲的時候，和卡拉・法蘭克約會，他們說她是掩護同性戀的煙霧彈。湯米經常在母親家中的健身房運動，膨大的肌肉讓事態更形惡化：他們若無其事在校園中毆打湯米。一九九五年，湯米一家移民美國時，他已經罹患強迫症，說話結巴，而且沒有任何男性友人。

幾年過去——他返回英格蘭很久以後——富裕的科技律師柔伊・馬克漢聘請湯米擔任私人訓練師。那個時候，湯米的通訊錄上已有許多成功的倫敦女性，很多女人還公開與湯姆調情。「簡直像美夢成真。」他曾經告訴我。他陷入奉承和厭惡的複雜感受之中。「我就像一名配戴工具腰帶的性感工人，肌肉發達的藍領階級。」

顯然地，柔伊・馬克漢和其他女人不同。他們之間的關係「非常美好」，也有「真正的情感連結」，重要的是，她將湯米視為一名「真正的男人」，而不只是有能力讓她變得苗條與美麗的訓練師（而她早已擁有這些優點）。

經過幾個月隨興的調情，柔伊經由一位老朋友，向湯米提出擔任運動顧問的邀約。湯米邀請柔伊共進晚餐，表達感謝，然後柔伊帶湯米回家，寬衣解帶。「我想，現在才是我們真正一對一的教學時間，對吧？」她說。

她是湯米第一位重要的女朋友；當然，也是湯米第一個認為自己高攀的女朋友。在湯米眼中，柔伊就像女神一樣令他驚奇——她治癒他過去的每一道傷口。「但願我可以告訴學校那些王八蛋。」柔伊邀請湯米搬到她位於倫敦荷蘭公園大道的公寓同居時，湯米告訴我：「但願我可以讓他們看到，我也能吸引像柔伊這樣的女孩。」我說：「沒錯，要是可以讓他們知道就太好了。」因為我從來不曾想像這種事會發生，因為這種美好的故事從來不曾發生。

但在湯米身上真的發生了。

大約一年前，湯米將自己規畫的中學運動計畫宣傳手冊寄給英國所有的體育主任教師，這項計畫的內容包括捐贈穿戴式的體育科技產品——心跳測量背心、體適能手錶，諸如此類——由柔伊最大的客戶之一，一間跨國科技公司提供，成就了湯米的驕傲和喜悅。湯米接到我們母校校長來電時，非常感動。「她希望我回學校，與她的體育主任教師見面！」湯米在Skype通話上告訴我。「**太好了**，對不對？」但是當湯米得知那名體育主任教師正是青春期校園霸凌他的馬修．馬丁時，整件事變得不再美好。

湯米和馬修的談話很順利，他要我放心。起初的確有些尷尬，但馬修說了，他們年輕時都是王八蛋，還搥著湯米的胳臂，叫他「小老弟」。後來，他們像老友一樣交流彼此的生活。馬修讓湯米看他家人的照片，湯米——依然無法相信自己的好運——則讓馬修看他精心打扮、美麗又強勢的女友待在倫敦公寓華麗廚房的照片。

六月初，我抵達湯米和柔伊在倫敦的公寓時，正因艾迪的事而心煩意亂。湯米向我述說運動計畫，稱自己縈繞心頭多年的鬼魂已經入土為安，他「克服」了學生時期的往事，期待在運動計畫發表會上與馬修．馬丁重逢。「柔伊來了。」他說，彷彿只是隨口提起。「能向他介紹柔伊就太好了。」

我想擁抱湯米，告訴他，他很好，他向來很好，他不需要將柔伊拉到身前強化自己的信心。但是我決定順著他，當然，因為他需要我如此。

柔伊必須在午餐發表會前離開英國四天。「我要到香港見客戶。」她說：「我很抱歉，湯米。」

妳不夠抱歉，我心想。她很清楚這件事對湯米而言多麼重要。湯米的臉色就像再生紙一樣難看。

「但是……學校的人很期待見到妳。」

她微微蹙眉。「我相信他們沒問題的。他們是要向鄉下的地方媒體展示，不是向我。」

「妳不能晚一天離開嗎？」湯姆懇求她，我快要無法忍受了。

「不行。」她冷靜地說：「我不能，但你會感謝我到香港出差，那裡有一位英國文化、媒體和體育部的代表人員。我很有機會將你帶進他們的顧問團。」

湯米搖頭。「我說過我沒興趣。」

「**我也說過**，湯米，你會有興趣。」

我想回母校嗎？當然不想。我希望再也不要見到那個地方。但是，我覺得湯米需要我，而幫助有需要的朋友是我現下唯一能妥善分散注意力的方式。除此之外，我有什麼好怕的？曼迪和克蕾兒已經在九〇年代離開了學校。她們兩人或任何我避之唯恐不及的人，今天都不在了。

「**哈靈頓**。」湯米轉身看著我。「妳在聽嗎？」

「抱歉，我在聽。」

「聽好，我得讓妳知道。」

我看著湯米，他的眉毛並未表達任何喜悅之情。

「我稍早收到當地媒體的消息，馬修也告訴我，他說——」湯米停頓，我判斷事態不妙。

「他和克蕾兒．派德勒結婚了。我先前沒提，是因為我認為妳不想聽到她的名字，但馬修傳訊表示當地媒體會來，而且……」

不。

「……克蕾兒也決定出席，而且她還……」

帶著曼迪。

「……帶了當年的一小群朋友，包括曼迪．李。」

我的身體往前傾，頭壓上湯米的座椅後背。

6

第一天：暢飲十二小時

「莎拉．麥基。」我說：「M—A—C—K—E—Y。」

老闆遞給我一杯啤酒。

來自鄉村草地的男人笑了。「我剛好知道麥基怎麼拼，但還是謝謝妳。我叫做艾迪．大衛。」

「抱歉。」我微笑地說：「在美國，麥基就像綽號。但每次回英格蘭，往往需要仔細拼出來，而且我做事喜歡明快一點。」

「原來如此。」艾迪說。他將身體靠在吧檯，望著我。十英鎊的鈔票夾在寬大的小麥色手指之間。我喜歡這個男人的體型，他很高、肩膀寬闊，遠比我強壯。而魯本和我一樣高。

我們坐在酒館的花園，這裡像座綠洲，充滿花和野餐桌，就在薩伯頓鄉村下方的小谷地。佛羅姆河宛如一條看不見的緞帶縈繞在酒館停車場的草地，樹上的野薔薇搖搖欲墜。幾名遊客喝了半杯酒後，坐下休息，一隻氣喘吁吁的西班牙獵犬從遊客的小腿間盯著我。我坐在一張大陽傘下，那隻小獵犬立刻竄過來，在我的腳邊坐定，又大聲恫嚇如自憐般吠叫著。

艾迪笑了。

在山谷某處，惱人的電鋸聲起起落落，幾隻驚慌的鳥兒在頭上的枝梢茫然啼叫。我啜飲冰涼的蘋果酒，舒坦地說：「好喝。」

「好喝。」艾迪同意。我們敲杯，我感到一股暢快的愉悅。今天上午獨自待在父母家，遠比我願意承認的更令人沮喪，而沿著寬大的路面散步並未改善我的心情。但是姑且不論痛苦，這裡有冰涼的蘋果酒和討人喜歡的男人。也許今天會過得很不錯。

「我喜歡這間酒館。」我說：「小時候，如果父母和他們的朋友玩得太開心，我和妹妹就會來到這附近，瘋狂地奔跑，或去溪裡玩耍。」

艾迪喝了一大口蘋果酒。「我在賽倫賽斯特長大，想在城鎮中心瘋狂奔跑有些難度，但我們偶爾也會過來。」

「真的嗎？你們都什麼時候過來？你幾歲了？」

「二十一歲。」艾迪自信滿滿地說：「雖然很多人說我看起來更年輕。」

我笑了，但艾迪毫不介意。「三十九歲。」他終於坦承：「我記得約莫十歲的時候，我曾經在這座花園裡奔跑。九〇年代末，我母親搬來這裡，我也經常過來。妳幾歲？我們或許曾一起瘋狂奔跑。」

我突然想到，我手機裡的App若看到這幕場景，肯定氣急敗壞。

「應該沒有，我青少年時就搬去洛杉磯了。」

「原來如此，那是人生中重大的改變。」

我點頭。

「妳的父親或母親在那裡工作？」

「差不多是這樣。」

「他們還住在洛杉磯？」

「不，他們現在住附近，往斯特勞德的方向。」

我稍微轉頭，試圖掩飾才說出口的謊言。「那麼，艾迪，像這樣的午後，你來薩伯頓草地做什麼呢？」

他傾身撫摸遊客的狗。「探望我母親，她住學校附近。」他的聲音略顯嘶啞。「妳來這裡做什麼？」

「我從弗蘭特頓．曼塞爾走過來。」我朝父母居住的鄉村方向點點頭。

他皺著眉頭。「但我看妳並不是從山谷來的，而是從山丘上過來。」

「呃……我想要充分運動，所以先爬上山丘，沿高處走，穿過寬馬道。事實上那一帶變了很多。」我迅速補充，**這個話題根本是地雷區**。「雜草叢生！以前相當寬闊，人們騎著自己的馬兒四下奔馳，現在卻成了一條簡陋的小徑。」

他頷首。「雖然已經禁止了，依舊很多人乘馬往來，稍早，一位騎士還差點謀殺了我。」

想到有人足以謀殺這位彪形大漢，我不禁一陣莞爾——無論是透過騎馬或其他方式。得知他也喜歡沿著綠色的祕密小徑散步，我暗暗感到欣喜。

「我就像薩伯頓的摩西。」他說：「沿路分開一片紅色的荷蘭芹海。」

我們兩人一起飲用蘋果酒。

「你也住附近嗎？」

「嗯。」艾迪說：「我在倫敦有許多委託案，所以經常過去。」他忽然拍打我的小腿。

「馬蠅。」他溫柔地說，從掌中彈走昆蟲的屍體。「牠在咬妳的小腿，抱歉。」

我啜飲了一大口蘋果酒，感受酒精猛烈的刺激和內心微微的震驚。「這裡每到六月，馬蠅就成了一群小混蛋。」他說：「其實牠們一年四季都是，但六月尤其惡劣。」

他露出前臂上的兩個發炎腫包。「今天早上咬的。」

「我希望你咬回去。」

艾迪笑了。「我沒有。因為牠們通常花相當長時間停在馬的私處。」

「哦，原來如此。」

我沒來得及取得艾迪的許可，手就觸摸上他肌膚的咬痕。「可憐的手臂。」我說，口吻平靜。心下一陣羞赧。

艾迪收起笑容，轉頭看著我。他正面應對我的視線，眼神透著一絲疑問。

我才是先避開目光交會的人。

稍後，我進入舒適的微醺狀態。艾迪走進酒館，替我們拿第三輪、或第四輪的酒。我聽見酒館老闆處理艾迪點餐時的抽屜聲，以及清脆的劈啪聲，我希望他買了馬鈴薯片——飛機劃過天空時傳來慵懶的引擎聲。

野餐桌椅上的地衣像砂紙一樣刺痛我大腿的柔軟肌膚，我四處張望，試圖找到一張較不磨肌膚的餐桌椅，但一無所獲，於是我噗通一聲倒在草地上，就像遊客的狗。我微笑，我快樂，我也醉了。青草搔弄我的耳朵。我不想離開。我只想待著，沒有電話，沒有責任，只有艾迪・大衛和我。

我凝視天空，身下的土地如此溫暖，記憶起了漣漪。**像現在這樣**，我心想。溫暖草地的氣味，柔和的沙沙作響與蟲鳴聲交疊，一段又一段的歌鳴。這曾是我的生活，在湯米搬去美國、青春期就在我腳下如地雷爆炸之前，**這樣的生活已足夠**。

「有人倒下了。」艾迪帶著一杯啤酒、一杯蘋果酒——太好了！——馬鈴薯片。「妳說自己很能喝。」

「我忘了蘋果酒多厲害。」我老實承認。「但我得強調，我還沒醉。我只是受夠那張刺人的餐桌長椅。」我讓手肘撐起身體。「無論如何，你現在必須打開那包馬鈴薯片。」

艾迪坐在我身旁的草地，從褲子口袋掏出一串鑰匙，上頭配著一副風格和他不太搭的老鼠木雕鑰匙圈。

「那老鼠是？」艾迪將蘋果酒遞給我時，我問：「我喜歡她。」

艾迪低頭看著鑰匙圈，稍作停頓之後，微笑說道：「她的名字就是老鼠，九歲時，我創造了她。」

「你用木頭雕了這個鑰匙圈？」

「沒錯。」

「哦！天啊，真的很可愛。」

艾迪的手指環住老鼠。「她和我共同經歷了很多事。」他微笑說：「她是我的護身符女神。無論如何，乾杯。」他將身體往後傾，手肘撐在草地上，仰頭面向陽光。

「我們中午就在喝酒。」我歡愉地臆測：「所有人都在工作，而我們坐在這兒喝酒。」

「我同意。」

「我們中午就在喝酒，而且醉了。我覺得我們很開心。」

「我們要繼續聊天，還是妳要花整個下午發表各種聲明？」

我笑了。「像我稍早說的，艾迪，我喜歡明快一點，才能夠直截了當。」

「好吧，我要吃馬鈴薯片、喝啤酒。妳發表完了通知我。」

他打開包裝，將馬鈴薯片遞給我。

我喜歡他，我心想。

來到這個祕密花園之後，我和艾迪細數童年記憶，挖掘出上百次交會的過往。我們曾經走過同一座山丘，前往同一間令人汗流浹背的夜店，日落時分坐在同一條曳船路，在斯特勞德老運河的蘆葦河床上數著在天空飛舞的蜻蜓。

所有的共同回憶都發生在幾年之間。我不禁思忖，假使十六歲的我遇見十八歲的艾迪，當時的他會不會喜歡我，思忖現在的他會不會喜歡我。

稍早，我和他分享自己的非營利組織，他非常高興，向我提出無數問題。他立刻明白我們的小丑醫師如何不同於一般探訪兒童醫院的娛樂從業者；他也了解我之所以投身公益，是因為我無法袖手旁觀，無論得承受財務短缺之苦，抑或我們的夥伴往往被視為平庸的派對小丑。

「哇。」我讓他觀看兩位小丑醫師如何與一名害怕接受手術的孩童一起努力。他看起來非常動容。「這真是太了不起了……妳做得很好，莎拉。」

他讓我觀賞他在希卡瑞吉森林邊陲地區的木工坊，製作的家具和精緻木工品照片。那是他的工作——人們委託他用木頭，替他們的家打造美觀的家具，例如廚房餐具、櫥櫃、餐桌和椅子。他熱愛木頭。他熱愛家具。他熱愛木蠟的氣味。他說，他喜歡聽見餅乾接合機[3]將兩塊木頭擠壓成形的聲響。他放棄從事其他獲利更高的職業。

他讓我看一張老舊穀倉的照片：石砌的小穀倉，屋頂稍微傾頹，坐落在安徒生童話所描寫的典型森林空地之中。

「那是我的作坊，也是我家。我是現實生活的隱士，住在森林的穀倉。」

「太好了！我**一直**想認識隱士！我是你這幾個星期以來第一個交談的人類嗎？」

「沒錯！」他隨後又改口：「當然不是。」在他的眼眸中，我看見某種無法言喻的情感。

「我其實不是隱士，我有朋友、家人，以及忙碌的生活。」

停頓片刻，他笑了。「我不需要說得那麼清楚，對吧？」

「可能吧。」

手機響起時，他滑掉螢幕上的穀倉照片。然後，他關上手機。但我不認為那通電話讓他不悅。「好吧，這是我的工作，我很喜歡這份工作，雖然曾有幾年我幾乎毫無收入，工作樂趣大幅降低。」一隻小蜘蛛爬上他的手臂，他看著牠，小蜘蛛想要鑽入上衣袖口，他溫柔將蜘蛛推開。「幾年前，我想過找一份更好的工作，有固定收入。但我無法忍受朝九晚五的生活，我可能會因此……好吧，我覺得自己一定會很痛苦，甚至死掉，發生不好的事，我撐不下去。」

我略微沉思。

「老實說，這種言論總會讓我失去耐性。」我接著說：「我認為只有極少數人願意選擇從事朝九晚五的辦公室工作。要知道，大多數人別無選擇。而你是得天獨厚，才能待在柯茲沃的作坊從事木工。」

「沒錯。」他說：「我當然知道妳的意思，但我可能不同意。我主張每個人都有選擇，任何事都能選擇，而且是平等的選擇。」

我看著他。

「這包括他們的行為、他們的感受、他們的言論。但不知道為什麼，人們普遍認為我們別無選擇，一切都是如此，工作、人際關係、幸福，全然超乎我們所能控制的範圍。」他出聲，將小蜘蛛驅回草叢。「看著所有人抱怨自己的問題，不願討論解決方法，確實可能令人沮喪。他們相信自己是遭到旁人、他們自己或全世界迫害的受難者。」他的聲音再度微微嘶啞起來。

片刻之後，他轉頭看著我，面帶微笑。「我聽起來像是一個混蛋。」

3 餅乾接合機的英文是Biscuit Joiner，本書原文寫為Biscuit Joint，亦做Plate Joiner，是一種木工器具，將兩片以上木板擠壓接合。

「稍微。」

「我並非有意讓自己聽起來毫無同理心，我只是……」

「沒關係，我明白你的意思，有趣的觀點。」

「也許吧，但我表達得很糟糕，我只是……」他停頓了。「我最近因為母親而心力交瘁。我當然愛她，但有時我懷疑她是不是真的想要快樂。我覺得很糟糕，因為我明白這只是腦中的化學反應，她當然想要快樂。」

他抓了抓下巴。「過去這幾天，妳是第一個我交談時不會自憐自艾的人，我因此太過放肆了，對不起，但也很謝謝妳，我說完了。」

我笑了，他的身體往後仰，一側的膝蓋碰觸我的小腿。「我現在很快樂，甚至勝過我和露西綿羊所擁有的美好時光。謝謝妳，莎拉．麥基，感謝妳在週四的午後陪我暢飲。」

我的胸口洋溢著喜悅，我任憑這感覺縱橫，因為快樂令人愉悅。

沒多久，艾迪前往洗手間。我從手機上刪除珍妮安裝的App。無論是否處於情感的療傷期，我已經許久不曾因為一個男人的陪伴感到如此快樂——事實上，任何人都不曾帶給我這種感受。

「這座山谷藏著什麼，對吧？」後來艾迪說。雖然他聽起來不再清醒，酒館主人也早已鎖上門，準備午後打烊。但酒館主人說，只要我們想，歡迎我們留在花園裡。

「惡魔的熔爐嗎？」我一邊朝臉頰搧風，一邊猜測。「雖然我住在美國加州南部，也無法描述現在有多熱。你需要大西洋的時候，它究竟在哪兒？游泳池呢？至少也該裝一臺冷氣吧？」

艾迪笑了。他將頭側向我。「妳有游泳池？」

「當然沒有！我經營的可是非營利組織！」

「我確信某些慈善機構的執行長會支付自己優渥的薪水，好添購一座游泳池。」

「好吧，我的組織並非如此。我連一間公寓都沒有。」

他回頭觀望也待在炙熱晴空下的酒館。「沒錯，惡魔的熔爐在此。」他若有所思地說：「但還有別的，對不對？某種古老或神祕的事物。我總認為，這座小小的山谷就像我身後的口袋，堆積所有的故事和回憶，彷彿那些老舊的票根。」

我何其同意他的想法。我在這座谷地中藏了許多票根，遠遠超乎我所能想起的數量。無論我在他鄉生活多少年，每次回英格蘭，票根仍在原地。我妹妹的聲音迴響在佛羅姆河的所有曲道，我們在山毛櫸樹林中歌唱的片刻時光，還有她的手在我掌心留下的觸感。湖面如鏡，幾乎和我們驅車從醫院返家那天別無二致。一切仍在原地，雖然看不見，卻從未消逝。

我們躺在草地上交談好幾個小時，一部分的他總是能夠觸動一部分的我。我的心猶如一塊燒燙的金屬般膨脹收縮。

某些事要發生了。某些事已經發生了。我們都很清楚。

接著，農夫法蘭克來了。他檢查綿羊的狀況，修好籬笆，從購物袋裡拿出幾瓶可樂和一包巧達起司遞給我們。「我欠你一次人情。」他說，然後對著艾迪眨眼，彷彿以為我看不到他的表情。

我們喝光整瓶可樂，幾乎吃下所有的巧達起司。我想起魯本的新女友——她曾帶魯本到果汁店約會。喝下好幾杯蘋果酒、與陌生人躺在酒館外的草地，享受可樂和起司點心，我這才發覺自己不在乎了。

我變得自在，不只是因為和艾迪在一起，也是因為我在這座山谷長大。這是年幼的我從未感受過的，頭一次，我覺得自己找到歸屬。

灼熱的太陽落入世界的另一端，我們的祕密山谷終於冷卻下來。一隻暮狐穿過停車場，一小群遊客來來往往，樹葉慵懶的窸窣聲，圍繞著玻璃杯和餐具柔和的敲擊聲。明亮的星辰點綴墨黑色夜空。

艾迪握著我的手。我們走回野餐桌。我們共進晚餐——可能是千層麵？我不記得了。他和我談起母親，她的憂鬱症再度惡化。他原本要和一位朋友到西班牙度假一星期玩衝浪板，擔心自己不該離開母親，雖然她宣稱自己沒事。

「聽起來，你對她很好。」我說。艾迪並未回話，而是舉起我們交握的手，親吻我的指節。

酒館將二度打烊休息。即使我們不曾討論此事，即使我在形式上依然已婚，而且應當承受著深刻的情緒創傷，即使我過去不曾同一名陌生人回家——還是回到名副其實的曠野穀倉小屋——一切像這座無雲的夜空般清澈，我將與他回家。

我拿出手機充當光源，因為他已經醉了，無法好好拿著手電筒。我們手牽手走在紊亂卻靜謐的曳船路，穿過被遺忘後封起來的礦坑，還有散發玻璃光芒的黑色水池。

他引我進入隱士的穀倉——這裡的確坐落在空曠的森林裡，美麗的老七葉樹圍繞，還有綻放黯淡光芒的峨參——但沒有妖精、森林的神靈，或美髮如絲的仙女，只有一臺老舊軍規的荒原路華，一小片漆黑的草坪。艾迪拿出鑰匙時，一臉疑惑地凝視某處。「史帝夫？」我彷彿聽見他的低喃，但我並未追問。

他打開門。「請進。」他說，我們無法看著彼此，因為我們知道一切就要發生了，就在此時此刻，也明白往後的數個小時，我們之間的情感只會更為激烈。

我們走過作坊中寧靜的機器，我嗅著木塊切下後散發的刺鼻香氣，想像艾迪待在這兒的模樣：仔細規畫、持榔頭敲打、上膠，以及切割。那對小麥色的巨大雙手，在美麗的材料上，創造美好的物品。我想著那雙手在我肌膚上的觸感，不由得迷茫起來。

我們越過兩扇沉重的門——他說，這些門是為了阻隔鋸木塵屑——終於走上一段樓梯，進入廣闊的開放空間，擺滿老式的燈，朦朧的光線，還有輕柔的嘎吱聲響。屋外的樹緩慢搖曳，黑影相連，美麗的雲朵交纏，掠過如夜燈的月。

我在他的廚房拿起一杯水，聽見他在我身後。我就站在那兒，閉上眼睛，感受他的呼吸落在我赤裸的肩上。我轉過身，靠著洗手臺，讓他吻我。

7

親愛的你：

我必須告訴你，我結婚了，我很擔心你已經知道了。

當我說自己單身時，我並未說謊。我說你給我的種種感覺，更不是欺騙。

大約三個月前，魯本和我分開了。我和他的婚姻，結束的關鍵是我無法替他生下孩子，但我們早已知道，我們之間勢必走到盡頭。那是一段漫長的故事——可能無法透過臉書訊息描述——但他很辛苦。

他讓我在他身邊坐下，我鬆了一口氣。我知道他要開口了。我只希望自己也有勇氣開口，甚至早幾年就坦承。我坐在他對面，拿著手機充電器，讓電線反覆繞著自己的手指，直到他取走充電器，我終於放聲哭泣，因為我知道他需要我哭泣。

這就是原因嗎，艾迪？因為我結婚了，所以你不想打電話給我？倘若如此，請你回想我們相處時的感覺。我是真心真意的，每個吻，每句話，每件事。

我讀了這段訊息三次，決定刪除。

親愛的艾迪，我重新寫道。

我猜想你可能發現我結婚了。如果可以，我希望能夠有機會向你解釋一切，面對面——雖然我想讓你知道，我早已離婚，網頁的資料並未更新。我和你相處時是單身，現在也是單身。我希望和你見面，向你道歉，並且解釋一切。

莎拉

湯米、蕎和魯迪早就下了車。我在湯米車內後座蜷伏半個小時了。

我必須離開。

8

在母校操場中央，湯米站在一個簡陋的小講臺上，對著擴音系統說話。儀器時不時發出打嗝般的聲響，打斷湯米發言，他只能假裝這些突發狀況很有趣。

我環視講臺前的聽眾。曼迪和克蕾兒今天為何要來呢？她們沒有別的事可做嗎？她們不需要**上班**嗎？我的肺部就像被塞入鼻子後方的小腔室。我無法忍受看見她們。現在不行。我現在的狀況不行。

「嘿。」蕎不知道從哪裡出現。「妳還好嗎？」

「我很好。」

「太好了。」她靜靜地說：「雖然湯米覺得自己得待久一點，但我們一個小時之內就能離開。我會注意妳的狀況。」

我們沉默地望著湯米，他提到馬修．馬丁。馬修是一位能夠真正啟發學生的好老師……馬修孜孜不倦地進行這項運動計畫……和馬修這種人才一起工作，創造了許多改變。

「對了，我……呃，她們在嗎？」

蕎的手滑入我的手肘之間。「我不知道，莎拉。」她說：「我不清楚她們的長相。」

我頷首，想要深呼吸。

「妳剛剛在做什麼？」她問：「躲在汽車地毯裡？」

「差不多。我傳訊息給艾迪，提到我結婚的事。然後我不小心化了太濃的妝，之後就到這兒了。」

現場響起短暫而盛大的鼓掌聲，我們轉身，看見湯米將麥克風交給馬修．馬丁。馬修那類型的男人，會花太多時間健身，以致手臂的肌肉膨大，走路時呈現一種奇怪的角度，彷彿一隻企鵝。他和湯米交換位置時，互相拍打彼此的背部。

「好了，」蕎說：「我應該先去外面等湯米。馬修演講完還有段交際時間。」我絕望地看著蕎離開。

幾分鐘之後，魯迪從容漫步而來，拿著一杯香檳。「**太無聊了**，莎拉。」他說。

「我知道。」

「湯米變得很奇怪。」

「因為他很緊張。」我告訴魯迪，拿走他手上的香檳。「你有沒有乖乖的？」

「沒有。」他一邊笑，一邊指著我念書時還沒安裝的全天候跑道。最靠近我們的那條跑道上放置許多跳欄。「我可以跳過那些嗎？」

「如果你答應我，你只會嘗試跳過最矮的跳欄，那就可以。」

「太好了。」他奔馳而去。

我再度回顧四周，悲慘的回憶從皮膚沁出，宛如汗水。無論當時何其年幼，我都怨恨馬修・馬丁。我不在乎他當時只是個青少年；他讓另一個男孩哭泣，一而再，再而三，並且以此為樂。他在臺上說的話，彷彿是他設計了這個該死的運動計畫，不是湯米。

我喝下半杯魯迪拿來的香檳，在人群後方瞥見曼迪和克蕾兒。我們之間僅僅距離十公尺，或者更短。在她們看見我之前，我連忙移開視線，卻仍記住了幾個零碎的細節：藍黃相間的流蘇洋裝，內衣在背部擠出厚重的脂肪。我放低香檳杯，手臂的動作就像粗劣動畫中的機器人。我的臉漲得通紅。

然後我聽見「莎拉・哈靈頓？」，我的左肩傳來一道輕呼：「是妳嗎？」

我轉身，發現自己與當年的英文老師魯斯比面對面。她的髮絲呈些許銀白，依然優雅地盤起。在學校的時候，我們總在某個時間，想要模仿她的髮型。

「哦，嗨！」我低聲回應，情緒略顯激動。

魯斯比老師毫無預兆地擁抱我。「多年前我就想這麼做。」她說：「但妳去了美國。妳好嗎，莎拉，妳過得好嗎？」

「我很好。」我說了謊。「妳呢？」

「我很好，謝謝。」她又說：「我很高興聽到妳過得好。我希望妳在加州一切順利。」

我很感動，不只是因為她希望我過得好，也因為她居然記得我。然而，回想起來，我離開這間學校的時候，也不算是一名尋常的學生。

儘管只是短暫的交談，多虧魯斯比老師在這段時間充當我的保護傘，讓我免於交際，內心升起了微弱的自信。我說了幾個笑話，她笑的時候，我覺得快樂，又切身感受到自己的可悲。我思忖，人們長大後是否會失去取悅自己喜愛老師的意願。我曾是她英語班上最優秀的學生，超過十九年了，我仍待在這裡，開著復仇悲劇的玩笑。

謝天謝地，魯斯本老師發現我忘記約翰．韋伯斯特的大名時，巧妙地轉換話題。她說，她和家人到加州度假時，看到幾則新聞報導我的慈善事業。「在醫院娛樂孩童，對吧？小丑嗎？」

工作是更為安全的話題，我慢慢放鬆下來。我向魯斯本老師解釋何謂小丑醫師，正如我過去已說明千餘次的內容。小丑醫師不是真正的小丑，他們接受專業訓練，協助病童，將他們的醫療經驗普遍化，減少孩子對醫院環境的恐懼感。

我一邊說話，眼神同時掃視曼迪和克蕾兒。她們依然待在人群後方。藍黃相間的流蘇洋裝是克蕾兒，背部的肥厚脂肪是曼迪。曼迪在學校時的纖瘦體型至少膨脹了五倍，回到過去，我可能會向上天乞求讓她變胖。然而我現在毫無感覺。她朝我看過來，旋即轉開視線。

魯斯比老師說要將某個東西交給另一位老師之後就離開了。我繼續喝魯迪拿給我的香檳，鐵路平交道的警示聲——我已經多年不曾聽聞——在遠方響起。那一秒鐘，我像是個回到一九九〇年代中期，顢頇闖過內心不安和情感倨傲時期的青少女，光是活著就身心俱疲。那女孩的絲襪破了，徒勞無功地流露心照不宣的笑容；她費盡力氣，想要討好曼迪．李和克蕾兒．派德勒。

魯斯比老師穿梭往來，我察覺自己暴露在人群之中，立刻低頭查看臉書訊息。我假裝自己緊繃且專注，正在處理重要的工作郵件。

艾迪依然沒有回音。

我放下手機，看著魯迪，他正在評估自己可否越過一個過高的跳欄。「魯迪！」我大喊：「不可以！」我做出手劃過喉間的動作，企圖阻止他。

「我可以！」他對我大喊。

「不，你不行！」我喊回去。

「我沒問題，我可以！」

「你膽敢靠近那個跳欄一英寸，魯迪．歐基夫，我會告訴你媽，你偷偷輸入她的手機密碼！」

他不可置信地看著我。莎拉阿姨從來不曾如此惡劣。

我絕不退讓。莎拉阿姨一直都是如此惡劣。

他憤怒地回到較小的跳欄，我留意跑道中央的草地上有個人正盯著魯迪。那人的身材纖細瘦小，看起來就像個小男孩，穿著詭異的牛仔褲和卡其色雨衣。雨已經停了，但那人依然拉起雨衣風帽。他是誰？一名預科生？還是攝影師？幾秒鐘之後，我才發現他的視線並非朝向魯迪，而是我所在的操場。但是——我轉身，附近只見到魯斯比和其他老師——要說他正**盯著我**，那也太詭異了。

我瞇起眼睛觀察。那個人究竟是男性或女性？我不能確定。曾有那麼一秒，我以為那個人是艾迪，但艾迪的身形更寬，而且更高大。

我再度轉身，確定他並非凝視其他人。我附近確實沒有其他人。忽然之間，那人走向學校通往外面主要道路的新出入口。

「抱歉，莎拉。」魯斯比老師走向我。「對了，和我聊聊妳先生吧。我記得他在電視上的模樣，他看起來才華洋溢。」

我最後一次轉頭，卡其色雨衣的男人也做了一樣的事。他果然在暗中觀察我，他**絕對**是盯著我。片刻之後，他轉身走出學校。

一臺電動公車嗡嗡駛過主要道路。細弱的陽光穿過雲層，我的腹部騷動不安，那個人究竟是誰？

我告訴魯斯比老師，我和魯本最近離婚了。我見她臉色一沉。我心想，老師需要一些時間適應。「但我們還是共同經營慈善基金會，分手的過程非常和平成熟。」

「我很遺憾。」她蹙眉，雙手有意識地交疊。「我問太多了。」

「別介意。」但願我能夠向魯斯比老師說明，提到魯本其實非常輕鬆——儘管可能是令旁人難為情的輕鬆。**為什麼一個戴著雨衣風帽的男人暗中觀察我？**這才是我現在想知道的。

「好的，莎拉，我相信妳會和其他人找到幸福……只是……很艱難。」

「但願如此。」我回答。隨後，我說進了我內心的恐懼。「事實上，我遇見了另一名男性……只是情況很複雜。」

魯斯本老師顯然很震驚。「沒事。」她說，停頓片刻後又說：「哦，親愛的。」

我究竟**怎麼了**？這是我兩個星期之來頭一次有機會和人們正常交談。「對不起。」我嘆了口氣。「我聽起來就像班上參加中等教育普通證書考試失敗的學生。」

她笑了。「人永遠可以追求幸福。」她慈祥地說：「我不記得誰說過這句話，但我完全贊同。」

我無法回應，只能再度道歉。

「莎拉，如果人類並未用盡千年書寫愛的痛苦——遑論愛的信念消失後引發的失去自我——我早就失業了。」

沒錯，我悲慘地思忖，**這就是答案，失去自我**。我怎麼會接受自己寧可相信艾迪已經死了，而不是單純地改變心意、不想與我聯絡？我簡直失去了理智。

我想念莎拉．麥基，她是如此**堅守原則**，她肯定會——

「啊啊啊啊啊！」

我猛然轉身，魯迪鐵定被過高的跳欄絆倒了。他蜷縮在地上，緊緊抱住雙腿。

「哦，他媽的。」蕎奔過來，倒抽一口氣後陷入沉默。她直直衝向魯迪，在場所有家長、老師、地方記者，以及馬修．馬丁訓練的中學運動明星——包括馬修本人——彷彿統一陣線，表達出不滿，就像投擲一支越過操場的標槍。**這個和湯米一起來學校的女人是誰？為什麼她的小孩不必上學？還有，她為什麼說髒話？**

我連忙跑到倒地尖叫的魯迪身旁，協助蕎檢查他的腿。「媽——」他痛苦長鳴，我多年不曾聽他叫「媽」了。蕎整個人環繞他，親吻他，告訴他，他很安全。一名身材高䠷的尖臉男人跑向蕎，表示自己被指派為急救人員。

「讓我看看他。」男人說，魯迪的長鳴變為尖銳的警笛聲。即使遇上意外，魯迪依然全力以赴地哭喊。

蕎搭乘計程車將魯迪送到斯特勞德醫院的輕傷部。我小心翼翼避開眾人目光走到洗手間，一時對此刻的心情感到手足無措。

我摸著隔間磚牆，內心知道，在一層又一層的油漆底下，我的名字、曼迪的名字，以及克蕾兒的名字刻在一起，還有一些強烈的字眼，表達沒有人可以介入我們的情誼。諷刺的是，我們在洗手間牆上承諾友誼堅定不渝的幾天之後，她們拒絕我加入她們的課桌，我只能在同一個洗手間裡孤獨地吃午餐。那天也下著雨，我無處可去。我還記得當時馬鈴薯片包裝發出噪音，某個從未表達身分的女孩從洗手間門下窺視，想知道我究竟在裡頭做什麼，我的內心湧上一陣悲悽。

我按下沖水鈕，思考稍早戴著雨衣風帽觀察我的神祕男子。除了艾迪之外，究竟誰知道我今天會到斯特勞德？那個男人──或女人──真的在觀察我？若真是如此，又為了什麼？

離開洗手間之前，我檢查臉書訊息，艾迪依舊沒有回應。我們相遇之後，他不曾使用臉書。我心想，也許蕎是對的。我應該在艾迪的臉書上寫些什麼。畢竟，唯一阻止我的，就是害怕旁人的眼光，還有艾迪的眼光。但要是我相信艾迪的確出了意外，根本無需顧慮。

這些念頭縈繞在我的腦海，彷彿受困在房間裡的鳥鳴。

但我腦海中浮現的卻是「不行」，沒那麼簡單，我沒在艾迪臉書上寫訊息的原因其實是……

其實就**這樣**嗎？

我想我必須寫些什麼。倘若艾迪真的客死異鄉，倘若艾迪真的在直布羅陀海峽溺斃該怎麼辦？我過於輕忽了。

我點開艾迪的臉書之後深呼吸。

有人最近見過艾迪嗎？我開始輸入。**我一直想聯絡他，有點擔心，如果你有艾迪的消息，請讓我知道，感謝。**在我來得及阻止自己之前，我就按下了「發布」。

忽然之間，洗手間洋溢我記得的聲音，高頻的聊天聲，有人拉開化妝包，使用睫毛刷。幾個女孩一邊抹口紅，一邊噘起嘴脣交談。她們興奮大笑。多年之後，她們依然在洗手間的鏡子前化妝，雖然不想，但我也笑了。

「妳看到莎拉．哈靈頓了嗎？」其中一人問：「好意外。」

隨後是曼迪的聲音。「沒錯！她還真有膽，居然敢這樣出現。」

眾人贊同她的說法。「可以借用妳的睫毛膏嗎？我的睫毛膏變得好稠。」水龍頭開開關關；她們感嘆洗手間的烘手機永遠都是故障的。

「坦白說，看到她讓我覺得有點掃興。」克蕾兒說，女人們陷入沉默。「我只想有個美好的下午，來支持馬修——**妳們懂我的意思嗎？**」

妳們懂我的意思嗎？為了融入她們，我也會附和。

「沒錯。」曼迪說：「她當然有權出席，和其他人一樣，只是……好吧，一切都很艱難，至少對我們來說如此。」

克蕾兒同意曼迪。

「她剛剛假裝沒看到我。」曼迪說：「我很怕，所以我也學她。克蕾兒，妳承受不了的話也應該如此。」掌控場面的能力讓曼迪在學校很受歡迎。**明天一起冷落克蕾兒吧。一起製作假身分證吧，妳不行，莎拉——妳看起來不夠老。**「我的腦袋裡裝了太多東西，沒心情去想莎拉．哈靈頓。」

「湯米．史丁漢看起來很不錯。」克蕾兒輕佻地說：「妳們不覺得嗎？」

哦，這是克蕾兒最惡毒的方式。將無辜的人帶入話題——口吻如此純真，卻是蓄意殺人——她的嘴唇微微抖動，等待曼迪接話。

「看起來真的很不錯。」曼迪同意。「雖然他女友的舉動讓我很困惑。」她的聲音流露笑意。

我試著安靜地呼吸。

「那不是湯米的女友。」克蕾兒說：「他女友是一名律師。馬修看過照片，他女友比帶小孩的女人更漂亮。」

曼迪說：「我猜，最教人驚喜的是他居然交了女朋友。」

她們如女巫般歡笑著，反覆開關水龍頭，抽取更多紙巾，回憶往事，聲音充滿罪惡的歡愉，提到當年校園中的男孩如何描述湯米。在笑聲之中，她們也承認湯米受到的對待**非常殘酷**。她們接著討論蕎的洋裝長度和合身度，蕎的曼妙身材，以及魯迪引發的鬧劇。我快要按捺不住自己的脾氣。聽見她們討論我已經夠糟了，那種刻薄不出我這些年的想像。但是，她們膽敢抨擊湯米？連蕎都不放過？我絕不允許。

我冷不防打開洗手間的門，面對她們，這群三十七歲的女人，她們精心設計的髮型、香水，以及不願意承認為了特殊場合而添購的衣服。她們轉過身，手上拿著睫毛膏，嘴脣令人作嘔地發亮。她們盯著我，我盯著她們。

我一句話也沒說。莎拉．麥基，一名成功演說者、遊說家和社運人士，站在老朋友面前，不發一語逃走了。

9

第八天：我離開的那一天

「這是我人生中最美好的一個星期。」我走出他家時，艾迪說。我喜歡艾迪這個特質。他似乎永遠都會說出內心的想法，毫無修飾。對我而言，這是一種新的體驗，我回英格蘭之後，發現每個人在我面前都會修飾。

他一邊微笑，一邊以巨大的手掌捧住我的臉頰，親吻我。我敞開心扉，我的人生重新開始，我從未對任何事物湧現如此肯定的感受。

「我想和妳的父母見面。」他說：「他們聽起來很好，而且他們讓妳來到這個世上。但我也很高興他們必須遠行。」

「我同意。」我的手指撫觸他手臂。

「簡直像一道超凡的神諭——我坐在鄉村草地，與綿羊說話——妳就這樣走進我的生活，彷彿妳早已準備就緒，正在等待訊號。然後，妳和我去酒館，妳……喜歡我。」他笑了。「至少，妳似乎喜歡我。」

「很喜歡。」我環抱他，手伸入他的褲子口袋。「非常喜歡。」

外頭，黑鶇鳥的歌聲從樹枝上悠悠傳來，我們轉身傾聽。

「最後一次。」他從窗臺的花罐摘下山楂花，遞給我。春天走得很慢，花蕊依然在樹上，宛如伊頓雜糕。「我最後一次問妳，妳想要我取消度假嗎？」

「你不該這麼做。」我強迫自己說，我的手指纏繞花莖。「好好享樂，將回程的班機資訊傳給我，一個星期後的今天，我在蓋威克機場等你。」

「妳說的對。」他嘆息：「我應該去度假，也要好好享受這次的假期。一般而言，光是想起能在塔里法度過一週，我就會變得非常快樂。但我可以打電話給妳，對吧？直到我們再見面之前，我要記下妳的手機號碼，還有妳可能會找的所有朋友的號碼。我們可以在Facetime或Skype上聊天。」

我一邊笑，一邊瞇著眼睛將我的手機號碼輸入在他那支老舊手機裡。「這手機看起來就像你曾讓它被曳引機輾過去。」我將小巧的花朵放回窗臺。

「輸入妳父母的地址。」他說：「還有妳在倫敦暫時居住的地址，那個朋友的名字是？湯米嗎？輸入他的地址，我就能寄明信片給妳。妳會先北上到萊斯特探望外公，對嗎？」

我點點頭。

「好，還有妳外公的電話號碼和地址。」

我笑了。「相信我，你絕對不會想打電話給我外公。」

我將手機遞給他。

「對了，加我臉書。」他點開臉書，輸入我的名字。「這是妳嗎？站在海灘上？」

「是我。」

「充滿加州風情。」他看著我，我的胃霎時一陣翻騰。「哦，莎拉．麥基，妳真可愛。」

他低身親吻我的肩膀。他親吻我手肘彎曲之處。他親吻我脖子下方的脈搏。他盤起我的頭髮，親吻我的脊椎，我的頭髮滑入了上衣。

「我為妳瘋狂。」他說。

我閉上眼睛，聞著他的氣息。他的肌膚。他的衣物，還有我們在浴室用的香皂。我無法想像自己必須在失去這一切的情況下度過七天。即使我曾經深愛魯本，但我從來不認為離開他攸關我的生死。

「我也有同樣的感覺。」我緊緊抱住他。「但是，我想你已經知道了。我會想你，很想你。」

「我也會想你。」他再度吻我，將我臉上的幾縷頭髮撥開。「對了，等我回來，我希望將妳介紹給我的朋友和母親。」

「太好了。」

「我也想和妳的父母見面，妳的英國朋友，妳可怕的外公，假使他願意見我。」

「沒問題。」

「我們一起想想未來。但無論如何、無論在哪裡，我們都在一起。」

「沒錯，你和我，還有老鼠。」我將手滑入他的口袋，感受小巧的木製鑰匙圈。

他停頓片刻。「給妳。」他一邊說，一邊拿出鑰匙。「好好照顧她，等我回來。我擔心在沙灘上弄丟她。她對我意義重大。」

「不可以！我不能收下這討人喜歡的老鼠，別說傻話……」

「妳收下。」他堅持。「這樣我們就知道彼此一定會再見面。」

他將老鼠放在我的掌心，我望著她烏黑發亮的雙眼，還有艾迪的眼睛。

「好。」我將掌心包覆住她。「你確定嗎？」

「我很確定。」

「我會好好照顧她。」

我們相吻良久。他靠在樓梯最上方的扶手，我緊緊壓住他的胸膛，手中緊握老鼠。我們都同意，他不會送我到前門，因為這太像最後一眼，太像正式的道別。

「今天稍晚，我會打電話給妳。」他說：「我不確定時間，但我會打電話給妳，我保證。」

我笑了。他很溫柔，知道戀人不回電話的那種古老而可怕的恐懼。但我明白他會打電話給我。我知道他會做到他承諾的一切。

「再見。」他最後一次吻我。我取走花莖，走下樓梯，在樓梯最下方轉身。「別看著我離開。」我說：「讓一切就像我只是出門買牛奶或生活用品。」

我們都停頓下來，我笑了，不為別的，而是出於純粹的幸福。然後，我心想，**快說吧，快開口，即使我們只認識七天，快說吧！**

他說了。他靠在欄杆扶手上，雙手交叉在胸前說：「莎拉，我覺得自己可能已經愛上妳了。這樣會不會太誇張？」

我喘了一口氣。「不，很完美。」

我們都笑了。我們已經越過，再也無法回頭。

彷彿良久之後，我遠遠地給他一個吻，踅入明亮的早晨之中。

10

親愛的妳：

小妹，今天我很想妳。

我想念妳淘氣的笑容，妳總是花費零用錢購買的牛奶軟糖。我想念妳小時候的鍵盤樂器，只要妳壓下黃色按鈕，就會演奏令人惱怒的曲調。妳總是假裝自己正在彈奏，傻氣的笑聲，以為自己騙過了我。

我想念在房間尋找證據，只為了證明妳曾經趁我不在，進入我的房間胡作非為。我想念妳習慣在麵包邊塗上果醬，每一口都能吃到果醬的味道。

我想念妳睡覺的聲音。有時候，我放下忙碌的青少年悲傷行程，只為了在妳的房門前傾聽。柔軟的呼吸。天花板的星辰。太空船鴨絨軟墊的窸窣聲，妳堅持想要那個軟墊，即使百貨公司的男店員說，那是給小男孩的。

哦，我的小刺蝟，我如此想念妳。

此時此刻，我周圍的一切非常不好。我不知道該怎麼看待自己——我覺得自己快失去理智了。

希望事不至此，對吧？

總之，我愛妳，永遠愛妳，對不起，我找不到更快樂的字眼。

愛妳的我

11

如果手機無人接聽，我可能在格羅斯特郡的工作坊。這是艾迪臉書上「關於我」的資訊。

工作坊的設備很單純：柴爐、喜怒無常的熱水壺，以及書桌，這是作坊裡最奢華的家具。然而，這裡確實有支電話，以免我遭到熊或山賊的攻擊。請試著撥打〇一二八五……

我一一按下數字，手機顯示「您要撥打電話嗎？」。

「莎拉？」蕎從廚房呼喚我。「妳可以來看看湯嗎？」

「來了！」我按下撥號。

撥號聲響起，腎上腺素迅速湧出，就要衝出我的肌膚，彷彿充入過多瓦斯的氣球。我靠著牆壁，希望他接電話，又希望他不要接電話，思考我應該和他說什麼，也思考他沒接電話時，我該怎麼做。

「嗨，我是艾迪．大衛，木匠。抱歉，我目前無法接聽你的電話，請留下訊息，我會盡快回覆。你也可以撥打我的手機。再見。」

我掛上電話，按下馬桶沖水按鈕，思忖這一切何時才會結束。

過去十九年來，我都在英格蘭度過六月。一般來說，我會在格羅斯特郡陪伴父母三週，另一週與湯米待在倫敦。倫敦和格羅斯特郡很近，所以一切相安無事。然而，這場旅程變得截然不同。外公突如其來的意外，失去行動能力，父母回不了格羅斯特郡。萊斯特與格羅斯特郡的車程是三小時，他們被困住了，時間只能分割來照顧外公，以及壓抑內心殺掉外公的衝動、尋找一位同樣不會殺掉外公的看護；然後將剩餘的時間都花在和我通話上。「妳在家裡，我們在這裡，感覺真糟糕。」母親悲慘地說：「有沒有任何辦法能讓妳待久一點？」

我同意多待兩個星期，將回程班機時間往後挪到七月十二日。我答應魯本，假期結束之後我會在英格蘭遠端工作，為了彌補，我還答應慈善基金會唯一一所英國理事組織的邀請，在安寧照護研討會上發表演說。

在我恢復工作之前，我會留在倫敦。父母家裡空蕩蕩的景象——艾迪家就在一英里外——是過於可怕的畫面，我根本無法想像。在這段期間，柔伊多半待在國外，只有我和湯米——正好是我需要的。

但是，公寓的女主人回來了。她剛結束歐盟科技法圓桌會議，雖然疲倦，看起來依然完美無瑕。她穿著無袖的絲綢上衣，站在爐子前，攪拌那道我為了歡迎她回家煮的拉麵。

我在走廊不安走動，看著柔伊，她不需要穿上圍裙，即使身著絲綢上衣也一樣。柔伊．馬克漢，精準簡約的女人，不只是談吐，身體曲線亦然。她站在爐子前，纖細的身材僅僅占去些許空間，無需手勢或喧嘩。事實上，要不是她和湯米交往第一年時曾高調曬恩愛，我根本無法相信我和她都是女人。她如此令人放心，自己卻放不下湯米，總是強迫他一同入鏡情感洋溢的自拍照，甚至聘請一位專業攝影師，拍攝他們健身的過程。

「啊，莎拉。」她抬頭。「我拯救了晚餐。」然後給了我一個微笑。她的微笑讓我想起冰凍的奶油。

你永遠不會知道一個人在上鎖的房門後做些什麼，我心想。但假使是柔伊躲在洗手間，晚上八點打電話到男人的工作坊——即使他冷落她長達三週——依然讓我莞爾。

湯米走入餐廳。他困惑著我究竟在笑什麼。今天晚上，他像貓一樣緊張。

我上菜時，柔伊坐著，像一尊大理石雕刻。她那雙灰色的眼睛盯著我。這是她讓我最不安的特質，沒有任何言語，只有無窮無盡該死的**凝視**（湯米曾說，就是這個特質讓柔伊成為如此成功的律師。「她從不錯過任何事物。」他說，彷彿這是現實世界應該讚美的特質）。

「我聽說妳為了某個男人而痛苦。」她說。

「我不覺得**痛苦**是正確的說法，」蕎迅速地回應：「那更接近……困惑。」

柔伊的眼球轉向蕎，不發一語。

今天晚上蕎也在，這讓我很驚訝。她不喜歡柔伊，也不曾加以掩飾（我也不喜歡柔伊，但我努力說服自己接納她。一九八七年一場國王十字車站大火讓她失去父母，當某個人長年承受這般痛苦，你必須原諒她的缺點）。

柔伊將一撮如冰的金髮塞入耳後。「所以，究竟怎麼一回事？」

「湯米可能已經告訴妳了。」我說：「我和那個男人共度一週，而那一切，該怎麼說……很特別。他去度假前曾說，搭機回程會打給我，但他沒有。從此以後我失去他的消息。我認為他發生意外了。」

柔伊的臉上閃過一道不悅。「意外？」

我疲倦地微笑：「我的理論讓湯米和蕎相當生氣，可能沒必要覆述一次。」

「才沒有。」湯米說：「我們和妳一樣困惑，哈靈頓。」

蕎其實完全不困惑，但她無法忍受自己和柔伊站在同一陣線，所以同意湯米的說法。

「整件事相當神祕。」蕎說：「莎拉在他的臉書留了一則訊息，詢問是否有人知道艾迪的下落，但沒有人回應。他幾星期以來都沒使用通訊軟體或臉書訊息，他那些**個人社群**也全都沒更新。」

「個人社群。」柔伊笑著說：「社群本身就是複數名詞，不需要加上『那些』。」她輕巧熟練地從肉湯中捲起一團完美的麵條，吃完之後，看起來若有所思。「放下他。」她果斷地說：「我認為他很軟弱。妳值得更好的男人，莎拉。」

話題轉向土耳其的恐怖炸彈攻擊事件，幾分鐘之後，我發現自己又將話題拉回艾迪。**我是怎麼了？**我絕望地思考。**我到底變成怎樣的人？**無論我在做什麼，無論周圍氣氛如此嚴肅，我似乎只專注在一件事上。

我可能必須放下他，這個想法縈繞在我的腦海。**我可能必須接受，他就只是變心了**。這個想法讓我動彈不得，失去信念讓我同時失去活力。但是從我們道別之後，足足過了三週，這段期間我未曾收到他的消息。沒有人回應我——甚至沒有人**表示任何意見**——包括我張貼在艾迪臉書上的詢問貼文。

「莎拉又分神了。」柔伊說。

我面紅耳赤。「不、不，我在思考土耳其的處境。」

「我們都經歷過愛與失去。」柔伊明快地說：「至少妳的身高體重指數下降了。」

「哦。」我陷入一陣困窘。「是嗎？」

不是不可能。我食欲下降，我每天在外面奔走，僅僅因為這麼做可以讓我將注意力轉移到另一種痛苦上。

「我光是這樣看著世上任何一個女人，就知道她的ＢＭＩ[4]。」柔伊笑著說。

我不敢看著蕎，但我確定「我光是這樣看著世上任何一個女人，就知道她的ＢＭＩ」即將激盪出一場交鋒。

「關鍵就是心碎。」柔伊接著說：「體重下降，體態變好，妳看起來很棒。」她將那雙纖細而美麗的完美雙腿交疊，從碗中挑出一隻蝦。

清理餐桌時，我已筋疲力盡，沒有力氣打開事先購買的精緻巧克力，再假裝是我親手做的；煮咖啡時，我甚至在眾目睽睽下滑著艾迪的臉書，也毫不在意。

我空洞地凝視艾迪的臉書，良久以後，才發現有人回覆了我的貼文。事實上，一共有兩人回覆。我讀了他們的回覆，一次、兩次、三次，走過廚房，將手機放在湯米眼前。

湯米看了他們的回覆幾次，將手機交給蕎。蕎看了一次，毫無回應，又將手機遞給柔伊。思緒就像龍捲風蔓延。

「好。」湯米說：「我認為，我們欠妳一個道歉，哈靈頓。」他看著柔伊，但柔伊可能永遠不會向任何人道歉。

好熱。我好熱。我脫下羊毛衫，衣物滑落至地板。我蹲下身子撿起衣服，腦袋一片沉悶作響。**實在太熱了**。

「老天，」蕎從手機前抬頭。「也許妳是對的。」

「哦，**拜託**。」柔伊笑著說：「那些回覆沒有任何意義。」

然而，在我記憶中，這是湯米第一次反駁柔伊。「我不同意。」他說：「我認為那些回覆改變一切。」

今天下午，某個我不認識的人，他的名字是艾倫，回覆了我的貼文：「我因為同樣的理由瀏覽艾迪的臉書，看見妳的貼文，莎拉。艾迪前幾個星期取消我們的假期行程之後就失去了聯繫。任何人曾傳訊告知妳這些事嗎？如果妳有任何消息，請通知我。」

還有第二個人，他的名字是馬丁，他寫道：「我也有同樣的疑惑。艾迪已經幾個星期沒來踢足球了。雖然我得承認，艾迪確實不是以可靠聞名的人，但這種狀況令人無法接受。很遺憾，我們今天以八比一慘敗。在我們球隊漫長的榮耀歷史中，這是非常羞恥的紀錄。我們需要艾迪歸隊。」

幾秒鐘之後，同一個人，這位馬丁先生張貼了艾迪的照片，寫上：「**協尋此人。華利在哪裡？#*Where's Wally?***」。

---

4 Body Mass Index，衡量肥胖程度的身體質量指數。

我拿著酒，凝視艾迪的照片。

「你在哪裡？」我驚恐地低喃：「發生了什麼事？」

在旋即而來的靜默之中，我的手機響了。

每個人看向我。

我接起電話，對方並未顯示號碼。「哈囉？」

沉默——電話那頭某人沉默——很快切斷電話。

「掛斷了。」我告訴屋子裡所有人。

「我認為妳是對的。」漫長的停滯之後，蕎說：「整件事很不尋常。」

12

第二天：隔天清晨

我應該還有時差，身心俱疲，而且宿醉，絲毫提不起勁在中午之前醒來。但是，我早上七點就清醒了，覺得自己就像能挑戰全世界。

他就在那裡，睡在我身邊，艾迪．大衛，一隻手朝向我，置在我柔軟的腹部。他做夢了，我肚臍上的手時而抽動，像葉子在百無聊賴的風裡飄盪。

清晨悄悄闖入敞開的窗，窗簾下方的擺飾微微晃動。我深深吸入新鮮的空氣，來自山谷的空氣，彷彿自然的泉水。我環顧房間，老鼠和艾迪的鑰匙坐在老舊的木頭矮櫃上。

我當然幾乎不了解這個男人，我認識他的時間甚至不到二十四小時。我不知道他喜歡吃什麼樣的蛋，他在浴室唱什麼歌，他是否會彈吉他、說義大利語，或者熱愛塗鴉；我不清楚他在青少年時喜歡哪些樂團、公投時會支持何種選項。

我幾乎不認識艾迪．大衛，卻覺得早已熟識他多年，彷彿我和湯米、漢娜還有她朋友艾利克絲跑過田野時，艾迪也在那兒，共同編織我們的祕密基地和夢想。昨夜探索他的身體，就像回到這座山谷，一切是如此熟悉、正確，就像我最後一次觸摸的感受。

在此之前，我唯一同床共枕的男人是魯本。我們的第一夜混亂而短暫，卻充滿希望。兩個小巧的靈魂待在某個人家中的客房，空調聲轟隆如雷，收音機播放事前謹慎準備的電影原聲帶。當時，那曾是我們的一切。多年過去，我們懊悔笑著第一次過夜的經驗如此糟糕。然而，昨天夜裡沒有尷尬，沒有手忙腳亂的笨拙和羞赧。我咬著唇，害羞地凝望艾迪的睡臉。

他發出鼻息聲，身體滾向我。他還沒清醒，只是伸手抱住我。我閉上眼，回憶他的肌膚貼在我身體上的感受，以及手臂的溫和重量。

這個世界以及那些等待解決的問題，彷彿在很遠、很遠的地方。

我沉沉睡去。

當我再度清醒，時間已過中午，空氣中滿是烤麵包的香味。

我穿著艾迪的上衣，悄悄溜出房間，走入起居的大空間。光線從天窗和積滿灰塵的邊窗灑入。老舊的窗櫺，鉚釘、坑洞還有生鏽的鉤子。

艾迪一邊在房間另一側的廚房走動，一邊在電話上和某人交談，空出來的手正在擦拭廚房桌面，揚起精細的麵粉，在屋頂天窗的光線下，化為一團明亮的雲朵。

「好的。」他說：「好的，德瑞克，謝謝……沒錯，你也保重，我們保持聯絡，好嗎？再見。」

沉靜片刻之後，他打開藏在窗臺玻璃罐後的收音機，達斯蒂・斯普琳菲爾德的〈傳教士之子〉正要演唱完畢。

他的手機又響了。

「嗨，媽媽。」他沖洗抹布，擦拭廚房檯面。「哦，她已經到那兒了？太好了，沒錯……我……」他停頓，身體靠著檯面。「聽起來很不錯，玩得開心一點，好嗎？如果到時沒有妳的消息，我到機場前會先過去妳家。」他又頓了一會。「沒問題，媽媽，好的，再見。」

他放下電話，走過烤箱，看著窗外。

「嗨。」我終於開口。

「哦，嗨！」他匆忙轉身。「我正在烤麵包。」他對著我笑，我思忖這一切是不是一場迷幻的夢境。一個正顛頂處理離婚文件和想盡速習慣這一切的女人內心絕望的遁逃。而眼前奔放英挺的男人卻意外席捲我已厭倦的世界，染上明亮的色彩。

但這不會是一場夢，不可能是一場夢，因為我胸口鼓漲的情感如此強烈。雖然不明白為什麼，但一切何其真實（我們要接吻了嗎？我們要擁抱了嗎？就像我們早已認識彼此多年）。

艾迪的起居室有一座早餐吧檯，分隔廚房與其他空間。寬廣的早餐吧檯是某種美麗的材料製作的拋光木板。我在吧檯前坐下，艾迪朝我微笑，將抹布放在肩上，向我走來。他靠在吧檯前，堅定地吻我的唇，回答了我的疑惑。「我喜歡看妳穿著我的上衣。」他說。

我低頭，灰色的衣服，袖口處磨損陳舊，聞起來有他的味道。

達斯蒂．斯普琳菲爾德已經將麥克風交給羅伊．奧比森。

「我很驚喜你烤了麵包。」我說：「聞起來好香。」我蹙眉。「哦，等等，你該不會是那種什麼都難不倒你的人？」

「我拙於各種事物，但滿懷熱情。」他說：「假使妳願意，的確可以說我熟能生巧，但我朋友倒不這麼形容我。」他拉出一張長凳，坐在我對面，將一杯柳橙汁推給我。

他的膝蓋碰到了我的膝蓋。「告訴我，你不擅長什麼？」我說。

他笑了。「嗯……我會彈五弦琴，還有烏克麗麗，正在自學曼陀林，比我想像的更困難。哦，我最近也學會如何擲斧頭，非常厲害。」他比畫起動作，模仿拍打重擊的聲音。

我噗哧一笑。

「除此之外……有時我會挑戰自己，使用在森林撿來的小石灰石製作物品，但技巧真的很糟糕。我經常烘焙，同樣缺乏精湛的手藝。」

我放聲大笑。「還有呢？」

他的手指盤繞在我的指節。「別在妳心中編織幻想，以為我是成功人士，莎拉。因為我真的不是。」

計時器響起，他起身檢查麵包。艾迪擁有極佳的空間感。我不禁想像他接合當地木頭、雕刻創作的模樣，彷彿他也是這座山谷的一部分，猶如一棵橡木，在季節遞嬗或狂暴的天氣之中，他的枝葉將深入更寬闊的世界，但他的心仍在土中，在這塊土地、這座山谷之中。

我驀然想著，在洛杉磯時，我從未湧現過這般感觸。我愛洛杉磯，洛杉磯是我的家，我喜歡洛杉磯的溫暖、規模與雄心壯志，以及它賦予我藏身其間的隱私，但我終究不是洛杉磯的沙漠塵土或海洋浪潮。

「麵包還要一段時間。」艾迪坐下。「妳在想什麼？」

「我在想，你是一棵樹，而我是一座沙漠。」

他笑了。「這麼聽來我們還真不相配。」

「不是這樣的，只是……哦，別理我。只是突然有了奇怪的念頭。」

「我是什麼樹？」他問。

「我覺得是橡樹，老橡樹。」

「選擇橡樹絕對不會錯，今年九月，我就滿四十歲了，老橡樹很合理。」

「而我在想，你是如此深深扎根在這裡。雖然你說自己常在倫敦工作，只是……我不清楚，彷彿你就是這幅風景的一部分。」

艾迪眺望窗外。在屋子下方，成群的薰衣草隨風搖曳。

「我從來沒這麼想過自己。」他說：「但妳是對的，無論我去倫敦多少次，替客人安裝廚房家具、踢足球，或是與朋友見面——依舊覺得自己**喜歡這座城市**——我終究回到山谷。我無法阻止自己。妳離開洛杉磯，回來英國時，也有這種不由自主的感受嗎？」

「不，沒有。不完全如此，但洛杉磯是我選擇的家。」

「好吧。」他的聲音流露些許失望。

「但很有趣。」我接著說道：「聽你談自己的工作與嗜好之後，我才發現自己多麼想念那一切。在洛杉磯，你什麼都找得到，深夜裡哪一刻都行，請人送來或直接下載……我的意思是，他們甚至在討論使用**無人機**送貨了。一切都有可能，沒有設限。儘管如此，我幾乎記不得上次親自動手組裝物品是哪一天——除了整理床鋪。我幾乎不運動、不演奏樂器，也不參加夜間進修課程。」

我的口氣聽起來如此扁平，我的話語如此缺乏深度。

艾迪顯得若有所思。

「倘若妳將所有時間用於自己熱愛的工作，誰又在乎嗜好呢？」艾迪將我的幾綹髮絲捲入指間。

「嗯……」我說：「我的確熱愛我的工作……這份工作極富挑戰性，而且從不停歇。即使回英國度假，我還是在工作。」

艾迪微笑。

「選擇。」我終於說了：「你想提醒我，我可以選擇。」

他聳聳肩。「聽著，不是很多人都能像妳一樣，一手創辦孩童慈善基金會，但每個人都需要休息，不需思考的休息時間。休息能讓我們維繫人的特質。」

當然，他是對的，我很少委託旁人代理我的職務。我緊緊抓住工作，工作就像我的外衣，我一直是如此，工作是我唯一熟悉的事物。但是，所有的慈善活動、所有慈善領域的成就，我是否真的在那兒呢？在我的生命中，我是否真正融入我的工作，就像艾迪如此融入他的工作？

這不是妳應該和一個認識不到二十四小時的男人討論的話題。我告訴自己，但我似乎無法自制。我不曾和任何人討論此事，包括我自己。一切就像開啟的水龍頭，所有該死的想法都從手心沁出。

「不是因為生活在大城市，或單純為了工作。」我說：「也許是因為我自己。有時候，我的確會望著其他人，思考我為什麼找不到時間，從事工作之外的活動。」我輕輕摸著指甲表面。「但你卻能……別理我，我只是隨口說說。你讓一切變得如此自然，待在這兒……反而讓我困惑。通常我回英國，都會迫不及待想離開。」

「為什麼？」

「哦，以後再告訴你吧。」

「好，我教妳演奏五弦琴。我的技巧很差，我和妳一起學。」他翻過手掌，將我的手放在他的手心。「我不在乎妳平常有哪些嗜好，也不在乎妳多麼努力工作，我只知道，我可以整天和妳說話。」

我驚訝地凝視他。

「你很好。」我靜靜地說：「只是想讓你知道。」

我們看著彼此，艾迪傾身吻我，緩慢、長久又溫暖的吻，猶如音樂帶回了記憶。

「妳想不想在附近逛逛？」他的唇從我的唇上移開之後，問我：「如果妳沒有其他安排，我想帶妳參觀樓下的工作坊，妳可以製作自己的老鼠，或我們就坐著親吻彼此，順便鬧一下史帝夫，牠是一隻可惡的小松鼠，住在外面的草坪。」他將手放在我的腿上。「我只是……可惡，我只是不想讓妳離開。」

「好，」我帶著笑意，緩慢地說：「聽起來很棒。但是你母親……我以為你很擔心她？」

「我很擔心她。」他說：「但是她——好吧，她目前沒有緊急狀況，只是精神上正在惡化。我阿姨已經過來了，因為我預計週四出國度假。她會謹慎照顧我媽。」

「你確定嗎？」我問：「我不介意你先離開，去照顧你母親。」

「我很確定。她稍早才來電，她們要去花園中心逛逛。她聽起來很好。」見我略顯躊躇，他又說：「如果狀況變糟，我會過去，我知道應該注意什麼。」

我想像艾迪每個星期照顧母親的模樣，宛如漁夫觀望天色。

「好。」我說：「那麼，我覺得你應該讓我知道誰是史帝夫。」

他咯咯笑，從我的頭髮中彈出麵包屑，或一隻小蟲。「我，還有幾乎所有想定居在這兒的野生動物，都害怕史帝夫。我實在搞不懂牠，牠彷彿時時刻刻躲在草叢裡監視我，而不是回到屬於牠的樹梢上。唯獨一次鬆懈，是因為我買了餵鳥器，但無論我將那該死的玩意兒放在哪裡，牠都有辦法打破餵鳥器，吃光所有食物。」

我笑了。「史帝夫聽起來很棒。」

「牠很棒，我愛牠，同樣討厭牠。我有一把水槍——如果妳想，我們可以一起陪牠『玩』。」

我微笑。一整天下來，和這男人與他的松鼠相處，待在柯茲沃的隱匿角落，讓我想起童年時代最美好的回憶——那時沒有最壞的回憶——簡直是一場饗宴。

我環視周圍，觀察這個男人的生活聖壇，書籍、地圖，還有手工製作的凳子，裝滿錢幣和鑰匙的玻璃碗，以及一臺老舊的祿萊相機。在書櫃上方，還有幾座耀眼的足球獎盃。

我漫步觀看獎盃。**榆樹組，巴特西公園，星期一**，最靠近我的獎盃上寫著：**老羅伯森尼亞**

隊——第一分區冠軍。「這些都是你的獎盃？」

艾迪朝我走來。「嗯。」他拿起最近獲得的獎盃，小麥色的手指掠過頂端，一小叢灰塵從獎盃邊緣滑落。「我參加倫敦的足球隊。聽起來可能有點不尋常，畢竟我住在這兒。但我經常去倫敦替客人安裝廚房木製家具，而且……他們是一群很難捨棄的隊友。」

「怎麼說？」

「幾年前我加入球隊，那時我覺得自己應該給倫敦一次機會，而那群傢伙……」他咯咯笑著說：「他們實在是太有意思了。等我搬回格羅斯特郡，還是離不開球隊；事實上大家都離不開，我們都太愛球隊了。」

我微笑，轉頭望著凌亂的獎盃，其中一座的歷史甚至超過二十年。我喜歡他與他的隊友維持如此長久的友誼。

「不會吧！」我驚呼，從書櫃深處抽出柯林斯出版社系列叢書的其中一本，書名是《鳥類》，和我童年時讀過的那本一模一樣。我曾花費數個小時，津津有味地讀著那本書。我坐在老家的梨樹下讀書，一心盼望自己坐得夠久，鳥兒就會飛來，伴著我歇息。

「我也有這本書！」我告訴艾迪：「我記得書中的每一隻鳥。」

「是嗎？」他走來。「我愛這本書。」他翻開其中一頁，伸手遮住鳥的名字。「這是什麼鳥？」

那隻鳥有著金色的胸膛，眼睛周圍像戴上了一副竊賊面罩。「哦，天啊……不，等等。茶腹鳾！歐洲亞種茶腹鳾！」

他又遮住另一隻鳥的名字。

「黑喉鴝！」

「我的天啊。」艾迪說：「妳真是我心中完美的女人。」

「我還有野花的書，還有蝴蝶和蛾類的書，我小時候可是一位早熟的自然學家。」

他將書放到一旁。「莎拉，我能問妳一件事嗎？」

「當然。」我喜歡聽他喚我的名字。

「妳為什麼要住在城市？妳如此喜歡大自然。」

我停頓。「我只是沒辦法住在鄉村。」我緩緩開口。我臉上的表情可能讓他察覺不該繼續追問。因為，他盯著我片刻之後，晃去了廚房拿麵包。

「我還有樹的書。」他四處張望，尋找耐熱手套，最後決定拿肩上的抹布充當手套。「我爸買給我的。其實是我爸讓我愛上木工，雖然他從來不支持我做木工。小時候，他每到秋天就會帶我去找伐木工人，讓我幫忙搬運柴火。他也教我如何劈開木頭、製作引火柴。」

他頓了一會，笑著說：「我想起來了，是氣味。起初我喜歡木頭的氣味，但真正吸引我的是，你居然可以如此迅速地將亂無章法的木頭，變為另一種截然不同的物品。某個冬天，我將引火柴的碎片拼成火柴人，又製作洗手間的衛生紙捲筒，以及人類歷史上最糟糕的木槌。」

他不由得笑出聲。「後來，我做了一隻老鼠。」他打開烤箱，取出烤盤。「那是我的驕傲和喜悅。我爸不以為意，我媽卻說那是她看過最完美的小老鼠。」

他將充滿香氣的圓形麵包放在網架上，關上烤箱。

「他離開的時候，我才九歲。我是說我爸。他在蘇格蘭有了另一個家庭，在卡萊爾北方某處。」

「哦。」我坐下。「你一定很難受。」

他聳肩。「那是很久以前的事了。」

他從冰箱取出奶油、蜂蜜，以及看似自製橘子果醬的罐子時，我們進入一陣輕鬆的沉默。他遞給我一個盤子，上面有一道深深的創口（「很痛吧！」）與奶油刀。

「你母親知道我在這兒嗎？」他切麵包時，我問他。

「哦！」他猛力將手從麵包旁抽開。「我也太貪吃了，麵包還很燙，不能吃。」

我笑了。要是他沒有直接碰麵包，我也會這麼做。

「不。」這一次，他記得拿抹布保護自己的手。「她不知道妳在。我不能讓她覺得她唯一的兒子是一頭濫交的山羊。」

「我也這麼想。」

「但如果我真的很不錯，我們可以繼續交配。」他將一塊火紅色的麵包遞向我的盤子。

「當然。」我將刀子插入奶油，奶油上都是麵包屑。魯本食用奶油的方式很嬉皮，他愛將奶油塗抹在盤子，甚至荒謬到塗在石頭上。他肯定會嫌惡我現在的做法。

「你很擅長交配。」我補充，而且臉不紅氣不喘。

艾迪倒是臉紅了。「真的嗎？」

此時此刻，我不作他想。我起身，繞過木製的島型吧檯，環抱他，用力地吻上他的脣。

「沒錯。」我說：「這塊麵包對我來說也太燙了。我們回床上吧。」

13

親愛的艾倫：

請原諒我突然傳訊息給你。

今天稍早，你在艾迪．大衛的臉書上回應我的留言。我有些擔心，我想和你分享自己知道的狀況。

在你和艾迪約定的度假行程之前，我和他在薩伯頓共度一週。我在六月九日星期四離開，讓他可以好好打包行李，他說到了機場會打電話給我。

從此之後，我就沒有他的消息了。我曾多次嘗試聯絡他，後來決定放棄，我猜想他改變心意，不想再和我聯絡。但是，我並不完全相信他變心了。我看到你的留言，知道我不是在騙自己。這是我的電話號碼。如果你願意把自己的想法或消息告訴我，我會非常感激。我不是跟蹤狂！我只是想知道艾迪一切安好。

祝福

莎拉．麥基

深夜十一點，午夜驀然到來。手機嗡嗡作響，我猛然衝向手機，是蕎傳訊通知她到家了。艾倫沒有回音。我躺回床上，我的心在胸口糾結。我很痛苦。**真的很痛苦**。為什麼從來沒人說過，心碎的痛苦不只是一種隱喻？

午夜一點、午夜兩點、午夜三點。我想像走廊深處，湯米和柔伊躺在巨大的床上，思忖他們是否相擁入眠。我還記得艾迪的身體籠罩我，那股強烈的渴望，彷彿刺穿了我的肌膚。我不禁討厭起自己，因為我想起在土耳其的伊斯坦堡，許多人的屍體正被包入屍袋，然而艾迪很可能只是一個不回電的男人。

午夜四點，我發現自己在網路上搜尋艾迪度假的地區是否傳出任何死訊之後，悄悄走出湯米的公寓。清晨的天空沾染上幾抹灰色的痕跡，孤獨的清道夫已經上工，緩慢沉重地走過柔伊所擁有的精緻喬治亞風格花園。再過幾個小時，這座城市才會踩緊油門。但我再也無法忍耐那幾乎令人窒息的靜默和腦海中的陰暗想法，每一秒，它們都變得更可怕。

我在荷蘭公園大道狂奔。有那麼一小段時間，我毫不費力地穿過公車站，裡面藏著面容憔悴、正要上工的移民。咖啡廳的欄杆緊閉，還有一名醉漢正顫顫走下諾丁山丘。我假裝沒聽見深夜行駛的公車和計程車，專注聆聽腳下運動鞋拍打地面的聲響和清晨的鳥鳴。

我失去餘裕，爬上諾丁山丘之後，我的肺變得灼熱疼痛，一如以往，雙腿也失去力氣，只能緩慢走上波多貝羅路的盡頭。

我沒有發瘋，強迫自己再度奔跑時，我心想。**倫敦醒了**。勞工光顧的咖啡店擠滿穿著螢光背心的工人；韋斯特伯恩格羅夫路旁的男人正展開咖啡車準備做生意。倫敦動起來了，我為什麼不能跑步，眼前的一切都很好。當然，實情並非如此，因為我的身體疲倦又可悲，這段時間唯獨我一個人在跑步。我回到湯米家時，是凌晨四點四十五分。

我沖了澡，滑進被窩，忍耐五分鐘不看手機。

一通未接來電。我放棄忍耐，看見手機螢幕顯示的通知。我起身，撥號者隱藏來電號碼，時間是凌晨四點十九分，留了語音訊息。

語音訊息沉默了兩秒，隨後是按錯鍵的聲音。一陣短暫的慌亂之後，撥號者終於掛掉電話。

我思考對方會不會是艾迪的朋友艾倫。但我查看臉書，發現艾倫還沒讀過我的訊息。

究竟是誰？

艾迪？

不！不會是艾迪！艾迪喜歡聊天，但不會是某個在凌晨四點打來無聲電話的瘋子！

我在午餐時間才清醒，艾倫讀過訊息了，但沒有回覆我。

我瘋狂盯著手機，不停整理頁面。艾倫不可能忽略我的訊息，沒有任何人會這麼做！

但他明明讀過了訊息，卻擱置不理。這一天，一分一秒過去，我依舊沒收到任何回覆。我覺得害怕。對艾迪的擔憂一天天減少，內心油然而生的恐懼卻逐漸增加。

14

魯迪保持完全的靜止。

他站著凝視兩隻最靠近欄杆的貓鼬。貓鼬的前足隨意放在自己柔軟的肚子上，也站著凝視魯迪。魯迪沒發意識到自己正挺直了身體，將小小的手掌放在肚子上。

「哈囉。」他恭敬地輕聲說道：「哈囉，貓友。」

「貓鼬。」我糾正他。

「莎拉！**安靜**一點！妳嚇到牠們了。」

湯米提醒魯迪注意另一隻貓鼬過來了，魯迪猛然轉身，忘了我還在這兒。「哈囉！貓友三號。」他輕聲細語地說：「各位貓友，你們好，你們是一家人嗎？或只是好朋友？」

兩隻貓鼬鑽入沙中，第三隻磨蹭沙丘，看起來就像在擁抱另一隻貓鼬。魯迪似乎因為驚奇而益發振奮起來。

蕎替自己的兒子拍了一張照片。五分鐘前，她才剛因為某件事斥責魯迪；現在，她那毫無極限的愛正對著他微笑。看著蕎，思忖這般屹立不搖而難以衡量的奉獻，我再度想起那個感覺，我藏在遙遠深處的情感漣漪遽然掀起。當初，我不想當母親，依然是正確的決定，但放棄生育的痛楚，偶爾仍讓我無法喘息。

我從包包裡取出太陽眼鏡。

父母替外公找到一名看護，明天就能回格羅斯特郡。在我前往探望父母之前，魯迪希望在巴特西公園的兒童動物園和我道別。儘管如此，我懷疑他是因為最近在電視上看到與貓鼬有關的節目，而不是想要和莎拉阿姨說再見。

我低頭看手機，現在這動作像呼吸一樣自然。上週午夜接到那通無聲電話之後，幾天前我又接到一通，維持了十五秒。「我會報警。」我說。無論對方是誰，依然拒絕說話，並且立刻掛上電話，自此以後無消無息。我確定這些來電必定與艾迪的失蹤有關。

最近我幾乎無法成眠。

湯米打開事先準備的小茶點，魯迪跑來享受，印象模糊地述說一則關於雞蛋三明治和雞蛋味臭屁的笑話。蕎責怪魯迪不要在嘴巴塞滿食物時說話。坐在附近的孩子小聲埋怨自己錯過餵食長鼻浣熊的時機。我坐在他們之中，吃不下三明治，胃部翻攪不適。

預科畢業不久，我為了準備英文高級程度測驗，開始閱讀《達洛威夫人》。我和同學輪流描述故事內容，探索維吉尼亞．吳爾芙「獨特的敘事技巧」——正如魯斯比老師所說。

「世界已然揚鞭。」輪到我的時候，我大聲朗讀：「誰將因而受罪？」

我驚訝地停頓，再次朗誦這個句子。此時同學都朝我看過來，魯斯比老師也盯著我，我足足強調這句子三次，才接著讀下去，因為它完美地描述我大多時刻的感受。我好奇居然有人能寫出這些文字。

世界已然揚鞭，誰將因而受罪？

就是這樣！十七歲的我思忖。這是永恆的警告。凝視天空，聞著空氣的味道，面對災厄。**那就是我**。十九年後，我依然擁有完全相同的感受。這世界有任何改變？我在加州的舒適生活可曾滿足內心的夢想？

我再度望著手中的三明治，它只讓我想吐。

「嘿。」蕎的聲音讓我回過神：「妳怎麼了？」

「沒事，我在吃點心。」

「真有趣。」蕎說：「因為妳根本沒吃。」

我停頓片刻之後向他們道歉。我說，我看起來一定很瘋狂。我說，我非常、非常努力想要振作，但事與願違。

「他傷了妳的心嗎？」魯迪問：「那個男人。」

沒有人回應魯迪。蕎和湯米無法正眼看我，只有魯迪望著我，那雙杏仁般的小小眼睛，正以孩童的方式，完美地理解這世界。

「我……好吧，沒錯。」我找回自己的聲音：「很遺憾，他確實傷了我的心。」

挪移膝蓋轉動身體之後，魯迪看著我。「他是壞人。」他思忖良久之後，又說：「他是狗屁。」

「他的確是。」我同意。

魯迪抱著我，我的眼淚就要潰堤。

湯米拿起我的手機，若有所思地觀察艾迪的臉書，沉默良久之後，終於說：「這男人讓我非常納悶。」

「我也很納悶，湯米。」

「舉例來說，『華利在哪裡？』的主題標籤。」湯米說：「很詭異吧？他明明叫艾迪．大衛。」

蕎替魯迪打開一包乾燥水果和堅果。「慢慢吃。」對魯迪說完，她轉向湯米說：「笨蛋，《華利在哪裡？》是繪本。」她接著說：「你不記得嗎？書中所有圖片裡擠滿了人，華利就藏在裡面。」

魯迪挑出葡萄乾，丟掉堅果。

「我知道《華利在哪裡？》。」湯米回答：「我只是想，他明明叫艾迪．大衛，為何他的朋友會標籤「華利在哪裡」？」

我搖搖頭。「可能有些人就是會這樣標籤。畢竟在茫茫人海中找人，的確是海底撈針。」

湯米聳聳肩：「也許是，也許不是。或許他根本是另一個人。」

魯迪豎起耳朵。「你覺得艾迪是殺人犯嗎？」他問。

「不是。」湯米說。

「吸血鬼？」

「不是。」

「心懷不軌的瓦斯工人？」蕎最近正在教導魯迪要提防陌生人。

湯米若有所思地凝視我的手機。「我不知道。」他說：「但事有蹊蹺。」他猛然起身。「莎拉。」他輕聲說道：「**快看！**」

我從湯米手中接過手機，發現他點開我的通訊軟體，螢幕上所有訊息如水流奔湧而出。**艾迪在線上**。他讀了我的訊息。兩則都讀過了。他現在就在線上。

他沒死。他在某個地方。「你為什麼要看我的訊息？」我表達不滿。

「我愛管閒事。」他說：「我想看看妳對他說了什麼，但**管他的**？他讀了妳的訊息！他在線上！」

「他說了什麼？」魯迪想拿走手機。「莎拉，他回了什麼？」

蕎一把拿走手機，看了很久。

「很抱歉，我必須告訴妳。」她說：「他是三小時前讀了妳的訊息。」

「他為什麼沒有回訊？」魯迪問。

這是個好問題。

「我已經厭倦你的男朋友了，莎拉。」魯迪說：「我覺得他真的是個非常糟糕的人。」

陷入漫長的沉默。

「一起去貓鼬隧道吧。」蕎說。

魯迪先看著我，隨後凝望他鍾愛的貓鼬，就在十公尺之外——遙遠的十公尺。

「去吧。」我告訴他：「去陪你的朋友，我沒事。」

「別管他了，莎拉。」蕎再次強調。她的兒子蹦蹦跳跳離開，忽然之間，她聽起來筋疲力盡。「人生這麼短暫，何必停駐在讓妳悲慘的男人身上。」

她加入魯迪的行列。湯米和我繼續盯著手機螢幕。出於一股衝動，我在通訊軟體中輸入：

哈囉？

幾秒之後，艾迪的圖片出現在訊息旁邊。「他讀了。」湯米說。

我不會咬人，我繼續傳訊息。

艾迪依然讀了訊息，不久後離線。

我起身。我必須和艾迪見面，我要和他說話。我必須**做些什麼**。「幫幫我。」我說：「我該如何是好，湯米？我該怎麼做？」

片刻之後，湯米起身，將手放在我的肩膀上。當我闔上眼，我感覺自己就像回到一九九七年洛杉磯國際機場的入境大廳，我倒在他懷裡，他拿著汽車鑰匙，告訴我一切都會沒事。

「也許艾迪母親的憂鬱症變得很嚴重。」我絕望地說：「我遇見他的時候，他告訴過我，他母親的狀況急轉直下，可能真的很糟糕。」

「或許吧。」湯米靜靜地說：「但是，哈靈頓，如果他認真看待你們的關係，就會回覆訊息，解釋清楚，並且請妳給他幾個星期的時間。」

我說不出話來。我無法反駁湯米的話。

「再等等吧，他或許晚點會回訊。」湯米捏捏我的肩膀。「但是，除非他盡快回覆訊息，除非他真的遇到非比尋常的狀況，否則我認為妳應該嚴肅思考是否繼續和他保持聯絡。他讓妳經歷這一切，我覺得很糟糕。」

尷尬，卻不失溫柔，他親吻我的側臉。「也許蕎是對的。」他說：「也許妳應該放手。」

我認識最久的朋友擁抱我的肩膀。這些年來，這個男人曾經讓我重新振作，目睹我失去一切，重建自己的人生。如今，再過幾年，我們就要四十歲了，我依然原地踏步。

「她的確是**對的**。」我的聲音透著窒息感。「你們說得對，我該放手了。」

我是真心的。唯一的問題是，我不曉得該如何放手。

15

那不只是心碎，當天稍晚，我穿著睡衣，站在湯米和柔伊公寓的廚房吃薯片。**我現在不只是心碎**。

但究竟是什麼？

意外？**和那場意外有關嗎**？

關於那悲慘的一天，我的記憶中居然有如此大量的空白。可能是距離，或精神創傷，也許英國和美國生活之間的差異大到足以掩蓋那場意外。然而，我現在的感受，我很清楚，就像一群邪惡的老朋友。

凌晨一點三十分。我決定善用過剩的精力，投入工作。同事們都很友善，不願對我的狀況多加評論，但我知道，要是不快點完成囤積的工作，接下來就會有人致電關切。

我鑽回床上，打開電子郵件。我的腦袋——終於——恢復運作。我做了一個重大的決策，以及一些枝微末節的判斷。我授權同意開銷項目，將報告寄給所有董事；我登入網站的電子信箱，我的基金會同事們從來不記得這麼做，我查看一個小女孩的郵件，她詢問我們的小丑醫師能否探望她的雙胞胎姊妹，她生病了，住在聖地牙哥的醫院。**當然好**！我回覆她，並且將郵件轉寄給魯本和我的副手凱特。**派出小丑醫師吧，我們和那間醫院很熟，讓他們週五前往醫院，麻煩你們了，各位夥伴。**

到了凌晨三點，我發現腦袋運轉的速度幾乎要超過負荷。

四點，我覺得自己快瘋了。

四點十五分，我決定打電話給珍妮。珍妮・卡麥可知道該怎麼辦。

「莎拉・麥基！」她很驚訝。我可以聽見背景傳來一部浪漫老電影奔馳的小提琴配樂。「這麼晚了，妳醒著做什麼？」

感謝。我閉上眼思忖。**感謝上蒼，讓我擁有親愛的珍妮・卡麥可。**

我和魯本的結婚典禮有些難為情。他邀請來的賓客滿堂，我只有母親、父親、湯米、蕎，以及噴泉咖啡館的幾位女服務生。我和魯本在那間咖啡館舉辦第一次的慈善聚會。漢娜不在，母親的長凳旁保留一個空位。我沒有朋友出席，因為英格蘭那些人再也不知道應該和我說什麼，更不可能飛到世界另一頭，享受依然無話可說的喜悅。

我曾經告訴魯本的家人，「我沒有任何英格蘭朋友能夠出席婚禮」，我全身散發著羞愧，就像快溢出杯緣的啤酒。

我和魯本在優勝美地度過美好的蜜月，躲入愛情的瓶中，我們很幸福。蜜月旅行快結束時，我們抵達舊金山，周圍全是年輕人的歡笑，孤獨再度嘲諷我的感受。

隨後，珍妮出現在我的生命中，像快遞送上門的禮物。她來自南卡羅萊納，不像那些「離開小鎮」的人，她對加州的電影產業毫無興趣，只想「嘗試新事物」。魯本和我以新婚夫妻之姿周遊北加州各地時，珍妮成為辦公大樓的管理人。這棟灰色的混凝土大樓位於好萊塢高速公路下方，我和魯本在此租了一間辦公室。

我們回來工作之後，珍妮曾來詢問我們能否盡速繳納遲交的辦公室租金。我在同一天將現金交給她，表達歉意。珍妮點收鈔票時，我滿懷愧疚地在她身邊徘徊。我在她的桌上看見吃了一半的蛋糕，上頭包著保鮮膜，以及一臺小型ＣＤ收音機，正在播放的音樂聽來就像「偉大情歌合輯」。她一邊抬頭看我，一邊動著橡膠指套數錢。「我數學很差。」她說：「我只是想要裝出很有效率的模樣，才會數錢。」她再度從第一張鈔票開始數，終於放棄了。

「我相信妳。」她把現金放入盒子裡。「妳看起來很誠實。想吃蛋糕嗎？我昨天晚上烤的，我實在很怕自己吃完一整塊該死的蛋糕。」

蛋糕很好吃，我在她的桌上吃完。珍妮細數她和大樓主人的面試過程。他的脾氣很古怪，但她近乎完美地在他心中留下好印象。**我希望珍妮是我的朋友**，我心想，珍妮為了聆聽芭芭拉·史翠珊而略過一首搖滾情歌。她和我不同，也不像我認識的任何人，這讓我更喜歡她。

我成功了。我終於找到朋友了。我依然背負著過去的傷痕，但我以慈善基金會執行長莎拉·麥基的形象示人：快樂、可靠，有時風趣。珍妮·卡麥可是我的媒介，透過她，我認識更多人，我慢慢相信自己屬於這座城市，洛杉磯是我的家。

三年之後，珍妮已經不只是一位摯友，而是基金會的珍貴資產。魯本和我在佛蒙特簽了一份長期租約，地點就在兒童醫院旁的兩個街區，珍妮辭掉原本的工作，加入我們的行列。基金會的新總部並不富麗堂皇，周圍密布著略顯可疑的診所、投幣洗衣店和外帶餐館，但租金低廉，一樓還有巨大的開放空間，可以讓魯本成立小丑醫師訓練學院。一開始，珍妮只是辦公室經理，後來協助我們處理補助款，幾年過去，我們讓她升任募資副總。

我們認識一年後，她的感情有了歸屬，是一個叫做哈維爾的男人，兩人幸福地住在西湖村和菲律賓舊城旁。哈維爾的工作是替有錢人維修運動休旅車以及每星期送花給珍妮。她活在浪漫之中，談起哈維爾，彷彿這個男人就是上帝。

十一年來，他們一直想要孩子。她不曾抱怨，因為她知道自己沒時間抱怨，但膝下無子令她痛苦不堪。痛苦緩慢地從內心摧毀了我的摯友。為了她，我曾經向我根本不相信的上帝祈禱。**請給她一個孩子，這是她唯一的心願**。

倘若最後一次的人工授精失敗，我不知道她還能怎麼辦。要是連保險公司也不願再支付費用，她和哈維爾也沒有足夠的金錢進行相關程序。

「最後的機會！」我們在洛杉磯國際機場道別時，她堅決地說。

我和魯本分手，讓珍妮相當訝異，我甚至認為這件事粉碎了她看待愛情的觀點——沒錯，時時刻刻都有人離婚，但她生活中不曾有過。她逃避，而她逃避的方式就是擔任我的拯救者，這也是她被指派的任務。她替我的手機安裝App，讓我搬進她家的空房，烤了很多蛋糕。

「所以，」她說：「艾迪聯絡妳了，對嗎？現在都沒問題了？」

「實際上，他沒有。」我說：「完全相反。他回來了——這句話的前提是，他確實曾經前往某處——但他沒有回覆我任何訊息。他無視我。」

「親愛的，別掛斷。」我聽見背景音樂停了。「哈維爾，幫我暫停電影。我要到陽臺講電話。」珍妮背後傳來屏門關閉的聲響。「抱歉，莎拉，妳能再說一次嗎？」

我又說了一遍。珍妮可能需要花點時間，才能完全理解我追求第二段愛情的希望愈來愈渺茫。

「狗屎。」我不曾聽珍妮說過髒話。「**妳說真的？**」

「真的，我現在的狀況有點糟。妳可能也發現了，倫敦時間剛過清晨四點。」

「狗屎。」她又說了髒話，我淡淡地笑了。「從前一次我們傳訊後發生的所有事情，統統告訴我。還有，離開電腦，不過幾小時前，妳傳了相當瘋狂的訊息。」

我告訴她所有的事。

「就這樣。」快結束時，我說：「我可能要放棄他了。」

「不。」她忽然激動起來。珍妮不喜歡看見人們放棄愛情。「妳絕對不能放棄。聽好了，莎拉，我曉得很多人會要妳離開那個男人，但是……我不會。我和妳一樣，我相信他肯定有什麼理由。」

我微笑。「像是什麼？」

「我不知道。」她緩緩地說著：「但我認為絕對要問清楚。」

「我也覺得。」

她笑了。「我們會找到真相的。現在，妳需要堅持下去。對了，這讓我想起——明天的會面，妳沒問題嗎？」

「明天？」

「妳要和魯本與凱雅見面，在泰晤士河附近某個和電影有關的地方，對吧？」

「魯本在倫敦？**和他的新女友？**」

「呃……沒錯？他說寫了電子郵件給妳，約好明天，要向妳介紹凱雅，避免妳回加州時，妳們頭一次碰面過於尷尬。」

「為什麼她也來倫敦？他們為什麼來倫敦？我明天要回格羅斯特郡！我——**到底怎麼回事？**」

「凱雅想去倫敦。」珍妮的語氣顯得無奈。「她好多年沒去了，而魯本當初為了陪妳度假，已經訂了兩人的機票……」

我陷入床鋪裡。沒錯，一月的時候，我和魯本訂了機票，當時我們依然在丈夫和妻子的孤獨遊戲裡頭對峙。那場意外的週年紀念日，我都會回家，他經常和我一起回來——雖然，他上一次來倫敦已是多年以前了。「今年，我和妳一起回去。」他承諾：「我知道妳很想念妳妹妹。今年我會陪妳，莎拉。」於是我們訂了機票。

後來，他提議離婚。「我把去倫敦的機票改期了。」之後幾天，他說。他望著我，臉上充滿愧疚和悲傷。「我不認為妳希望我一起去。」

我說。「沒問題，這個想法很好，謝謝你思慮周全。」我其實根本不認為他想來倫敦。老實說，那時我什麼也沒想，而是小心翼翼地揮舞自己的手腳，舒展重獲新生的身體肌肉，好奇地探索沒有魯本的新生活。在這個勇敢的新世界中，我變得放鬆而有餘裕，甚至感受未來。一股奇異的愧疚感升起。我為什麼不覺得悲傷？

「他替凱雅訂了機票。」珍妮聽起來不喜歡這段對話。「對不起。魯本說他寫了電子郵件給妳。」

「可能吧，但我還沒收到。」我閉上雙眼。「好吧，這次碰面應該會很輕鬆。我、魯本，以及魯本的新女友。」

珍妮無奈地笑了。

「抱歉。」停頓片刻之後，我說：「我不是對妳生氣，只是很驚訝。況且，這是我的錯。我早就該收信的。」

我聽見她的笑聲。那是略受衝擊時的珍妮才有的聲音。「親愛的，妳很好，除了深夜不睡覺之外，妳得想想辦法。」

我閉著眼睛。「天啊，我還沒問妳人工受孕的狀況。目前如何？他們還要多久才會採集妳的卵子？」

珍妮頓了一會。「哦，已經結束了。上個星期我到醫院，他們把我全身的卵子都拿走了。我也傳訊息告訴過妳。這是我最後的機會，他們放了三個胚胎，下個星期會知道結果。」

她深呼吸，彷彿還要說些什麼，卻又吞了回去。猶如千萬噸重的絕望在沉默中擺盪。

「珍妮。」我輕輕地說：「我很抱歉。我以為妳還在卵巢模擬階段。我……天啊，對不起。我不能找藉口，只是我現在真的無法思考。」

「我明白。」她開朗地回應：「別介意，每一次試驗妳都在我身邊。妳當然可能會混淆。」

她的聲音過於開心，我知道我讓她失望了。躺在漆黑的柔伊家客房，我想我的臉龐正浮上泛著羞慚的自我厭惡。

哈維爾似乎在喊著什麼，我聽見珍妮回應他，她說她要掛電話了。「莎拉，仔細聽我的建議。」她說：「我認為妳應該和艾迪重新開始，回到妳們剛認識的階段，寫一封信給他，讓他知道妳的一切，就像妳們還在第一次約會。以前沒機會說出口的事，例如……他知道那場意外嗎，妳妹妹的意外？」

「珍妮，談談妳自己吧。我們已經談太多我和我悲慘的生活。」

「哦，親愛的，我會照顧自己，我每天都做冥想、唱聖歌，甚至跳舞祈禱生育，還給自己塞了一堆令人作嘔的健康食物。這些是我唯一做得到的努力，但妳還有很多機會。」她停頓。「莎拉，我永遠不會忘記妳告訴我那場意外的日子。那是我聽過最可怕的事，我也因此愛妳，莎拉。我真的、真的愛妳。我認為妳應該告訴艾迪。」

「我不能利用悲慘的事故讓他回心轉意。」

「我不是這個意思。我只是覺得……」她嘆息：「我認為，妳應該讓他**完整地**理解妳，妳的一切，即使是妳不希望別人發現的事。妳應該讓他知道妳是一個如此卓越的女人。」

我頓了一下，手機在我臉頰上發燙。「珍妮，妳的感受讓我覺得自己很幸運，但不是每個人都會有這種感受。」

「我可不這麼認為。」

我起身靠在枕頭上。「所以……他無視我將近一個月，突然之間，我開始寫信，讓他知道我悲慘的過去？他一定會覺得我是瘋子，醫學認證的瘋子！」

珍妮咯咯笑了。「他不會的。就像我說的，他會因此愛上妳，和我一樣。」

我察覺自己又變得消沉。「哦，珍妮，別開玩笑了。我**必須**放下他。」

她冷不防爆出笑聲。

「妳為什麼笑？」

「因為妳根本不想放棄他！」

「我想！」

「妳才不想。」她又笑了。「如果妳想放棄艾迪，倘若妳**真的**願意放手，莎拉．麥基，在這個星球上，妳最不願意尋求協助的人，就是我。」

16

第五天：一棵山毛櫸，一隻威靈頓靴

艾迪再度和德瑞克通電話。我還是不知道德瑞克是誰，但我猜想，他和艾迪的工作有關。相較於昨天一位朋友的來電，艾迪和德瑞克通話時，聽起來更為正式。這天下午的通話很簡短，大多是艾迪回答「是」、「好的」或「聽起來不錯」。幾分鐘之後，他結束通話，走進房內，放回電話。

我坐在艾迪的穀倉外，閱讀從他書架上取走的小說《哈瓦那特派員》。我依然熱愛這本書，我喜歡這位曾經任職於軍情六處的小說家，描寫一名吸塵器銷售員獲選加入祕密情報單位，得到足夠的薪水，滿足美麗女兒奢華的生活作風。我享受在這個男人的故事長達好幾個小時，不必停頓思考自己的人生。我鍾情於捧著一本書，無需趕往何方或完成任何目標，我感受著那早已被我遺忘的莎拉・麥基。

天氣仍然炙熱，快變天了——空氣停滯凝結，彷彿一群灰鳥盤旋，即將展開攻擊。我的衣物懸掛在晾衣繩上，靜止不動，底下是一株濃厚的柳蘭，也毫無動靜。我打起呵欠，思忖是否該出發探望父母。

我知道自己不會離開。我和艾迪共度第二夜，我就已經非常清楚，我們會待在這兒，這個寧靜的小世界，直到父母從萊斯特回來，或艾迪啟程度假。即使只需花一小時走路回家，再回來這裡，我都不願與艾迪分開片刻。我熟知的宇宙已經暫停運轉，至少現在如此，而我無意讓它再動起來。

松鼠史帝夫站在草坪的邊緣望著我。「嗨，你這小罪犯。」艾迪回到屋外時說。他一邊看著松鼠，一邊模擬射擊的姿勢。史帝夫絲毫不為所動。

艾迪坐在我旁邊。「我喜歡妳穿我的衣服。」他微笑拉扯我身上短褲的鬆緊帶。我穿著他的上衣，肩膀處因為長年磨損而變得輕薄。這些衣服散發出艾迪的味道。我又打了個呵欠，傾身拉扯他的短褲鬆緊帶。我的雙腿看起來又短又粗，但我不在意，幸福讓我變得遲鈍。

「要不要散步？」他問。

「當然好。」

我們在板凳上休息片刻，親吻，拉扯彼此的短褲鬆緊帶，毫無原因地放聲大笑。

我們動身時，時間剛走過午後兩點。我穿回自己的衣服，聞起來就像艾迪的洗衣粉和陽光。沿著河流走了數公尺，艾迪離開步道，邁步踏上山丘，進入森林深處。我們的腳陷入森林地面未經觸碰的碎葉和泥土中。「我想讓妳看一個東西。」艾迪說：「有點傻氣，但我喜歡偶爾看看它是否還在。」

我微笑。「這可能是我們今天最值得一提的行動。」

這場戀情開始之後，我們還沒機會完成許多值得一提的行動。我們睡得很久，經常做愛，吃很多，聊上好幾個小時，或是保持好幾個小時的沉默。我們讀書，觀察鳥類。某一天，我們一邊坐在長椅上吃西班牙馬鈴薯蛋餅，一邊捏造一隻小狗在艾迪的空地上四處嗅聞的故事。

簡單來說，我們什麼都做了，又什麼都沒做。

我們穿過森林，眼前萬物的單純之美讓我驚訝，我緊緊握住艾迪的手。鳥鳴，我們的呼吸聲，雙腳陷入森林表土的感受，除了一種深刻的滿足之外，別無他物。沒有痛苦，沒有罪惡感，一切了然於心。

艾迪停下腳步時，我們已經快要抵達山頂。「那裡。」他指著一棵山毛櫸。「一隻神祕的威靈頓靴。」

我努力尋找那隻靴子，花了點時間才看見，不禁放聲大笑。「你怎麼放上去的？」

「不是我。」他說：「我只是發現那裡有一隻靴子。我不知道它為什麼會在上面，或是誰放上去的。這些年來我住在這兒，不曾在這一帶森林看見任何人。」

山毛櫸上一根朝天空生長的樹枝——長度可能超過六十英尺——被折斷了，一隻威靈頓靴掛在剩餘的枝幹，下方長出蒼綠的新枝。而且，山毛櫸的樹幹非常平滑，根本不可能爬上去。

我凝視那隻威靈頓靴，它的存在予人一股奇幻感。而艾迪想帶我親眼看看靴子的心意，也令我喜不自勝。我微笑，摟著他的腰。我可以感覺到他的呼吸，他的心，還有因爬山而汗溼的上衣。「真是神祕。」我說：「我喜歡。」

艾迪反覆模仿將威靈頓靴丟上樹枝的動作，最後放棄。不可能的。「我不知道這到底如何辦到的。」他說：「但我很高興他們成功了。」

他轉身吻我。「愚蠢的小事。」他說：「但我知道妳會喜歡。」他雙臂環抱著我。

我更激烈地吻他。我只想吻他。

我感到如此幸福，我不曉得自己該如何回到洛杉磯。這裡，英格蘭，曾是我的家。

後來，我們一絲不掛地躺在落葉之中。

我的頭髮沾上了森林的土壤，可能還有昆蟲。但我內心滿懷喜悅，深刻的喜悅，彷彿樹枝蔓延的喜悅。

17

親愛的艾迪：

我想了很久，才艱難地寫下這封訊息給你。我要如何找你——再次找你——你已經如此明確地表達自己安然無恙，卻仍不願回覆我？我為何會變得如此絕望，又何其不願接受你的沉默。

昨天夜裡，我想起我們當初一起走上山丘看那隻威靈頓靴。一件既愚笨又可愛的小事。我們抬頭仰望，放聲大笑。我心想，我不想放棄這個男人，不想放棄我們的感情，完全不想。

所以，我決定寫信給你，我最後一次嘗試尋找真相，理解我到底哪裡做錯了。

艾迪，你還記得我們的最後一夜嗎？我們將巨大的帳篷拉到戶外的草地上，然後花了幾個小時搭帳篷。你是否記得，我們累倒在那個該死的帳篷裡之前，我原本想讓你知道我的人生故事？

我現在就要告訴你，從頭開始，也會強調那些曾在我生命中占據重要位置的人與事。我猜想，這樣可以讓你想起為何會喜歡我。無論你對我隱瞞了什麼，你喜歡我，這件事絕對假不了。我十分肯定。

我是莎拉・伊芙琳・哈靈頓，一九八〇年二月十八日下午四點十三分出生在格羅斯特郡皇家醫院。我的母親在切爾騰漢姆的重點學校教數學，我的父親是音響工程師。他以前經常隨樂團巡迴演出，直到過於思念家人，決定留在家附近從事音響工作。他現在依然參與樂團表演，誰也無法阻擋。

我出生的前一年，他們在弗蘭特頓・曼塞爾下方的山谷買下一間破爛小屋，就此落地生根。從你的穀倉走過去，大約需要十五分鐘。你說不定知道那個地方。我父母剛搬進去的那年夏天，父親和一位朋友重新開闢小徑。兩個人，兩把鋸子，還有幾瓶啤酒。

和你在一起，那座山谷變得不同，讓我想起我遺忘的自己。正如我在我們第一個共度的早晨時所說，這當中是有原因的。

湯米，我最好的朋友，比我晚幾個月出生。父親說，湯米的父母是一對「較容易緊張」的夫妻，住在我們家門口那條路的盡頭。他和我成為摯友，我們每天都玩在一起，直到我青春期遭遇那不尋常的悲傷時刻，之後我們不再玩樂。在那之前，我們越過小溪，全身裝滿黑莓，製作通道，穿過一整片的峨參。

我五歲時，母親懷了我妹妹——漢娜——幾年之後，漢娜也加入我們的冒險行列。我妹妹無所畏懼——比我和湯米更勇敢，雖然她的年紀比我們還小。漢娜最好的朋友艾利克絲，名副其實地敬畏她。

直至今日，我成年之後，才明白自己如此深愛著妹妹，我也同樣敬畏她。

湯米很常待在我們家，因為他母親——用他的話來說——「很瘋狂」。事後想來，我不認為湯米這麼說他母親是公平的，雖然他母親的確執著於極度表面的事情。十五歲的時候，他母親要全家人搬去洛杉磯，我心碎了。沒有湯米，我不知道自己是誰。誰是我的朋友？我屬於哪個團體？我只知道自己必須盡快抓住某個人，在我被排除在校園社交圈之外，成為公認的邊緣人之前。

於是我開始和兩個女孩走得很近，曼迪和克蕾兒，我一直對她們很友善——即使稱不上朋友——後來我們之間的關係變得很緊張，而且不加掩飾。年輕女孩的友情可以在轉瞬間變得非常殘忍。

兩年後，我在清晨五點打電話給湯米，求他讓我到洛杉磯，住在他家。我以後會仔細解釋為什麼這麼做。

我暫且在此停筆，我不想一口氣傾倒我所有的人生故事，因為你可能根本不想聽。即使你想聽，我也不願讓自己聽起來像地球上唯一擁有過去的人。

我很想你，艾迪。明明才認識你七天。我從不認為自己可以如此想念一個人，但我確實想你，我太想你了，我幾乎無法思考。

18

他來了。魯本坐在倫敦電影協會咖啡廳的桌旁，和他的新女友交談，我看不見她的臉。他的手掌沾染上咖啡痕，全身散發自信，以及煥然一新的男子氣概。

我還記得多年前墨西哥餐廳外那個害羞發抖的瘦小男孩，抹了髮膠，脖子飄出廉價鬍後水的氣味。幾個小時之後，他想約我出去，顫抖而迷戀的聲音。現在，看看他！身材壯碩，典型的加州美國英雄，穿著倒三角形的流行上衣，太陽眼鏡，刻意保持隨興風格的髮型。我忍俊不禁。

「嗨。」我走向他們的座位。

「哦！」他說。有那麼一秒鐘，我又看見與我結婚的那個年輕男人。我以為自己將和他永不分離，因為我曾認為，在那座陽光喜悅的城市，和他一起生活，就是我想要的一切。

「嗨，妳一定是莎拉。」凱雅起身。

「哈囉。」我伸出手。「很高興認識妳。」凱雅的身材苗條，眼神明亮，下巴有個老舊的青春痘疤，緩緩消失在平滑的臉頰肌膚，深色的頭髮在背後柔順搖曳。

她忽略我的手勢，親吻我的臉頰，又輕拍我的肩膀，露出溫暖的微笑，當下我就知道，她才是掌控對話平衡的人。她是一個完整的女人，但我不是。「太好了，我們終於見面了。」她說：「久仰大名，我一直期待和妳見面。」

倘若凱雅不曾在網路上搜尋我的報導，我會認為她是一位雍容大度的女人；但我不是，我一得知她的全名之後，立刻搜尋她。凱雅沒有留下任何網路足跡，非常乾淨。

她入座，微笑看著我在桌子下方找到放置手提包的空間，我的額頭滲著汗，於是脫下羊毛衫。羊毛衫離開我的手臂之後，我心想，凱雅就像我在日落沙灘上看見的那些冥想女人；聰明謹慎，風會拂過她的髮絲，肌膚上還黏著鹽粒。

「所以……」魯本也坐下。「我們終於見面了，對吧？」他深吸一口氣，嘴唇緊閉，一時間似乎不知道該說什麼。

凱雅瞥了魯本一眼，表情變得柔和。那本是屬於我的表情，我幼稚地想著。魯本每當手足無措時，我會如此看著他，他就會冷靜下來。

「我聽了許多關於妳的事。」她轉身看我。她穿著印尼奔放風格圖樣的長洋裝，配戴各式各樣的銀製手環，卻比在場所有人更優雅。「我知道妳的內涵更勝於外表」——難道她可以察覺我的心思？——「但我必須說，妳的裙子非常漂亮。」

我伸出手平順裙子。這的確是我比較好看的衣服，我刻意選擇它，彷彿今天是便服上班日，而我過度努力打扮。

「謝謝。」我很努力，卻仍想不出任何話語，證明我的內涵確實勝過外表。

凱雅拿出錢包。「我要點飲料，妳想喝什麼？」

「哦，妳人真好。」我查看手錶，發現時間未過中午，非常失望，只好不情願地點了一杯萊姆檸檬。

她滑出座位，魯本也起身。「我去幫忙！」

「我沒問題。」凱雅說：「你們敘舊吧。」

魯本堅持與凱雅同行，我獨自坐在桌前。**就是這樣**。我掏出手帕擦拭額頭。**這就是我的未來，和前夫一起經營基金會，他和一位瑜伽女交往，而且是非常棒的瑜伽女**。我看著他們走向吧檯，魯本摟著她的腰，一臉罪惡感回頭張望，確保我沒看到這一幕。

這就是我的未來。

我們分手之後六個星期，魯本才回辦公室工作，看起來就像焦慮症要發作。「你還好嗎？」我從電腦螢幕前探頭問他，他在一個櫥櫃前撞得踉蹌。

他急忙轉身，眼神憂愁。「我認識了一個女人。」他脫口而出，然後讓自己隱身在櫥櫃的走廊後。

櫥櫃上一大袋紅色鼻子掉在他身後，他連忙彎腰撿起，將袋子抱在胸前。「對不起。」他的聲音變得微弱。「我也很意外，我不是刻意認識她。」

他走向我，彷彿拆彈人員走向炸彈，瘋狂探測我的反應。紅色的小丑鼻子沿著他行經路線掉落成一道軌跡，但他並未注意。

「我們才剛分手，這麼快就讓妳知道我有了新女友，我很抱歉。」他說：「妳想要坐著休息嗎？」

我揮揮手表示我已經坐著了。

我很驚訝，因為我毫無感覺。當然，這反應並不尋常，但我感到自己是出於好奇，而非嫉妒。魯本和其他女人交往！我的小魯！「妳真的想知道嗎？」他追問。

我最後只查到凱雅在格倫代爾的果汁吧兼差，同時是一名瑜伽老師，正在接受自然療法訓練，而魯本的心已經完全屬於她。

我看著凱雅點飲料。她不漂亮，但是從傳統西方世界的觀點來看她並不公平。事實上，她很亮眼，散發從容且健美的韻味。我看得出來她很善良。她的仁慈與善良，和我的躁進與陰暗形成強烈的對比。魯本戳戳她的鼻頭，笑了。他以前也會那樣對我。

這件事可以更簡單。我憤怒地想。**倘若艾迪和我的感情進展順利**。即使魯本就在吧檯單膝下跪，向凱雅求婚，我也會拍手叫好，甚至自告奮勇替他們規畫該死的婚禮。

倘若艾迪能回我電話。

我的胃激烈翻攪，我盯著手機，彷彿這麼做可以扭轉一切。

然後，我整個人像被凍僵似地，動也不動。

「**對方正在輸入訊息……**」。小巧的灰色對話視窗跳出來，艾迪——真實、活著而且正在呼吸的艾迪——準備回覆我的訊息。我坐著不動，直盯著螢幕。倫敦南岸來到中午十二點。

「能夠來倫敦旅遊真開心。」凱雅拿著我的飲料回來。**別煩我！走開！**「我都忘了自己如此喜歡倫敦。」我低頭望著手機，對話視窗還在，艾迪正在輸入訊息。我激動難耐，又感到恐懼。我對凱雅勉強擠出微笑。她的手指配戴一只卡在中間指節的戒指。多年前我買過一個，後來掉進加州門牛士海灘的公共廁所。

「妳熟悉倫敦嗎？」我強迫自己開口。

對話視窗還在。

「來過幾次，出差。」她回答：「我很久以前是記者，那時真是全然不同的生活。」

她的身體微微晃動，我靜靜等待她說下去，因為我不知道該回答什麼。

（**就是這樣！**這就是我和魯斯本老師討論的那種時刻——完全喪失自我，不具行為能力、社交能力和控制能力。）

對話視窗還在。

「但我發現自己當時沒能好好享受人生。」她停頓，回憶沒能好好享受人生的時刻。「所以我開始鑽研自己真正在乎的事，像是自然療法、走向戶外、保持身體的平靜和強壯。我停下急促的生活步調，接受瑜伽訓練，那是我做過最好的選擇。」

「哦，那真的很棒。」我回答：「*Namaste*[5]！」

凱雅在桌下握住魯本的手。「但是兩年前，我承受了巨大的痛苦，就在那個時刻，發生了更重大的改變……」

對話視窗還在。

「我意識到光是全心全意為自己付出、忠於及滿足自我需求，還是不夠；我必須擴展視野，我必須幫助他人，無償付出自我。希望這些話不會太虛偽。」

她的臉頰漲紅。「天啊，我聽起來**非常**虛偽。」這時我才明白，這場會面對她而言同樣艱難。

魯本看著凱雅的神情，彷彿聖母瑪利亞就坐在他的身旁。「我不認為妳虛偽。」他說：「對吧，莎拉？」

我放下手機，盯著魯本。他認真要求我鼓勵他的新女友嗎？

「讓我長話短說，我後來決定加入兒童醫院。」她的語氣急促，希望快點結束討論她自己。「我成為募款人，一週去兒童醫院服務至少一天，但往往超過一天。這就是我，全部的故事。」

「我有很多時間可以聆聽洛杉磯兒童醫院的夥伴說話。」我很高興，至少我們還有一個共同點。「你們都是很好的人，也是慈善基金會的好夥伴。我猜，你們也是因此相識？」

凱雅看著魯本，魯本不安地點頭。**沒關係。**我想告訴他。**我的確嫉妒你的新女友，因為我嫉妒她的生活圓滿，不是因為我想要你，親愛的小男孩**。

更糟糕的是，我一邊思考，一邊拿起手機（對話視窗還在），我對艾迪的愛更深刻——我才認識他七天——勝過我對魯本的感情，而我和魯本已經結婚十七年了。我才是應該有罪惡感的那個人，不是小魯。

我將手機螢幕朝下放在桌面，等待艾迪的訊息，一陣興奮湧上全身。我的等待終於要結束

---

5 印度常用的問候語，原意為「向您鞠躬致敬」，常用於瑜伽結束之後，彼此互道感謝。

了。再過幾分鐘，我就能知道答案。

魯本顯然不知道該如何進行這場對話。雖然多年來，他的職業訓練他在困難的環境中與他人溝通。幾次無來由的乾咳之後，他談論起無聊的冷知識，諸如倫敦的自來水沒有氯味或一些無稽之談。

手機震動，我迅速翻過手機。終於，我終於等到了。

是父親傳來的訊息。**親愛的，要是妳尚未啟程前往格羅斯特郡，別麻煩了。你的外公被新看護炒魷魚了。我們已經放棄了，決定帶外公回家，自己照顧。我們讓外公住在漢娜的房間。不要為了探望我們，取消妳原本的度假行程。我們愛妳（也需要妳）。如果妳願意為了我們，延後預定行程一天，我們會非常高興。愛妳的爸爸。**

我的注意力回到通訊軟體，無視魯本、凱雅和所有人。

沒有新訊息，艾迪依然在線上，但對話視窗消失了。

我強迫自己抬頭看著凱雅，她正在和我說話。「幾年前，我在腫瘤科病房看見你們基金會的兩位小丑醫師。」她說。**不可能，為什麼沒有訊息？**「那個小男孩病情嚴重，一臉悲傷，接受化療讓他變得很不快樂。小丑醫師剛到病房時，他完全封閉自己，轉身面對牆壁，假裝小丑醫師不在。」

「我向凱雅解釋過，這種情況經常發生。」魯本自豪地說：「所以小丑醫師總是兩人一組。」

「**真聰明！**」凱雅臉上綻放笑容。「小丑醫師兩人一組，讓孩子決定要不要加入他們，對吧？」

「沒錯。」魯本說：「這麼做可以讓孩子自行決定是否親身參與。」

我的天啊，我到底為什麼要忍受魯本和凱雅如此乏味的雙簧表演，應該傳給我的訊息又在哪裡？

「最終，男孩忍不住轉頭觀看小丑醫師的即興表演，那孩子無法抵抗。**我**放聲大笑。等小丑醫師結束表演離開病房，男孩依舊滿臉笑容。」

我勉強自己點頭。我看過這種場景太多次了。

我必須將注意力集中在某件事——任何事都行——才能擺脫艾迪。我敘述自己第一次看見魯本完成小丑醫師訓練後和孩子相處的模樣。我隨意漫談，凱雅望著我，小麥色的手掌托著小麥色的下巴，另一手握著魯本。最後，我停下來，望著手機，腦海不住想像艾迪回覆訊息時的模樣，訊息內容長短，還有那灰色的對話視窗。

但沒有訊息，始終沒有訊息，艾迪再度離線。

「你們想要喝點什麼嗎？」我從手提包裡拿出錢包。「來杯紅酒？」我看著手錶。「現在是十二點十五分，完美體面的飲酒時刻。」

我在吧檯等待時，雙手環抱胸前，我不清楚這是為了安撫自己，抑或只是為了撐下去。

二十分鐘之後，單杯紅酒讓我的感官變得遲緩，凱雅起身去洗手間。我望著她裙下擺動的纖細雙腿，想像她下班後與魯本碰面，兩人共進晚餐，或前往格里菲斯公園健行。凱雅參加基金會的聖誕節派對或夏季烤肉派對。凱雅前往魯本父母位於帕薩迪納的住家，和他們共進午餐，他們都是體貼卻緊張兮兮的人。這些事都可能發生（**她是更好的選擇**，我想像小魯的母親如此說道，因為她從來不曾信任我，她總是認為我會帶她的兒子回英格蘭）。

「她很可愛。」我說。

「謝謝。」他轉向我，滿懷感激。「謝謝妳如此友善，對我來說意義重大。」

「我們曾經需要彼此。」片刻之後，我說的話，讓我們都非常驚訝。「現在我們不需要了。你遇到一個好女孩，我替你高興，小魯，我是真心的。」

「是啊。」他說，我彷彿能聽見他內心深處的喜悅。魯本深沉地呼吸著，就像人們做瑜伽前那種緩慢而悠長的呼吸，而他再也不會回到原本的節奏之中。

「嘿。」魯本顯得很不自在。「莎拉，我……我必須說，妳昨天的電子郵件不符合妳一貫的作風。妳信上的內容看起來……很不專業。妳將文件寄給基金會的董事之前，沒有事先和我們討論，更別提擅自同意一個孩子的要求，並未事先電話聯繫醫院討論相關事宜，就決定派出小丑醫師。這讓我很困惑。」

凱雅迂迴走回我們的餐桌。「我知道。」我說：「我昨天過得很不好，以後不會了。」

他看著我。「妳還好嗎？」

「我很好，只是很累。」

他緩緩點頭。「好吧，如果需要我，儘管開口。不按標準程序來，我們就會犯錯。」

「我知道。對了，我們需要談談安寧病房。」

「沒問題。」魯本回答：「現在嗎？」

「凱雅在這裡，我們沒辦法討論。」

他蹙眉。「哦，她不會介意。」

「我介意。我們要談生意，小魯。」

「不。」他溫和地說：「我們談慈善，不是生意。凱雅懂的。凱雅是朋友，不是敵人，莎拉。」

我擠出微笑。魯本是對的。這些日子以來，每個人都是對的，除了我以外。

四十分鐘之後，魯本和凱雅離開了。魯本不顧我的反對，兀自擬定基金會的安寧病房計畫。我只能配合他，我又能如何反對？至少在我們討論時，凱雅禮貌表示自己可以先離席（「不，不需要！」魯本說：「我們談的不是祕密。」）

凱雅吻了我的臉頰，給我一個擁抱。「很高興見到妳。」她說：「**非常**高興。」

我也說了同樣的話，因為她的確是一名無可挑剔的女性。

他們離開後，我關掉手機，打開筆記型電腦工作。人們來來去去，鮪魚沙拉，薯片上的美乃滋猶如搖晃的金字塔，紅酒杯沾染女人上班時塗抹的口紅，還有一瓶又一瓶啤酒。咖啡廳外，灰雲捲上太陽，風起雨落，太陽再度露臉。倫敦南岸冒著蒸氣，行人甩開傘上的水滴。

戀情的第五天，我望著艾迪．大衛，心想，**我願意和你共度餘生，我願意立下承諾，此時此刻，我知道自己不會後悔**。

滾燙炙熱的天氣告一段落，暴風雨席捲鄉村，雷霆怒吼，雨滴如榔頭般重擊艾迪的穀倉屋頂。我們躺在他的床上，頭上是一道天窗，他說自己會從天窗觀察星象與氣候變化。我在床上躺平，艾迪仰望狂野的天空，出神地按摩我的雙腳。

「我好奇綿羊露西作何感想。」他說。我笑了，我想像露西站在樹下，悲哀地叫著。

「洛杉磯的暴風雨很瘋狂。」我說：「就像世界末日。」

停頓片刻之後，他說：「妳想回洛杉磯嗎？」

「我不確定。」

「為什麼？」

我抬起頭，才能好好看著他。「你覺得呢？」

他看起來很高興，他將頭枕在我的腿上。「好吧，問題是我不確定自己願不願意讓妳回洛杉磯。」

我對他微笑，心想，如果你要我留下，如果你告訴我，我們可以在這裡建立屬於我們的人生，我就會留下。即使我才認識你幾天，即使我曾經發誓不再回英格蘭，我依然願意留下。

我收拾東西準備離開咖啡廳已經是下午四點。我打開手機，我已經不抱任何期待，但我看見一則文字訊息，來自一個未知的號碼。

離艾迪遠一點，訊息寫著。

沒有標點符號，沒有問候語，沒有大寫，只有**離艾迪遠一點**。

我坐回位置，又讀了幾次，訊息在下午三點整送達。

幾分鐘後，我打電話給蕎。

「來我家。」她不假思索地說：「立刻來我家，寶貝。魯迪在外公家。我會替妳準備一杯紅酒，我們一起打電話給這個人，這個怪人，找出真相，好嗎？」

雨勢再起，憤怒地落在泰晤士河河面，猶如一道灰色的怒火，猛烈攻擊、敲打、尖叫，就像艾迪和我在他床上體驗的那場暴風雨。我等了幾分鐘，頹然放棄，沒有雨衣，兀自步出咖啡廳，朝倫敦滑鐵盧的方向走去。

19

親愛的艾迪：

稍早，你想傳訊息給我，你想說什麼呢？為什麼改變心意了？難道你真的不想和我說話嗎？

我要繼續上次沒說完的故事。

滿十七歲的幾個月後，我在賽倫賽斯特路遭遇一場非常嚴重的車禍。那一天，我失去了我的妹妹，還有我的人生——至少，我失去過往熟悉的人生。因為幾星期後，我發現自己再也無法待在家鄉。弗蘭特頓．曼塞爾、格羅斯特郡，甚至英格蘭。那是一段非常黑暗的時期。

我變得支離破碎。我打電話給湯米，他在洛杉磯住了兩年。他說：「搭最快出發的那班飛機。」我完全按照他的建議，隔天啟程。父母很支持我，在那種時刻還願意包容我，非常無私。但倘若他們知道這次的旅程將對我們一家人造成什麼樣的影響，依然願意如此慷慨嗎？我不確定。無論如何，他們將我的需求擺在第一位，隔天清晨，我抵達希斯洛機場。

湯米一家住在南貝德福路，是一條住宅區小路，卻和英國的M4高速公路同樣寬闊。湯米家是一間奇特的褐灰色建築，近似西班牙平房結合喬治亞風格的宅院。抵達洛杉磯的第一天，我站在他們家門口，因為暈機而頭昏目眩，懷疑自己是否登上了月球。

事實上，我登上的是比佛利山。「我爸媽根本負擔不起這裡。」湯米帶我參觀時，冷漠地說。他們家有游泳池，一座游泳池！還有露臺，上頭放著椅子、餐桌、藤蔓、玫瑰，還懸掛著一大叢粉紅色熱帶花朵。

「房租很驚人，我無法想像他們如何維持收支平衡，但我媽總愛告訴英格蘭老家的人，薩克斯第五大道百貨公司就在我們家街口。」

我幾乎快認不出湯米的母親了，她似乎更執著於衣服、治療和午餐。我幾乎食不下嚥，但她依然非常仁慈，看出我需要休息一段時間。她告訴我，我想待多久都可以，也讓我知道上哪裡能買到湯米在信中談到的異國風味冷凍優格。「但別吃太多，」她說：「我可不能讓妳變胖。」

湯米家的花園草坪修剪整齊，圍籬高聳，圍籬外的城市天際線讓我目瞪口呆。我永遠不會忘記第一次見到路旁棕櫚樹高聳入雲的景象，巨大的街道路牌懸掛交通號誌，小巧的房子綿延一英里，隔著花草，再綿延一英里，目的是預防震災。飛機永遠在天空轟隆作響，四處都是美甲沙龍，崎嶇的山景，代客停車，以及陳列昂貴美麗服飾的商家，全讓我驚訝不已。幾星期過去，我只能凝視，望著洛杉磯的人，如夢似幻的燈光，無限延伸的蒼金色沙灘和太平洋，我每天都去聖塔莫尼卡沙灘。這裡是奇蹟，是火星，而且非常完美。

抵達洛杉磯不久，我就明白湯米的邀約並非完全出於對我的關愛。他很孤獨。他逃離了英格蘭同儕的殘酷行徑，但他的家庭、他和自己的關係，或他對人性的不信任，毫無改善的跡象。湯米離開英格蘭時，對自己的身材變得更嚴苛了。他幾乎不吃東西，有時一天運動兩、三次，他的臥室裡擺放許多還沒剪掉標籤的衣物。當我走進湯米的臥室，他看起來很難為情，彷佛一部分的他依然記得搬來洛杉磯之前的種種。

有一天，我直接問他是不是同性戀。我們當時在農夫市集，排隊購買墨西哥玉米捲餅，湯米喃喃自語說謊自己不餓。我記得自己杵在那兒，捏著停車券搧風，想要吹涼臉頰，這個問題冷不防脫口而出。

我們都嚇到了。他盯著我幾秒鐘後說：「不，哈靈頓，我不是同性戀。況且，這個問題和墨西哥玉米捲餅之間到底有什麼關係？」

我們身後爆出一陣笑聲。湯米立刻變得畏縮。我轉身，眼前是個女孩，年紀頂多比我大幾歲。她大方地笑著。「對不起。」她說話帶有英國腔調。「我不經意聽到了。妳，小姐。」——她一邊笑，一邊指著我——「妳要多多練習臨床詢問技巧。」

湯米同意她的說法。

我也是。

我們三個人坐在搖搖晃晃的桌前，一起吃墨西哥玉米捲餅，一小時後，我們擁有一輩子的友誼。那個女孩就是蕎，她是一名行動美容師，住在附近一間破爛的分租公寓。隨後幾個月，在她身無分文、被迫回英格蘭之前，她強迫我們展露出幸福且極富行動力的態度，讓我們繼續追求人生。她要求我們交際——這一點我們非常失敗——逼我們參與無止盡的派對、海灘，以及免費的演唱會。她像刺蝟一樣尖銳。蕎．蒙克是一位擁有無盡善良和勇氣的女人。我不在英格蘭的時候，都非常想念她。

九月終於到了，我必須回英格蘭完成高級程度測驗。但我不願離開洛杉磯。每一次，我打電話給爸媽，他們談到我該回去了，我就開始哭。此刻母親會陷入沉默，父親會從樓下洗手間門外的分機，說起笑話。母親竭盡所能配合我的要求——還要保持快樂的心情——某一天，她再也不想忍耐，彷彿有那麼一刻，她背叛了偽裝已久的聲音。「我好想妳，我好痛苦。」她輕聲說道：「我只是想要我的家人回來。」自我厭惡的感受哽在我的咽喉，我幾乎說不出話來。

最後，他們同意讓我延期高級程度測驗一年，待在洛杉磯。他們飛過來探望我。儘管我很高興看見他們，但漢娜不在的痛苦如此劇烈。他們想談論漢娜，但我無法忍受。好不容易他們離開了，我才放鬆下來。

後來，我認識魯本，找到工作，下定決心成為讓自己尊重的人。下一次，我想對你說我更多的故事。

莎拉

P.S.明天，我會回家探望父母。外公暫時住在他們家。如果你在格羅斯特郡，也願意和我說話，請打電話給我。

20

「莎拉！」父親雖然看起來很疲倦，卻用力地擁抱我。「感謝上帝。」他說：「感謝上帝，妳終於回來了。妳是我們家中最微小卻令人安心的聲音。」

父親問我要不要喝紅酒，我拒絕了。昨天在倫敦南岸區和凱雅與魯本見面，接到警告我離艾迪遠一點的訊息之後，我去了蕎的家，喝太多酒。今天早上，我的身體已經明白表示，它將有很長一段時間不接受過量飲酒。

「哦，莎拉。」母親也抱住我。「過去幾個星期，我的心情很糟糕，我真的很抱歉。」我母親花很多時間替自己的錯誤道歉，但其實從我出生之後，她不曾犯錯，她加諸於我身上的唯獨愛和照顧。

「別這麼說，我過得很好。我們在萊斯特見面時，我看起來很開心吧？」

「或許吧。」

我依然不清楚自己為什麼不願向他們提起艾迪。或許因為我是為了那場意外的週年悼念而回到英格蘭，而不是為了和一個英俊的陌生人上床；也可能是因為，我一回到萊斯特，就變得焦躁不安。

我一邊將花束交給母親，一邊思忖，也可能是因為一部分的我知道，我和艾迪的感情不會有結果。也是這個部分的我，曾在婚禮上看著魯本，內心想著，**總有一日，他會被奪走，就像漢娜**。

母親試著將我送的花插入花瓶裡，然後又插入另一只花瓶，隨後再更換成其他花瓶。「別管我。」察覺到我正盯著她時，母親開口：「莎拉，我都退休了，我有權決定如何處理這束花。」

我微笑，內心平靜放鬆。上一次見到母親時，她看起來相當委靡，像是個壓扁後等待回收的紙盒，感覺很糟。車禍意外後的幾年，她似乎還能保持活力旺盛，對抗衰老。事實上，我拋下一切，將我的父母留在痛苦和混沌之中，利用母親的堅毅來減少我的罪惡感。

今天的母親——還有父親——一如他們在我心中的模樣：慈祥、堅定且充滿自信，但**熱愛飲酒**。我看著母親倒紅酒，而我們明明就要出門到酒館用餐。我提醒自己注意：**不要過於理想地看待父母，他們只是用不同的方式處理事情**。

我抬頭看著天花板，放低音量。「身體狀況如何？外公還好嗎？」

「就是一個腐朽的老王八蛋。」母親不假辭色。「他是我爸，我愛他，我有資格這麼說。我知道他承受莫大的痛苦，但無法改變事實——他是一個腐朽的老王八蛋。」

「他的確是。」父親也同意。「我們正在記錄他今天抱怨多少事。目前為止，三十二件，而現在才中午十二點四十五分。妳為什麼不喝酒？」

「我宿醉。」

母親突然變得無精打采。「哦，我對他很惡劣的時候，心情會變得很糟。」她補充：「我真的無法和他相處，莎拉，我們快瘋了。但我明白他很難過，他已經孤獨太久了。他的生活品質很糟，獨自囚禁在那棟房子，沒有人可以說話。」我的外婆身型豐滿，照片中的她看起來就像一顆球。外婆四十四歲時死於心臟病，我從來沒有見過她。

「好吧，至少外公還有你們。我相信他一定很感謝你們的陪伴，即便他的反應是另一回事。」

「他一副自己遭到綁架的模樣。」母親嘆了口氣。「今天早上，我拿藥給他，他甚至說：『我不敢相信你們居然強迫我住在這個被上帝遺忘的地方。』我真想親手了斷他的痛苦。」

父親笑了。「其實妳和他相處的時候，就像天使。」然後溫柔親吻母親。我轉過頭，微微翻著白眼，卻又深受感動，事實上，我幾乎感到嫉妒。我的父母，他們至今依然非常幸福。母親答應和父親結婚之前，父親每天都帶母親出去，他打電話給她，寫信給她，送禮物給她。他帶她去演唱會，讓她坐在音響控制臺旁邊。他從未讓她孤獨，他永遠都會打電話。

上酒館用餐之前，我問父母，是否要上樓和外公打招呼。

「妳很幸運。他睡著了。」母親說：「但他一定很想見你。」

我挑起一側眉毛。

「他想見任何人。」

我們坐在皇冠酒館的室外座位，天氣並不和煦。強風吹亂母親的髮絲，猶如一道火紅的烈焰，父親的身影顯得瘦小，又像喝醉了，餐桌另一頭就要滑落山丘。小徑後方的田野是一座陡峭的山丘，一頭綿羊屈膝嚼著氣味刺鼻的蕁麻。我泛起微笑，笑意又陡然消失。我不曉得自己往後還能不能望著綿羊而微笑。

「和我聊聊大提琴。」我提醒父親。走來酒館的路上，母親說他正在學大提琴。

「哈哈！去年秋天，我和保羅．魏斯喝酒，他說在報紙上看到文章，老年人彈奏樂器可以保持思維敏銳——」

「他開車去布里斯托買大提琴。」母親打斷他。「一開始，他拉大提琴實在難以入耳，莎拉，真的很難聽。保羅到家裡聽他演奏時——」

「那個混蛋就站在那兒嘲笑我。」父親接著說：「於是我瘋狂練習，在比茲利找了一個老師，很快要進入中級了。保羅之後絕對會承認自己錯了。」

我舉杯，提議我們敬父親一杯，一隻啄木鳥晃著堅石般的鳥喙敲擊樹木。我的手沉重地放回餐桌上。那一道道聲響讓我強烈地憶及艾迪，我們相處的時光。我說不出話來。

我的胃再度翻攪不適。

父母聊起了外公。我看向另一個家庭，他們坐在遠方的花園用餐區，在一叢璀璨奪目的飛燕草旁。他們的父母看起來就像我的父母，正邁入老年生活，頭髮較灰白，皺紋也更多，但精神抖擻，還不需回首過去。他們的兩個女兒，符合我對自己和漢娜的想像——如果我們倆今天都能夠坐在這裡。年紀較小的女兒似乎正針對某個話題憤怒地發表長篇大論，我被她的模樣迷惑了，不禁想像妹妹成年之後的模樣。我猜想，漢娜長大後必定很有想法。她熱愛議論，從不害怕爭吵——就像那些擔任家長會主席的女性，讓人們敬畏。

「莎拉？」母親盯著我。「妳還好嗎？」

「我很好。」我說。

我又說：「我在看那一家人。」

父母隨著我的視線看過去。「哦，他們的父親是我們鄰居的朋友。」他說：「派翠克？彼得？總之，名字是P開頭的傢伙。」

母親沉默。她知道我在想什麼。

「我想像他們**那樣**。」我靜靜地說：「和爸媽，還有漢娜，一起坐在餐桌前。我願意付出一切，換來我們全家人團聚。」

母親低下頭，我發現父親也沉默了，只要我談到漢娜，他總是如此。「我們也如此希望。」母親說：「儘管超過我的表達能力，但我們都是在那段極為痛苦的經歷後才明白，我們應該珍惜眼前擁有的，而不是失去的。」

雲遮蔽了太陽，我的身體微微顫抖。這是我一貫的身體反應，為了讓我的父母覺得不自在，為了提醒他們記得，我們一家人原有的幸福。

清晨六點，我的心跳劇烈，思緒破碎，一如蒲公英的花瓣。我對父母說，我要出門晨跑。他們看起來略顯驚慌，反應依舊委婉。

「這是新的運動習慣。」我微笑，希望他們相信這個謊言。

我厭惡自己，上樓準備換衣服。我不曉得何者更惡劣：我已經慢慢熟悉深夜跨至清晨時腎上腺素飆升的狀態，抑或我不明白該如何面對，只能耗盡全身力氣，欺騙所有在乎我的人。

妳何時回洛杉磯？出門前，湯米傳訊問我。

星期二清晨六點十五分前往希斯洛國際機場，我會很安靜，像一隻小老鼠。

好。所以妳星期一晚上住我們家，對嗎？

你們方便的話。星期一，我要去里奇蒙參加會議，我應該會在七點三十分到。如果不方便，我可以住蕎那裡。我想你和柔伊已經快受不了我了。

不會，沒問題。柔伊去曼徹斯特了。所以，妳星期日晚上不在倫敦？

不在。為什麼這麼問？你星期日晚上要和別的女人去找樂子？

呃，當然不是。

很好。湯米，星期一晚上見。一切都好？

一切都好。星期一妳到了倫敦，是直接參加會議，還是先來家裡？

我皺起眉頭。湯米和柔伊一直對我非常包容，這一次，或每一次都願意讓我住在他們家的客房。他們甚至給我一副鑰匙，要我當成自己家。除了前一次為彼此烹飪晚餐的詭異事件，我不記得湯米曾經詢問我何時前往和離開。

我原本想先到你們家，如果有需要，我也可以直接到里奇蒙開會。我寫道。

不。湯米回覆。沒問題。到時見。既然妳現在待在老家，請妳不要獵捕艾迪，好嗎？不要尋找他的足跡，不要經過他家前門，更不可以坐在那間酒館，妳知道嗎？

我知道。祝福你和那位祕密女人有愉快的週末。

別開玩笑。他回覆。**我是認真的，哈靈頓，你絕對不可以尋找艾迪，聽清楚了嗎？**

有那麼一刻，我思忖湯米傳訊息給我，是因為他和艾迪見面了。我想了好幾分鐘，才發現這個念頭如此荒唐。

我從父母家跑去薩伯頓，莫非只是為了看見艾迪？這個想法醞釀了好幾天。雖然沒人知道他究竟在格羅斯特郡或倫敦，還是該死的外太空。但倘若我真的見到了他，我又該怎麼做？

但我知道自己一定會去薩伯頓，也清楚這個舉動會讓我的心情變得更惡劣。但我不願阻止自己。

這一趟慢跑是我內心所想像的精神崩潰該出現的模樣。我的目光看向哪裡，艾迪就在那裡，他在樹枝上看著我，他坐在水門上，他在河川支流間的草地上漫步。不久之後，他和漢娜並肩而行，漢娜穿著和那天一模一樣的衣服，那悲慘可怕的一天。

抵達行人小橋時，我看見一個女人從薩伯頓的方向朝我走來。至少，看起來應該是真人，頭髮束在脖子後，披著雨衣。她突然停下腳步，直瞪著我。

基於說不上來的原因，我也停下腳步，看著她。我感覺自己彷彿很熟悉她，但我也知道自己從來沒見過她。她站得離我很遠，我無法判斷她的年齡，但應該比我大上許多。

她是艾迪的母親？可能嗎？我凝視她，並未發現她和艾迪的相似之處。艾迪身材壯碩，圓臉，眼前這女人如此纖細瘦小，下巴線條尖削。即使她**就是**艾迪的母親，為什麼要站在步道中央瞪我？艾迪說他母親只是憂鬱症，不是精神異常。而且，她根本不認識我。

過了幾秒鐘，她轉身，往來時的方向走。她的步伐很快，但身軀不穩，恍如不良於行。我常在傷後復健的孩子身上看到這種姿態。

她的身影消失之後，我佇立在原地良久。

剛才是怎麼回事？那個女人是刻意走來我面前嗎？或者，我們單純只是在散步回家的路上偶遇？畢竟眼前只有一條路，如果想回薩伯頓，只能走上幾英里繞過弗蘭特頓．曼塞爾，或是原地折返。

我決定轉身回家。好幾次，我非常肯定艾迪就走在我身後的步道，但步道愈來愈冷清，連鳥兒都停止鳴叫。

我承受不了，幾分鐘之後，我回到父母家。**我承受不了**。我為什麼又回到這裡，在山谷中尋找我已然失去的男人？

前門的衣帽架旁，放著我和漢娜的裱框照片。我們在家後方的田野，我坐在紙箱上，漢娜在我身邊，小小的掌心上是一叢花朵。泥土痕與花莖弄髒她的粗藍布工作褲。她皺眉望著相機鏡頭，繃著臉的滑稽模樣讓我心痛不已。我凝視著照片裡的她，我摯愛的小妹漢娜，失去的痛苦如黏膠附著在我的胸膛。

「我好想妳。」我輕聲說，撫摸相框的冰冷玻璃。「我好想妳。」

我想像她朝我吐舌頭的模樣。我走上樓，在樓上面對外公時，已是滿臉淚水。

我僵在原地。「哦，外公！」

他不發一語。

「我剛剛出門運動，打算午餐後來看你，但你在睡覺，所以我……」

我做不到。我幾乎說不出話，無法安慰外公。我站在他面前，穿著慢跑裝，他太過虛弱，連睡袍都穿不好，睡袍底下是日久磨損的藏青滾邊藍色睡衣。我感到心碎。外公散發疲倦的氣息。我默默擦去眼淚。我的臉皺成一團，嘴唇因哭泣而癟起來。我失去漢娜，現在又失去艾迪。我心知肚明，我再也無法掩飾，眼前是我可憐的外公，他獨自生活將近五十年了。外婆因心臟病過世時，就坐在她的椅子上，眼前擱著一個火腿三明治。外公這時應該是在進行日常運動，他前方有一個助行架。我們不知道該對彼此說什麼，搜不到任何話語。

「到我的房間。」最後，外公終於開口。

外公花了很久的時間，才讓自己順利安坐在我父母替他準備的扶手椅上。我趁這段時間清理自己的臉，坐在漢娜的床鋪邊緣。

有那麼一小段時間，我以為外公要和我說話，問我究竟怎麼回事。他是外公，他當然保持沉默。他發現我的痛苦，想要幫助我，但無能為力。他坐著，凝視窗外，偶爾將目光移向我臉頰旁的牆壁，等待我開口。

我告訴他，我和父母三人到酒館吃中餐，以及多年以後，這座山谷依然讓我畏懼。「每一天，」我告訴外公：「我都想念漢娜。我想和她相見，哪怕五分鐘也好。我想要抱抱她，你能明白嗎？」

外公無力地點頭。我察覺他方才離開房間、爬樓梯做運動之前，已經整理好床單，也拍過枕頭。我很感動，即使在沉重的混亂之中，外公依然需要保持生活有序，我完全理解。

「後來，我以為一切會改變，外公。我在這裡，格羅斯特郡，遇到一個男人，就在爸媽去探望你的時候。」

如果我沒看錯，外公似乎微微地抬起眉毛。

「接著說。」我覺得自己彷彿等待將近一個世紀。

我停頓。「我猜想你已經知道了，我和我丈夫分手了。」

他又緩慢地點頭。「我得從妳媽媽口中套出消息。」他說：「年過八十之後，別人總是認為你一聽到壞消息就會因過度震驚而死。」他停頓之後，接著說：「我的意思是，妳這個年紀的人，誰不離婚？我甚至覺得，你們到底為什麼結婚？」

一隻藍色的山雀倏然飛入窗外的餵食器，啄了餵食口後，又迅速飛走。夕陽千變萬化的光彩灑落至窗邊座位，漢娜曾將喜愛的玩具刺蝟擺放在那裡。這個房間如此溫暖而沉默。

「妳剛說了什麼？」

我什麼都沒說，我內心已瀕臨崩潰。我想反駁外公。但他的姿態和眼神都像在述說，他想了解我身上發生了什麼事；他可能真的關心我。倘若我願意傾訴，或許我面臨的困境能夠出乎意料地獲得解決。

於是我告訴他一切。從我在鄉村草地上聽見艾迪的笑聲、方才在步道慢跑，以及艾迪消失後我絕望而羞恥的行徑。

「你很幸運，你的年代沒有網路肉搜。一旦你這麼做，你的羞愧感會變得更強烈。」我說：「那是非常不愉快的經驗，你所渴求的永遠無法獲得滿足，」此刻的氣氛太像心理治療，我正在向一個沉默的人訴說心事，而且停不下來。「更別說，你控制不了你自己。」

外公沉默良久。「我想我無法接受妳這麼做。」他說：「聽起來相當執拗，而且會傷害妳自己。」

「我同意。」

「但我理解妳的心情，莎拉。」

我抬起頭，他終於正眼看我。

「我曾經愛過一個女人，倘若可以，我願意為了她拋棄家園。我愛她，直到她死去的那一天。多年以後，我仍然愛她。現在想起來我依舊痛苦。」

「外婆？」

他轉頭凝視別處。「不。」

我和外公陷入沉默。樓下傳來父母的談笑聲。父親的收音機正播放珮西．克萊恩[6]的歌聲，緩緩掩蓋朦朧的噪音。

「露比．馬利菲爾德。」外公終於開口。「她是我一生的摯愛，但所有人都說我不能和她結婚。她年輕時有個戀人，他們生了一個孩子。孩子被送到寄養家庭，這件事讓她心碎。除了我父母，沒有人知道，因為我父親就是她的醫師。他不讓我娶她，我試圖反抗，莎拉，但我還是放棄了，因為我當時就讀醫學院，我需要父親的資助。」

他的手顫抖著，勉強做出螺旋狀的動作。「我不再打電話給露比。一年後，我和妳外婆結婚，我和黛安娜擁有幸福的生活，但我每天都會想起露比。我想念她。我寫信給她，但沒有勇氣寄出。我聽說她因流行性感冒病逝之後，我假借釣魚的名義，外出好幾天，因為我察覺到我內心無比痛苦。我去了坎諾克，那裡很美，但我寧可前往醜陋的地方。」

外公的眼眶變得溼潤。「她的笑聲，起初就像小鳥，愈來愈大聲，完全不像個淑女。但無論她在哪裡，都讓人感受到生命的喜悅。」

外公抬起手背壓住眼睛。他的手背滿是懸垂的皮囊和肝斑。房裡的光線迅速消逝。

「我永遠不應該放棄她。」他說。

藍色的山雀回來了。我們沉默地望著牠。

「我從不後悔自己的決定。」他接著說：「正如我所說，我在乎黛安娜，她過世時，我替她哀悼。要是沒有黛安娜，我也不會有妳媽媽，還有她妹妹；但妳知道妳阿姨是個麻煩人物。」

阿姨前任丈夫的名字是爵士，爵士樂的爵士。

「如果我能回到過去，我不會放棄露比。」外公說：「我不相信愛的本意是翻天覆地。愛，並不應該如戲劇般激烈，也不該是貪婪，或是任何作家和音樂家筆下的愚蠢字眼。但我相信，當妳遇見真愛，妳會知道。當年我知道自己遇見了真愛，但我毫無反抗地放手。我永遠不會原諒自己。」

外公閉上雙眼。「我得睡了。不，我不需要妳幫忙。離開房間時，請替我關門，謝謝，莎拉。」

---

6 Patsy Cline，美國歌手，二十世紀鄉村流行樂（Country pop）傳奇歌后。

21

親愛的艾迪：

既然你沒要求我停止，我就繼續說我的人生故事。

家人同意讓我在洛杉磯多待幾個月，雖然這代表我將無法完成最後一年的高級程度測驗，但我不在乎，我回不去英格蘭了。

我現在有兩個朋友，我住在比佛利山上一間有游泳池及全職管家的「客住套房」。唯一能夠讓我模糊想起故鄉的，只有南貝德福路左右兩側的棕櫚樹葉，但那些葉子不像英格蘭，因為洛杉磯時逢盛夏，等九月快到時，葉子早已焦黑，宛如酥脆的烤培根。

湯米的母親安排我替她的朋友打掃房子，我多少能賺到一些零用錢。我沒有簽證，這是我唯一的工作機會。我替史坦、泰森和賈文三戶人家打掃；每個星期三下午，我也會替賈西亞太太採購日常用品。賈西亞太太央求我，希望我答應以工換宿，替她照顧小孩。我拒絕了，她非常困擾。她無法理解為什麼我和她的小孩如此和睦相處，又拒絕擔任保母。我不願告訴她為什麼。

我原以為自己不會長高了，但我開始發育，長高，也長大了，我的胸部隆起、有了腰身和臀部曲線。我有了現在的身型，努力成為我內心渴望的女性。我希望變得堅強。堅強、擁有力量，而且成功。我已經當了太多年無能之人、孤獨的壁花，以及軟弱的無名小卒。

十一月的某一天，賈西亞太太的女兒凱希在幼兒園摔斷手臂。賈西亞太太請來一個保母照顧凱希的兄弟；然後她請我帶小女孩搭計程車上醫院。她則從橘郡的會議離開，連忙趕回洛杉磯。她堅持要我帶小女兒前往洛杉磯兒童醫院——雖然醫院就在數英里外。她說，她認識醫院的醫療人員，但她還是希望凱希等待媽媽時，身旁有熟悉的面孔。

可憐的凱希，疼痛讓她嚇壞了。計程車從比佛利山穿過市中心時，她的牙齒不住打顫，到了醫院後根本沒辦法回答醫師的問診。我無法承受眼前的景象。

賈西亞太太抵達之後，我離開醫院，前往佛蒙特和好萊塢的交界處，尋找曾聽人說起的玩具店，希望找到能逗凱希破涕而笑的玩具。我抵達玩具店前，遇到一大群小孩從轉角的墨西哥餐廳狂奔而出。他們拉著氣球，臉上化著妝，與凱希的遭遇猶如雲泥之別。

不久之後，一個看起來非常困擾的母親將他們趕回餐廳，一個小丑走出餐廳，疲倦地靠在牆上，顯得筋疲力盡。小丑掏出一包香菸，又從一個紙袋裡拿出一瓶啤酒。他打開啤酒，心懷感激地大口喝下時，我笑了。他的扮相非常滑稽，臉上沒有妝，也沒戴假髮，就是個穿戴奇異服裝和紅鼻子的男孩，違法在街上暢飲啤酒。

「事情並非妳看到的那樣。」他一看見我，連忙解釋：「我不是真的在孩子們的派對外喝酒抽菸。」我要他別擔心，向他請教玩具店的方向。他指著好萊塢區一間滿是塗鴉和壁畫的商店。「我可以和妳一起過去嗎？」小丑問：「其實我感覺並不好。我在法國接受菲利浦．高利耶[7]的指導，我想成為劇場演員，不只是娛樂孩童。」

我問他兩者的差異是什麼，卻得到極富深度的答案。

「對了。」我在玩具店門口的臺階停下腳步。「如果我答應你，不會告發你在孩子們的派對外頭喝酒抽菸，你能不能幫我一個忙？一個非常重要的人情。」

所以，這位可憐的老兄，可能全身還散發菸味與酒氣，就這樣隨我進入兒童醫院探望凱希。

進入凱希的急診室小隔間時，我發現那男人的氣場變了。「從現在開始，我是法蘭克·佛羅馬吉，不要用平常的名字叫我。」他吩咐我，雖然我根本不知道他「平常」的名字。

法蘭克·佛羅馬吉出現在凱希的病床旁邊，開始演奏烏克麗麗，對著凱希的斷腕唱歌。儘管凱希依然受驚害怕，卻笑得很開心。他請凱希幫忙構思下一段歌詞，凱希專注地思考，幾乎忘了手受傷的事，也不記得才經歷不久的恐懼。凱希很快就讓醫師對她進行問診。

來自法國的佛羅馬吉先生告訴我，他非常喜歡這次的探望。他相當興奮，談論起我聽不懂的劇場和心理學名詞。一名護理師拯救我，她央求法蘭克·佛羅馬吉回醫院，因為其他孩童也想看看紅鼻子的烏克麗麗先生。

我們終於離開醫院之後，他給了我手機號碼——看起來非常驚慌失措——表示我欠他一杯啤酒。「我是魯本。」他嚴肅地說：「魯本·麥基。」

我打電話給他，我們相約喝酒。魯本說，自從遇見我之後，他著手研究小丑的醫院表演。顯而易見，這是一門確實存在的學問，而且有具體的表演方法和研究成果。一九八〇年代，紐約成立了史上第一間小丑醫師慈善團體。他說，他想接受小丑醫師訓練，不只讓他們笑，也要真正幫助他人。

那一晚，什麼事都沒發生。我想，我和魯本都太害羞了。與此同時，湯米和蕎就躲在對街的桌前，以免「那男人其實是個小丑殺人犯」，蕎如是說。

賈西亞太太問我，能不能再請法蘭克．佛羅馬吉去一趟醫院，因為凱希要拆石膏了。佛羅馬吉同意，條件是我要請他喝酒。

他不只協助凱希保持心情愉快拆除石膏，他還多花了幾個小時，幫助整型外科病房的其他孩子。直到他察覺到自己的雙手因為飢餓而顫抖時，才停下腳步。「請您務必回來！」一名護理師懇求他。

問題是，他的經濟狀況不能負擔免費表演。他在韓國城和其他人分租一間小型公寓，他說，他得賺錢維持生計。

就在那個時候，我說：「不如我替你募款，讓你一個月能夠做一次公益表演？」我告訴他，我替許多有錢人工作，而他在醫院的善心舉動早已迅速傳開。

這就是一切的開端。我和一個小丑的感情，以及慈善基金會的開端。他前往紐約，接受精神治療醫師、兒童心理學家，以及劇場工作者的訓練。然後他回到洛杉磯，我們共同努力。他

---

7 Philippe Gaulier，法國戲劇大師，有「The Clown Master」之稱，對於小丑的形象演繹得淋漓盡致，被譽為全世界最具影響力的表演導師。

前往醫院探視生病的孩子，我在幕後組織募款，這個工作非常適合我——我希望參與。我想要的，比他知道的更多，我只是不想待在前線。

我非常擅長我的工作。魯本也很擅長他的工作。人們親眼目睹或耳聞我們的事業，邀請我們拜訪他們生病的孩子。我們聘請了三名員工，魯本負責訓練他們。不久以後，我們開設第一場訓練課程。我們結婚了，在兒童醫院附近的洛斯．費利茲租了一間房子。幾年之後，嬉皮大舉搬入此區，魯本如魚得水。

至於我，我有自己的目標，也有具體前進的方向，我沒有時間思考遺留在過去的人生。我有了一個男人，他軟弱的時候，需要我堅強；同樣地，我軟弱的時候，他也會為了我而堅強。我們的愛情建立在彼此的需求和力量，完美的契合。

長久以來，我一直認為自己需要這種愛情。我承諾永遠愛他並且以他為榮的時候，我是真心的。然而，我變了。多年之後，我已經不需要他了，我們之間的平衡產生致命的改變。我和魯本非常在乎彼此，艾迪，但對於彼此的需要失去平衡後，這段感情已經不再平穩。我不想生孩子是最後一根稻草。那場車禍意外之後，我無法接近小孩，更難以想像孩童承受痛苦的模樣。光是想起讓孩子誕生在這個世界——毫無防備的嬰兒，就像我的妹妹——就會讓我陷入巨大的恐懼之中。

因此，我才會決心待在幕後協助孩童。我可以忍受這樣的安全距離，這是最好的方式，但魯本並不滿足。他希望抱著自己的孩子，他說。他無法想像自己沒有孩子的未來。

等他有勇氣結束我們的感情時，我發現自己仍不明白何謂愛的感受。但我遇見了你，我終於明白愛應該是什麼。我們共度的那幾天並非一時放縱，我也不相信你認為那是一時放縱。

請寫信給我。

莎拉

22

儲存的草稿

妳說的沒錯，莎拉。我們之間確實不是一時放縱，也不只是一個星期的歡愉，那是一生的感情。

妳對我們的所有感覺，我也有同樣的感覺。但妳必須停止傳訊息給我。我不是妳想的那個人；或者說，我就是妳不願承認的那個人。

天啊，現在的情況真的很糟糕，一團混亂。

艾迪

於凌晨十二點十二分刪除

23

和父母一起待在格羅斯特郡短短四天之後，我回到倫敦。我應該要前往里奇蒙，和慈善基金會的董事查爾斯共進午餐，隨後在他協助組織的會議上，討論安寧照護議題，晚上在湯米家過夜，隔天清晨搭上飛機，飛行五千五百英里，回到洛杉磯。

我坐在前往倫敦的火車上，神色漠然，不發一語，我區分不出內心是麻木抑或無奈。午餐時，我對查爾斯談論適當的話題，我在會議上明確傳達指令，但不帶熱情。我離開時，查爾斯問我是否無恙。他的關心讓我瞬即痛哭失聲，於是我告訴他，我和魯本分手了。

「請別告訴任何人。」我央求他。「我們希望在下次董事會妥善公布。」

「沒問題。」查爾斯平靜地說：「我很遺憾，莎拉。」

我覺得自己是一個可惡的騙子。

明天，我在返回倫敦市中心的火車上，如此答應自己。明天，我會恢復自制。明天，我會搭上飛機，回到洛杉磯。我會找回陽光、自信和自己最好的那一面。

火車停靠在巴特西公園車站，我將頭倚在油膩的窗上歇息，望著對面月臺的人潮。旅客爭先恐後想要擠進車廂，車廂內的乘客卻找不到機會下車。他們的肩膀僵硬，嘴唇緊閉，眼神消沉，所有人看起來都如此憤怒。

我看見一個穿著紅白相間足球衣的男人擠出車廂，西裝外套摺疊起來放在他的胳膊上。他走向我車外的長椅。我恍惚地看著他將西裝外套謹慎放入小背包。片刻之後，他整理服裝，檢查手錶，瞥了我一眼之後又看向遠方，然後將小背包放在肩膀上。

我的火車緩緩駛離月臺，我轉頭看著他走向出口的背影。我突然想起他的足球上衣寫著：**老羅伯森尼亞隊，一九九六年。**

為了在網路上尋找艾迪的足跡，我多次嘗試回想他的足球隊隊名，但我只想起「老」這個字。火車加速，我閉上雙眼，努力專注思考艾迪的足球隊名稱。**老羅伯森尼亞**，這是他們的隊名嗎？

我想起艾迪的手指拂過其中一座獎盃時揚起的灰塵，沒錯，**老羅伯森尼亞！榆樹組，巴特西公園，星期一**，我非常確定！

我回頭看著窗外，車站早已消失在視線範圍之外。一座老舊的瓦斯廠背後，起重機令人眼花撩亂地抬起巨大工地的殘骸。

那個男人是艾迪的足球隊隊友。

老羅伯森尼亞祖求對，我在手機上快速輸入，雖然打錯字，但搜尋引擎知道我要找什麼，立刻跳出一個網頁和許多男人的照片，我不認識他們；還有球隊工作人員的網頁連結、比賽成績，以及一篇前往美國巡迴比賽的文章（艾迪去美國了嗎？）。

在網頁的角落，我發現他們的推特帳號，提供比賽結果、更多男人的照片，我依然不認識他們。我發現另一個男人的照片，我認識他，日期是一個星期前。比賽之後，足球隊員到酒館聚會，艾迪站在後方，一邊喝啤酒，一邊和一個西裝男人交談。**艾迪**。

凝視那張照片良久，我終於點擊「簡介」。

每個星期一晚上，老羅伯森尼亞都會在巴特西車站旁的人工草皮球場比賽。比賽開始時間是晚上八點。

我低頭看手錶，還沒七點。為什麼足球隊的隊員這麼早到？

列車到了沃克斯豪爾，我站在列車車門，步履蹣跚，不確定自己該怎麼做。我不清楚艾迪目前是否在倫敦，也不知道他會不會參加今晚的足球賽。根據網頁說明，足球場在一間學校裡。我只能厚顏無恥地闖入學校，面對艾迪，或根本不去球場。畢竟我不可能假裝自己只是偶然路過。

列車門開了，我依然站在車上。

到了維多利亞站，我終於下車，站在人流擁擠的大廳，手足無措。旅客在我身旁穿梭。一個女人直接要我「別像他媽的白痴擋路」。我寸步難移，我甚至沒注意她說了什麼。我滿腦子都是艾迪可能在一小時內參加足球比賽，而我前往足球場，只需要短短幾分鐘。

24

親愛的妳：

今天是七月十一日——妳的生日！三十二年了，那天，妳努力來到這個鮮明亮眼的世界，僵硬的拳頭在空中揮舞，彷彿小小的觸手。

愛的光輝，溫暖而朦朧地包覆著妳。「她好小。」他們讓我看妳，我喊著。我可以摸到妳的肋骨，彷彿是妳嬌小跳動心臟的脆弱籬笆，如此無助。「她太小了，要怎麼在這個世界生存？」

但妳活下來了，小刺蝟。我的記憶迄今依然鮮明，瘋狂而滿盈的愛，我毫無準備。我不介意爸媽花上所有時間陪伴妳。我希望他們照顧妳。我希望妳的肋骨變得更強壯，更厚實有力，保護妳胸口微弱的生命之火。我希望妳能花幾個月在醫院接受療養，而不是區區幾天。「她沒事。」爸媽一再告訴我。爸爸替我準備香蕉太妃派，因為我非常擔心妳，我哭鬧不休。所幸妳終究安然無恙。妳的心臟持續跳動，度過日夜，度過四季，妳慢慢長大了。

小刺蝟，妳記得今天是妳的生日嗎？有沒有人告訴妳？有沒有人替妳準備巧克力點綴的蛋糕，妳最喜歡的口味？有沒有人替妳唱歌？

如果沒有，妳還有我。也許，妳會聽到我的歌聲。也許，妳就在我身邊，陪我寫信給妳，笑著說妳的字跡比我的更整齊，即使妳的年紀比我小得多。也許，妳已經在外面的樹屋玩耍了，或是躲在寬馬道旁的祕密基地翻著女孩雜誌。

也許，妳無所不在。我最喜歡這麼想，妳在粉紅色的雲朵裡，也在日出破曉的露水之中。無論我前往何處，我總是尋覓妳。無論我身在何方，我都能看見妳。

愛妳的我

25

在倫敦的最後一夜，我前往巴特西公園，觀察一場六人制足球賽，希望找到一個曾與我相遇的男人，一個不回電的男人。

我當晚的行動早已失去最後僅存的理智碎片。但是，稍早站在維多利亞車站大廳，我試著理性思考，終於明白我只想見到艾迪，我不在乎自己的言行會帶來任何後果。

我終究來到這裡。從水晶宮擠進人潮洶湧的倫敦塔橋車站，在巴特西公園站下車，走路不到兩分鐘，就能看見人工草皮足球場，以及──我的胃激烈翻攪，彷彿二月節慶在砧板上跳舞的鬆餅──艾迪．大衛。他將穿著足球衣，為了八點的比賽進行熱身。**就是現在**。他會傳球給隊友，向隊友伸出手為彼此打氣。

他的身體。他厚實的身體。我閉上眼睛，感受到一股強烈的渴望。

地下鐵列車開始減速。尖銳的煞車聲，列車乘客一陣推擠，將我推出階梯，忽然之間，我意識到自己就站在巴特西公園路，身後傳出賽事售票人員的擴音器聲響及街頭藝人的吉他回音。我頭上起伏的高架軌道與濃滯的雲朵，就像充分攪拌過的調和蛋白。我前方是一條尚未鋪砌的道路，道路的盡頭是艾迪．大衛。

我杵在原地幾分鐘，放慢呼吸。兩波人潮向我湧來，其中一人穿著紅白相間的足球上衣，背上寫著黑字「帕格利歐」。他衝往足球場的通道。他一邊奔跑，一邊傳簡訊，還試圖固定襪子裡的小腿護墊。他身上的綠色小背包激烈搖晃，甚至甩上他的臉，但他繼續奔跑。

那男人認識艾迪。我思忖。**他可能認識艾迪許多年了**。

足球場進入眼簾，我在網上讀到的所有資訊都是真的。這座足球場的周圍是高聳的鐵絲網護欄、高架列車軌道以及房屋建築，沒有任何藏身處，但我仍站在這裡，身高五英尺九英寸，一身看起來精明幹練的正式套裝。

這是我人生中最可怕的行動。

我的雙腳邁步向前。

離我最近的足球員已經在熱身了。裁判咬住哨子，慢跑前往球場中央。眼前萬物的速度變得如此緩慢，彷彿老舊的錄影帶終於播放出畫面。空氣聞起來就像沾滿油脂的橡膠和排氣管的臭味。

我的雙腳邁步向前。

「轉身離開。」我在心裡大喊。「轉身離開，假裝這一切不曾發生。」

我的雙腳邁步向前。

就在這個時候，我發現，除了「帕格利歐」男人之外，沒有其他球員穿著紅白相間的老羅伯森尼亞球衣。離我最近的球場是藍色球衣的隊伍對決紅色球衣的隊伍，另一座球場則是黑白相間球衣對決綠色球衣。

帕格利歐將小腿護墊放回袋子。片刻之後，他起身看見我。

「你是老羅伯森尼亞隊的隊員？」我問。

「是的，我很晚才加入。妳找人嗎？」

「我想找全隊的人。」

帕格利歐笑起來就像喜歡惡作劇的小男孩。「我忘了比賽時間提前到晚上七點，比賽已經結束了。」

「哦。」

他拿起小背包。「不過，他們現在應該正在享受賽後啤酒。妳要不要一起來？」

他指著某個像是裝運貨櫃的建築。

我望過去，看起來過去的確是裝運貨櫃，典型的倫敦作風，沒有窗戶的手工釀造麥芽啤酒吧。「妳可以和我們一起喝酒。」他強調：「我們喜歡客人。」

帕格利歐看起來隨興邋遢，不可能是強暴犯或殺人魔，我走在他身邊，他似乎在喃喃自語，我聽不清楚他說什麼，但是無所謂，我現在思緒也一團亂。

「到了。」帕格利歐打開裝運貨櫃上一扇門。

我盯著某個成年男人赤裸裸的背部，許久之後，才弄清楚現場怎麼一回事。但是，在我弄清楚之前，我直盯著那個成年男人赤裸裸的背部，他的脖子上圍著一條毛巾，背靠著門，充滿熱情卻毫無音樂素養地大聲唱歌；其他人的服裝比他整齊，坐在長椅上，爭論晚上比賽的細節。足球上衣凌亂地散落在他們周圍，「桑德斯」、「汎恩」、「伍德豪斯」、「摩利—史密斯」、

「亞當斯」和「杭特」。

然後我發現，門口旁邊應該是淋浴間，那名赤裸的成年男子只套上一件四角內褲。

「哦，不。」我內心深處的某個聲音說，但我不作聲。在我身後，就在帕格利歐的方向，我聽見一個男人的笑聲。

「小帕。」男人說：「你遲到一小時了。」他也朝我打招呼：「嗨。」

我回過神來。「對不起。」我低聲說著，轉身想要離開。帕格利歐笑著移動身體，讓我走過。

「歡迎。」另一個男人說，他在我身後，離得很近。我蹣跚走出貨櫃，思忖自己應該如何拋開此事。我居然走入一間更衣室，裡頭全是衣衫不整的男人。

「哈囉？」那男人跟著我走出來。至少，他的衣著整齊。

他戴上眼鏡，我聽見貨櫃內的沉默驟然轉為巨大的笑聲，我猜想，他們永遠不會停止嘲笑我。

他對著貨櫃門的方向搖頭，彷彿在說，**無視他們**。

「我是馬丁，隊長和球隊經理。妳剛剛走進我們的更衣室，這種事不常見，我猜妳可能需要幫忙。」

「我的確需要幫忙。」我小聲說，抓緊手提包。他肯定就是在艾迪臉書上留言的那位馬丁。「我猜想，我非常需要幫助，但我不確定你能夠幫忙。」

「很多女人都會不小心走進男性更衣室。」馬丁試圖緩和尷尬的氣氛。

「沒有女人會走進男性更衣室。」

他思考半晌後說：「妳說的沒錯。我們從來沒看過女人闖進更衣室，至少二十年沒發生這種事了。但老羅伯森尼亞是現代隊伍，我們接納創新和改變。每場比賽之後都要淋浴是古老的原則，但不代表我們不能納入新特色——訪客，或者現場樂團表演。」

貨櫃內部傳出男人們的大笑和喧嘩。淋浴的縷縷蒸氣緩慢散入夜晚的空氣之中。隊長馬丁對我微笑，他看起來非常親切。

我深呼吸。

「那是一個嚴重的錯誤。」我說：「其實我正在找——」我驀然停頓，在方才的恐懼之中，我完全遺忘自己為什麼會走來這裡。

天啊，我居然走進一間更衣室，只為了尋找艾迪・大衛。

我將雙手緊緊放在胸前，彷彿在保護即將崩潰的自己。我到底說了什麼？我到底做了什麼？艾迪可能就在貨櫃中，聽著他的隊友驚訝地議論，一名個子很高、日曬膚色的女人來過更衣室。

我的胃又翻攪起來。**我一定出問題了，**我終於明白，**我一定有問題，一般人不會這麼做**。

「妳在找人？老羅伯森尼亞的隊員？或其他球隊？」

「她要找老羅伯森尼亞隊。」帕格利歐走出貨櫃之後告訴馬丁。「對不起，我太惡劣了，但妳讓我們的隊員很開心。球隊的一名元老從美國辛辛那提來探望我們。他以為妳是我們暗中策畫的特別節目。」

我盯著地面。「的確是個很棒的惡作劇。」我的聲音變得微弱。「不必道歉。是我弄錯了，我要找的人不是老羅伯森尼亞的隊員，我……」

「找老羅伯森尼亞的隊員？」馬丁說：「妳想找誰？隊員都結婚了！除了華利，但華利——」他停住，眼神尖銳地望著我，他還沒開口，我已經知道他要說什麼了。「妳就是莎拉？」他平靜地問。

「呃……我不是。」

另外兩個男人走出來。「那件事是真的嗎——」其中一個男人說，看見我之後接著說：「哦，是真的。」

「他們是艾德華斯和馮安。」馬丁的視線並未從我身上移開。「我正在決定誰才是今晚最有價值球員。」隨後，他突然說：「我帶妳回到馬路上。」然後送我走向入口道路。

「再見！」帕格利歐大喊，艾德華斯和馮安，其中一位即將成為今晚最有價值球員，則向我揮手致意。他們走回貨櫃時，我又聽見男人們爽朗的笑聲。

他們離開之後，馬丁停下腳步，轉身面對我。「他今晚不在這裡。」最後，他終於說：「他不會每個星期都參加球賽。大多時候，他都待在西郡。」

「你說誰？抱歉，我……」

馬丁的眼神流露出同情，我知道，他非常清楚我是誰，也非常明白艾迪並未回我電話的原因。

「他在格羅斯特郡？」我脫口而出，飽受羞辱的淚水在眼眶中打轉。

馬丁點頭。「他——」馬丁忽然閉口，彷彿記得自己對於隊友的責任。「對不起。」他說：「我不該談論艾迪。」

「沒關係。」我站在那兒，因為羞愧而意志消沉。我想要離開，但強烈的自我厭惡和驚訝使我無法移開腳步。

「聽著，雖然和我沒關係。」他的手摸過自己的臉頰，緩慢地說：「艾迪是我多年來的好友，他……總之，妳別再找他了，好嗎？我知道妳是個很好的人，如果這句話能幫上妳。我不認為妳這麼做太瘋狂，他也絕不會這麼想，但……請妳放棄吧。」

「他這麼說？他不認為我這麼做太瘋狂？他還說了哪些關於我的事？」眼淚流過臉龐，落在冰冷的水泥地面。眼淚拒絕相信我正陷入困境，在這個男人身旁，一個全然的陌生人，乞求最後一線生機。

「妳不會想找他的。」馬丁終於開口：「請相信我，妳不會想找到艾迪．大衛。」

他轉身走向貨櫃，又回頭對我大喊，很高興認識我，希望貨櫃中的場景不會讓我留下永久的創傷。

列車在足球場周圍的高架軌道上呼嘯而過，我全身顫抖，我想回家。

問題是，我不知道家在何方。除了必須找到艾迪．大衛，我什麼都不知道。無論馬丁說了什麼，我都要找到艾迪。

26

我套上慢跑短褲。現在是凌晨三點零九分，距離我倉皇逃出足球場，整整過了七個小時，我的房間裡瀰漫著一股難以成眠的憂慮。

運動內衣，慢跑上衣，我的雙手顫抖，腎上腺素依然在我全身翻騰舞動，隨之而來的是體內深處一股令人生厭的虛脫感。從足球場回來之後，我換上運動服，湯米決定反鎖家門。他替我準備熱飲，要求我待在床上。「我根本不想知道足球場發生了什麼事。」他嚴厲地說。五分鐘之後，他屈服了。他敲我的門，央求我讓他知道足球場的事發經過。

「對不起。」我說完之後，他的語氣非常溫柔。「但是，我們終於可以承認這件事結束了……雖然出了點差錯，但妳很有勇氣。」

「那些訊息，湯米，我在臉書上寫給他的所有訊息，打電話到他的工作坊，傳訊給他的朋友艾倫，我到底在想什麼？」

「那些不出聲的電話誘發人們最惡劣的一面。」他說：「每個人都是如此。」

我們並肩坐在床邊，度過漫長的時間，我們沒有交談，但他的陪伴已然舒緩了我失眠的焦慮。

「對不起，」湯米回自己的房間之前，我說：「我又成了你的負擔。你不必浪費時間來拯救我。」

湯米笑了。「過去我不曾拯救妳，現在，我也不會拯救妳。」他接著說：「我永遠會在旁邊支持妳，哈靈頓——妳懂的——但我很確定妳自己就能釐清這一切。妳自己就是拯救妳的人。就像永遠不會滅絕的蟑螂。」

我終於成功擠出笑容。

三個小時之後，我用力繫緊鞋帶，但我的手一點也不協調，一切都不對勁。

前往機場的計程車會在五點抵達，我不睡，我無法入眠。我還有足夠的時間慢跑、沖澡，包裝我買給湯米和柔伊的小檸檬樹，表達我的感謝。我只需要慢跑一小段距離，消耗些許精力，讓我得以在飛機上小寐片刻。

我溜出臥室門口，慶幸柔伊不在家。湯米一上床就會睡得很熟，但柔伊通常早起，穿著優雅的灰色絲綢和服，回覆亞洲客戶的電子郵件。她已經不只一次發現我在日出前外出慢跑。

儘管如此，我看著手錶——凌晨三點十三分——內心很清楚，現在不是一場慢跑，而是一場災難。

我望著走廊巨大鏡子中的自己，鏡子的外框是柔伊已故雙親位於伯克郡老家花園的樹木。柔伊說的沒錯，我的體重減輕，我的雙臂細如乾繩，我的臉頰變得瘦削，彷彿我拔開了某道開關，流失了臉部的脂肪。

我轉過身，我感到羞恥，也恐懼，我彷彿再也無法望著自己。我經常思忖，心智出狀況的人在惡化時，還能保有多少自我意識？他們能否輕易發現自己正在走向衰退？事實和虛構之間的界線徹底消失之前，我究竟還會看見什麼？

我的心智**是否**出了狀況？

我在廚房停下，急促灌起水來。我的小腿肌肉因不耐而顫抖。**快了**，我說，**就快了**。

在廚房的走廊上，我驚慌地停住腳步。那是誰？柔伊？但柔伊不是在——

「老天！」廚房的女人尖叫。

我愣住了。女人全身赤裸，又是一個赤裸的陌生人，距離我上一次撞見赤裸的陌生人，只過了七個小時。路燈的人工橘光照耀在她的乳房和小腹上，她腳步凌亂，四下尋找衣物遮蔽身體，口中竄出一連串咒罵。

我轉身，閉上眼睛，又立刻轉過身，因為我腦海中已經意識到：**這個女人不是陌生人**。

「別盯著我！」她大叫，但已失去了先前的驚怒。我臉上的肌肉不再緊繃，但內心湧上難以置信的感受。這個女人是我最熟悉的朋友。

「我的天啊。」我虛弱地說。

「我的天啊。」蕎附和我的臺詞，從餐桌上抓起一個無線藍芽喇叭，遮住自己的陰毛。

「蕎？」我輕聲問道：「不、不、不，快告訴我，我看到的不是真相。」

「妳看到的不是真相。」蕎一邊叨念著，一邊將藍芽喇叭換成食譜，最後終於放棄。「我叫妳別盯著我。」她躲入島型廚房後方。

我站著，僵在原地，直到廚房另一頭傳出憤怒的耳語。「莎拉，拜託妳，替我拿件衣服？」我不發一語回到走廊，從衣架上拿起外套交給蕎，全身癱軟坐在柔伊的高腳椅上。

「怎麼一回事？」我問。

蕎起身，穿上那件巨大的滑雪外套。從她的表情看來，她依然覺得驚嚇。她得捲起外套袖子，才能伸出雙手。

「妳要不要一件吊帶褲。」我茫然地問：「滑雪杖？頭盔？蕎，到底怎麼一回事？」

「我才要問妳同樣的問題。」她蹙眉，流露出對那件外套的嫌惡。「有錢的混帳。」她假設所有滑雪的人都是有錢人。「妳在這兒做什麼？」

「我今天住這裡。」我說：「就像妳看到的，我正準備慢跑，慢跑完就要去機場。」

「現在是凌晨三點十五分！」蕎斥責。「沒有人在這種時間慢跑！」

「才會看到妳全身上下脫個精光待在湯米的廚房裡！」我回她。「別和我爭辯！」

蕎拉起外套拉鍊。「難以置信」是她唯一的回應。

我深呼吸。「蕎，妳和湯米上床嗎？我最熟悉的兩個朋友居然在交往？我們等會兒再討論我的問題。」她正要打斷我，我補充說道。

「我來看湯米。」蕎試圖解釋：「湯米說我可以睡在沙發上。」

「再試一次。」我說：「蕎安娜．蒙克，妳可以再對我說謊。湯米半夜就上床就寢了，至少我是這麼以為。當時，妳還不在這裡。現在妳在這裡，一絲不掛，但我知道妳很喜歡自己的睡衣。」

「哦，該死的。」傳來一聲細語，我抬頭，湯米站在走廊上，披著睡袍。「我早就跟妳說過，那是個很糟糕的想法。」他對蕎說。

「我想喝水！我不要喝浴室水龍頭的水，湯米，你明明知道。」她的聲音充滿憤怒，表示她目前非常焦慮。「況且，莎拉早就該睡了，而不是正要溜出去慢跑。」她對著我點頭。

我將手肘擱上島型廚房的流理臺。「好。」我說：「我要知道你們的事，你們已經睡在一起多久了？還有，湯米明明就有個長期交往的女友，你們要怎麼解釋？」我停頓一下，接著說：「妳也是，蕎，雖然我一點也不在乎蕭，請見諒。」

湯米踅過廚房走廊，坐在流理臺上，遠離我和蕎。

「好吧，我告訴妳……」他開口之後，馬上停頓。

停頓變成沉默，瀰漫在空氣之中，彷彿一道迷霧。他望著自己的雙手，他撥著指甲肉刺，將手抬至嘴脣邊緣，啃咬起拇指。

「我也想知道，為什麼我到現在才發現你們的關係？」我接著說。

蕎猛然坐下。「我們上床了。」她說，略高於平常的音量。

湯米略顯畏縮，但並未否認。

「我不相信妳在乎柔伊，莎拉，況且——無論如何——她也和客戶上床，就是聘請她處理法律問題的那間公司老闆，生產體適能手錶的公司。所以柔伊才會去香港，因為那男人邀請她去香港。而湯米對此毫無異議。」蕎的語氣非常堅定。「那天晚上，柔伊告訴湯米實情之後，他來我家，我們喝多了……於是……」

湯米盯著蕎的表情彷彿在說：「當真要說出來嗎？」隨後他聳肩低頭，似乎同意蕎的說法。他的表情也因羞赧而轉為暗紅。

又是一陣漫長的沉默。

「抱歉，但妳的說法不成理由。」我說：「到底是什麼意思？『我們喝多了……於是』？喝醉和做愛之間不是必然依存的關係，妳知道吧？」

「別用那些複雜的字眼。」蕎嘟囔著。

「哦，那妳應該更注意自己的行為。」

她嘆了口氣。「那天晚上，我們在這兒吃晚餐。」她說話時，不敢看我的眼睛。「妳煮了拉麵，莎拉。妳因為艾迪變得非常沮喪，後來妳睡了，我回家。柔伊把真相告訴湯米，他氣沖沖跑出公寓，幾分鐘之後，他發現自己無家可歸。他打電話給我，而不是像暴風雨一樣再回到公寓。他叫了優步。」

我在蕎的臉上看見一股陌生的笑容。她望著湯米，也許正糾結於保護湯米的隱私，或坦率承認他們之間的感情。

我看著湯米。「所以，你搭計程車到堡區，難道一開始就想……」我的聲音愈來愈小，幾乎說不出口。

「不，」他果斷地說：「絕對不是。」「但這不代表我後悔了。」蕎的笑容消失時，湯米補上一句。

「原來如此，所以……你們之間只是——意外？還是認真的？」我問。

一段漫長的靜默。「好吧，我愛他。」蕎說：「但我不能決定湯米的想法。」

湯米猛然抬頭。「妳、妳剛剛說什麼？」

「你聽得一清二楚。」她斥責。蕎憤怒地拉動湯米的滑雪外套口袋拉鍊。「順帶一提，莎拉，我們沒告訴妳，是因為我們從未告訴任何人。柔伊同意讓湯米繼續住在公寓——在他找到住處之前。她晚上就住在那個上流男人的家裡，湯米會慢慢將真相告訴妳。湯米覺得柔伊很慷慨，但我認為她只是不想當壞人。」

思考片刻之後，我笑了，至少蕎的說法很真實。

「但柔伊不是問題。蕭才是。」蕎不再拉動拉鍊。「蕭是真正的問題。」

「為什麼？他做了什麼？」

「重點是他能夠做什麼。」湯米意識到蕎的掙扎。「蕎擔心，要是蕭發現她和別人發生關係，可能會爭奪監護權，屆時將是一場噩夢。所以她要先和蕭分手，釐清監護權歸屬，過程中避免提到我。我們才會……好吧，我們再看看，我猜。」

蕎面無表情，但我看見了——雖然很震驚，我確實看見了。她真的愛湯米。她已經愛湯米好一段時間。但他的說法就像只是一場露水姻緣，只是湯米為了恢復情傷的放縱。她因此肝腸寸斷。可憐的女人，幾乎不敢正視湯米的眼睛。**我們再看看**無法滿足她的心願。

湯米似乎也察覺蕎的心情。他移動身子，坐在蕎身邊，謹慎地將手放在她的腿上。我看見蕎垂下頭，表情變得柔和。

「蕭是記仇的混球。」蕎冷冷地說。相較於她對湯米的感情，蕭是較安全的話題。「不能讓他發現這件事。」

「我不認為蕭有機會取得監護權。」湯米說：「他現在的狀況比以前更糟——忘了到學校接魯迪、大多時候都在嗑藥，幾個星期前甚至將魯迪獨自留在公寓。當時魯迪想要泡茶，差點引起火災。今天晚上，蕎的父親負責照顧魯迪。」他再度看著蕎，她低頭不語。每當流露出太多情緒，她總是如此。

柔伊的時尚壁鐘悄悄滑過凌晨三點三十分。

「就是這樣。」蕎忍受不了沉默。她將手放在流理臺上，兩隻小巧的拳頭。「我不小心吐露了真實的感情，對不起。」她將身體稍微轉向湯米。「寶貝，我不介意你認為我們之間只有性，忘了我說過我愛你，我太傻了。你了解我，我總是過於誇張。」

令人不安的靜默。

「我讓你們獨處吧。」我說。

「妳別走。」蕎大吼。

「好，謝謝。」湯米同時說。

我陷入遲疑，不知自己是否應該離開這張高腳椅。

「我不擅長面對這種情況。」蕎說。她的臉色猶如紅磚。「如果妳不在這裡看著我，我只會說出更蠢的話。」

我決定坐下，對著湯米露出充滿歉意的微笑，他的眉毛糾結，已經超過我一直以來對他的了解。我望向別處，匆匆瞥過柔伊的食譜，它們的目標讀者都是急躁不安的女性。我看著湯米和柔伊的照片，他們一起在肯辛頓公園運動，照片拍攝於他們剛開始交往那段時期，當時，柔伊對湯米愛不釋手。

柔伊公寓外的荷蘭公園大道盡頭，一臺深夜行駛的公車轟隆作響。我不禁對她的新男人感到好奇，那個男人住在何處？和生活無比優渥的柔伊相比，我已經幾乎像個窮光蛋，但那個男人似乎徹底戰勝了柔伊的財力及這間位於荷蘭公園大道的兩房公寓。他的金錢實力想必極為驚人，也擁有更廣大的人脈——最重要的是，他才是柔伊想要的男人。他以湯米遠遠無法企及的手段吸引了柔伊，儘管柔伊曾幾度強迫湯米提升自己的職涯發展。

湯米深吸一口氣，轉向蕎。「聽著。」他靜靜地說：「我愛妳，蕎，我真的愛妳。我只是希望可以……在其他情況下，讓妳知道我愛妳。」

我猜想蕎已經無法呼吸了。她不發一語。湯米的手指滑過柔伊的島型廚房邊緣。「只有和妳在一起，我才可以自然地做自己。」他說：「只有和妳在一起，我才能永遠暢所欲言。妳一離開，我就開始想妳。雖然妳常說我是『得天獨厚的混球』。雖然妳是強迫我在莎拉面前吐露心意的可惡女人。」

蕎的臉上掠過一絲笑容，但她依然無法正眼看著湯米。

「我以為自己很快樂，」湯米說：「剛搬進公寓的時候。但其實我不快樂，我很不快樂，多年來都不覺得快樂。一個月之前，我還試圖說服自己相信——」他環視柔伊完美無瑕的廚房——「這是我想要的。但這不是我想要的。我只想要做自己，表現出內心真實的一面，真心歡笑，真實的自己。每個星期，只有和妳一起放聲大哭，我才能夠真正的笑。我不曾與柔伊共同擁有過這種感受。」

蕎依然不作聲。

「我想說的是，看看我的事業。我是個人訓練師，但柔伊永遠不滿足。我很確定她願意資助我的事業，只是因為她想讓旁人知道，她的伴侶經營一間運動顧問公司。」

蕎想拿起自己的外套，湯米傾身阻止她。

「聽著。」

「我在聽。」她生硬地回答。

片刻之後，湯米笑了。「我不敢相信，我們居然在哈靈頓在場的情況下討論這件事，實在……抱歉，哈靈頓，我不是針對妳，但實在太糟糕了。」

「我不介意。如果這麼說能讓你們好過一點，我認為你們很可愛，雖然現在的情況確實稍微出乎我預料。」

蕎依然顯得緊繃。「對不起。」她喃喃說道：「我很害怕。和你比起來，我……我會失去的實在太多了。」

湯米握住她的手。「不，妳不會失去，我……天啊，妳這個瘋女人，請妳看著我好嗎？」

蕎不情願地看著他。

「我在這裡，蕎，此時此刻，和妳一起。」

腎上腺素的效果已經消退。倏然之間，我坐在這裡，和我最熟悉的兩個朋友一起，他們正在互訴情意，一切都如此合理，如此完美。我回憶我們在加州共度的幾個月，思忖為什麼我從未想過他們之間的感情。他們經常共處，他們一起旅行，相約衝浪，甚至在湯米父母家中的車庫調配噁心可怕的雞尾酒。或許，我被悲傷和罪惡掩埋得太深，看不清真相；也可能，我就是認為他們不可能相愛。然而，愛的原理不止於此，而我將學會這個道理。他們暗地裡相愛，舉止笨拙、無助且脆弱，儘管面對失去的危險，他們仍深陷於愛情，除了相伴左右，已無力投身其他事務。

「好吧。」我緩緩開口。我微笑，微笑變成呵欠。「消化這件事需要一段時間，但我很快樂。」

蕎低頭凝望湯米緊緊放在她手上的那隻手。「那也是我的夢想。」她說：「我想要快樂，這些日子以來，我都想要快樂。」

我心裡一緊。我不曾聽過蕎如此說話。

穿著慢跑短褲和背心，周圍的溫度一點也不怡人，但我希望那一秒的氛圍能夠恆久。我愛他們，也愛他們用我不知道的方法愛著彼此。我愛他們渴望見到彼此，渴望到以為我睡了，將蕎「走私」進屋裡。

「我要回房間打包行李。」我說：「我也希望自己可以留在這裡。」

「好。」湯米打起了呵欠。我將高腳椅推回桌面下。

「但是……莎拉，我得問，妳還好嗎？我們應該擔心妳嗎？」

「我……」我的聲音轉弱。「最近，我有點害怕自己的行為。」

「我們也有一樣的感覺。」蕎說：「寶貝，妳最近非常奇怪。」

「我猜妳知道足球賽的事了？」

她點頭。

我抬起手撥了撥頭髮。「當走進那間更衣室，我彷彿以一種極為糟糕的方式倏然體認到現實。我感覺自己恢復理智，但我也嚇壞了。」

蕎說：「也許妳該找心理醫師談談。」

星理醫師。我笑了。「或許吧，洛杉磯有很多心理醫師。」

湯米的眉頭舒緩。「以前妳不會做出如此失控的舉動。」他說：「妳記得嗎？」

「或許只是當年遇到魯本時，我們還沒有手機；更可能是因為，當時根本沒有網路。」

「不——妳並不瘋狂，莎拉。即使妳的說詞只有一半是真的，艾迪也應該打電話給妳。」

我繞過島型廚房流理臺，上前擁抱他們兩人。我的朋友，他們現在是戀人了。「謝謝，親愛的湯米，親愛的蕎，謝謝你們不放棄我。」

「妳是我最親密的朋友。」湯米說：「除了蕎之外。」他迅速補上一句。

四十分鐘之後，我拉著行李箱離開房間，他們仍在廚房。他們吃著切邊白麵包做成的土司，柔伊絕對不可能允許這種食物上桌。他們看起來就像交往多年的情侶。

我將行李箱拉到大門旁邊。「那麼，我走了。」

湯米起身。「對了，哈靈頓，妳離開之前，我還有一件事情要說。我……好吧，我得老實說，我依然懷疑艾迪。」

「哦，你和我一樣，湯米。我也有同樣的感覺。」

他停頓了一會。「我只是覺得……妳和他剛好在那個時間點相遇，簡直是巨大的巧合。」

柔伊公寓外的樹上，一隻鳥迷濛地想要鳴唱。

「什麼意思？你發現了什麼？」

「當然不是！我的意思是，仔細想想，妳遇到他那一天，妳在那裡做什麼？那天是事故的週年紀念日，而妳正沿著寬馬道散步。妳得問自己，為什麼艾迪也在那裡。在所有的日子裡，偏偏就是那一天。」湯米的眉毛彷彿有了自己的生命。「他是不是藏著祕密？」

「他當然不……不、不，湯米。」

我思考了一、兩分鐘，立刻放棄這個想法，不可能，絕對不可能。

27

親愛的艾迪：

我寫信給你，想要向你道歉。

我無視你所有的訊息，不斷打擾你。我從來不該寫信，不該打電話，更不應該於昨夜出現在你的足球比賽（我猜你的隊員已經告訴你了）。我無法告訴你，我感到多麼羞恥。我知道一切已於事無補，但我的自尊不容許這種汙點，我依然覺得自己必須告訴你，我通常不會如此倉促行事。

基於各種無法解釋的理由，我們的相遇以及你隨之而來的銷聲匿跡，讓我想起十九年前那場車禍的感受。我猜想，這也是我如此瘋狂行事的原因。

我現在正在希斯洛機場，準備登機回到洛杉磯國際機場。陽光雖好，但我如此悲傷，我必須在這種情況下離開。我知道自己再也見不到你了，但回洛杉磯能讓我放鬆。在那裡，我有一份充實的工作，擁有朋友，還是一名恢復單身的女性，我將邁向新的人生。我將思考這些日子發生的事，理解我在你身邊為何會做出如此瘋狂的行徑。我會修補一切。我會修好自己。

但是，我得坦承，我認為你很懦弱，而且不尊重我，同時如此無視我的感受，我希望你能夠深思，別對下一個女人故技重施。倘若你必須選擇這麼做，我能接受，也接納你必然有自己的理由。

最後，我要向你道謝。我們一起度過的日子，是我生命中最快樂的時光。我會記得它們，很久很久很久。

好好照顧自己，艾迪，再見了。

莎拉

28

儲存的草稿

別走，不要離開。
如果可以，我不想寫信，我想要直接打電話給妳，但我無法。
妳可能已經在半空中了，我要到外面看著天空。

艾迪

於凌晨十二點十二分刪除

第二部

女孩

29

「歡迎回家！」珍妮打開前門大喊。

這些年來，我多次飛越大西洋，依然無法克服時差。走進洛杉磯的耀眼陽光和水泥般的凝固高溫，計程車行駛在一一〇州際公路，眼前的景色變得扭曲。我記得一九九七年第一次搭飛機抵達的頭兩天，我還以為身體出現嚴重的不適症狀。

「我好想妳，莎拉．麥基。」珍妮將我拉入懷中，緊緊抱住我。她身上散發出烘焙的味道。

「哦，珍妮，我也想妳。你好，法布。」我移動疲倦的小腿撫摸珍妮的小狗。法布——法布奇諾的縮寫，喜歡喝法布奇諾是珍妮的壞習慣——在我腳邊抬起一條腿，正如牠過往的習慣，我迅速跳到一旁。

「哦！小法。」珍妮嘆息道：「你為何如此堅持在莎拉身上撒尿呢？」

我傾身，緊緊握住她的手肘。「如何？」

她不敢看著我的眼睛。

「今天要驗孕吧？」

「不，明天。」她轉身。「我很緊張，所以盡量別討論這個話題比較好。進來吧，躺在那張沙發上。」

我走進涼爽的避風港，空氣似乎飄著巧克力的香味，我看見珍妮新購入的創作，抽象藝術，千百個指紋拼貼而成的懷孕女人。珍妮找了一個教練，教練推薦她在人工受孕期間，多多觀賞帶有正面積極意義的物品。那幅作品就掛在一張扶手椅上方。哈維爾總是在下午五點十五分坐在椅子上，直到晚間十點三十分就寢。流理臺區隔客廳和廚房，上面擺著雙層巧克力蛋糕，以及放在冰桶中的玫瑰氣泡酒。

雖然累壞了，但我依然笑了，幾乎要流下感動的淚水，珍妮走進廚房，挖出幾勺冰淇淋丟入攪拌機。「珍妮．卡麥可，妳很善良，也非常頑皮。基金會給妳的薪水，根本無法購買蛋糕和香檳。」

她聳肩，彷彿在說：**那我該如何歡迎妳回家？**

她將更多食材加入攪拌機——大多看起來幾乎不像食物——打開攪拌機，迎著噪音，對我大聲說話。「我叫哈維爾去找朋友打撞球，我們才可以敘舊。」她大吼：「我一定要和妳一起享受甜食美宴，這樣才對。」

我躺在珍妮的巨大沙發上，沉入猶如軟糖的椅墊中，如釋重負的感覺如此強烈，幾乎絞痛了我的心。我在這裡很安全，我可以好好思考，重新調整，繼續前進。

珍妮關掉攪拌機。「我做了泡泡糖口味的飲料。」

「天啊，真的嗎？」

珍妮笑了。「我今天可是來真的。」她就這麼回我。

幾個小時後，我們已經喝完口味濃烈的奶昔，吃了幾片巨大的巧克力蛋糕，還痛快享受了一大包脆餅。我躺著打嗝，珍妮也一樣，她笑著說：「我遇見妳之前，不曾吃到打嗝。」

我稍微抬起自己的腿，戳戳她的腿。我的腿已經過於浮腫沉重，幾乎不想動。「這是一場壯麗的饗宴，謝謝。」

「別客氣。」她笑著揉揉自己的肚子。「對了，莎拉，我不應該喝酒，但妳一定要試試看粉紅玫瑰氣泡酒，好嗎？」

我望著酒瓶，忽然強烈感受到一股鮮明的畏懼。「我不能喝。」我說：「親愛的，謝謝妳，但上個星期我和蕎喝太多酒了，從此以後，我再也不敢喝酒。」

「妳說真的？」珍妮一臉驚訝。「一小杯也不行？」

不行，即使為了她，也不行。

我將一切告訴珍妮，包括在足球場看見陌生人赤條條的身體，以及承受著我無法爭辯的事實：我幾乎失去理智。珍妮哀號、抱怨、嘆息。我還讓她讀了我寫給艾迪的最後一封訊息，她猛然起身，並未笑我，也沒有抬起眉毛顯露出任何情緒，只是不住點頭，表達同理，彷彿完全能夠了解我為什麼這麼做。

「妳不該讓愛從指縫間流逝。」她說：「努力嘗試一切是對的。」她望著我。「妳愛他，對吧？」

停頓片刻之後，我點頭。「雖然我不應該在……之後立刻愛上別人。」

「胡扯。」珍妮不悅地說：「妳絕對可以在一個星期後愛上別人。」

「我想也是。」我撥弄上衣的摺邊。「總之，我希望重拾自己熟悉的一切。我想要贏得弗雷斯諾的安寧病房，我想在聖塔安娜說服喬治．亞特伍德加入，我該努力往前走。」

「真的嗎？」

「真的，我不會再尋找艾迪了。事實上，我要將他刪除我的臉書好友，就是現在，請妳見證。」

「哦。」珍妮的語氣不帶情緒。「我猜這樣最好，但我很遺憾，我一直以為他就是妳的真愛，莎拉。」

「我也以為。」

「在那個時間和地點遇見他——完美到教人背脊發涼。」

我沉默不語。我想忘記湯米對這件事的看法。從另一個角度來看，珍妮的觀點較能撫慰人心。一齣浪漫的巨大巧合，難以置信的時機，這我可以接受。

我望著她。「妳還好嗎？」

她嘆息點頭。「只是為妳感到悲傷，而且全身充滿賀爾蒙。」

我倒在珍妮身旁，等待臉書從我的好友清單中找到艾迪。

我的胃翻攪不適。

「他把我刪除好友了。」我輕聲說。我重新讀取他的個人頁面，以免自己誤會，但我沒有誤會。**新增好友？**臉書詢問我。

「哦，莎拉。」珍妮喃喃自語。

冰灼般的痛苦重返我的胸口，彷彿那痛苦不曾離開。無止盡的渴望，深不見底的井，一顆永遠下墜的卵石。

「我……」我想逃離此刻。「那就這樣吧。」

就在這個時候，法布奇諾迸發牠無窮的活力，因為哈維爾正打開前門，邁步進入。「嘿，莎拉！」他向來都以奇特的手勢取代擁抱。哈維爾只願意和珍妮與汽車進行肢體接觸。

「嘿，哈維爾，你過得好嗎？謝謝你今天願意讓我們兩人獨處。」我感到極度的疲倦，彷彿失去了形體。

「別客氣。」他一邊說，一邊踅入廚房，想要拿一瓶啤酒。珍妮吻了他，走進洗手間。

「妳有沒有好好照顧我的女孩？」他問。他坐在那張椅子上，打開啤酒。

「大多時候都是她照顧我。」我坦言。「你很了解她。我明天會陪她，哈維。如果她需要我，我一整天都會陪著她。」

哈維爾大口喝下啤酒之後看著我，眼神充滿防備。「明天？」

我望著他，事情不對勁。「呃……沒錯。」我說：「明天就會知道人工受孕結果了吧？」

哈維爾將啤酒放在地板上，倏然之間，我已經知道他要說什麼了。

「今天就知道了。」他立刻回答：「失敗了，珍妮沒有懷孕。」

沉默在我們之間迴盪。

「我猜，她希望先談談妳的……呃……問題。」他說：「妳了解她。」

「哦……哦，天啊。」我驚呼。「哈維爾，我很抱歉，我……哦，天啊，我為什麼會相信珍妮？我明明知道今天就會知道結果。」

我望著門。「她還好嗎？」

他聳聳肩，但我從哈維爾的表情知道了一切。他已經迷失方向，無法面對這種情況。多年來，他們還有希望，讓珍妮懷抱夢想就是哈維爾的職責，他可以躲入防護罩，無需直面珍妮的沉重恐懼，他也能夠扮演積極行動的角色。現在，他們失去一切，他的妻子——即使他的情緒表達能力有限，依然用盡全身力量呵護的女人——墜入悲傷的深井。他失去了應扮演的角色，他給不了她希望。

「她沒什麼反應，在診所時非常沉默。我認為她不願思考這件事，至少現在不想。我以為她會告訴妳，放聲痛哭，宣洩自己的感情，所以我才出門。通常當她不願意告訴我，就會向妳傾訴。」

「哦，不，哦，哈維爾，我很遺憾。」

他大口喝下啤酒，坐回椅子，凝視窗外。

我看著洗手間的門，毫無動靜，廚房牆上的鐘滴答作響，彷彿定時炸彈。

幾分鐘過去了。

「她刻意去洗手間的。」我突然說：「她想躲起來。她知道你會告訴我。我們應該……應該叫她。」我正準備起身，哈維爾早已站起。他隆起肩膀，邁步跨過廚房地板。

哈維爾敲敲洗手間的門，我毫無用處，只能在廚房來回踱步。「寶貝？」他呼喊：「寶貝，讓我進去……」

片刻之後，門打開了，我聽見哈維爾妻子的絕望哭喊，那是我忠誠的摯友，她為了照顧我，寧願將自己的痛苦放在腦後，眼淚和絕望從她體內殘暴地竄出，她幾乎無法呼吸。「我不行了。」她痛哭流涕。「我做不到，哈維，我不知道該怎麼辦。」

這棟房子只剩下難以承受的人類的痛苦呼喊，埋在她丈夫輕薄棉衣之中，沉悶的哭喊。

30

歇斯底里的情緒終於停止，珍妮坐在沙發上，在我和哈維爾之間，有條不紊地掃完留下的所有食物。我忍耐著時差帶來的疲倦，陪伴她至午夜，也扒了點蛋糕碎塊，盡可能保持清醒。

天亮了，我夢想中明亮而炙熱的早晨，我回到洛杉磯的第一個白天。待在英格蘭的最後一個星期，我確定洛杉磯的第一個早晨，必然會帶來復甦和希望，我無法在倫敦或格羅斯特郡看見這幕景致。我將變得幸福，而且充滿決心。

回到現實，現在的我因飽餐而變得浮腫，覺得渾身不對勁，又在冰冷的空調中度過一晚，四肢冰冷。我在珍妮的客房床上蜷曲身體，筋疲力盡，無法翻身下床。我看起來腫脹、蒼白，而且身體不適。我還來不及意識到自己的動作，就已伸手抓起手機，想要查看艾迪是否回覆我的告別訊息。當然，他毫無回應，痛楚在我的心中膨脹。

新增好友？我看著他的個人檔案頁面，臉書再度詢問。彷彿只是確認，**新增好友？**

* * *

一小時後，我仍在等待情緒平靜下來。我決定去慢跑。還不到早上八點，珍妮和哈維爾——終於——在床上好好休息了。

我知道這次慢跑會很辛苦，我才剛經歷橫越大西洋的飛機旅途以及昨夜的情緒喧囂，更別提我在倫敦的那些失眠夜晚，珍妮桌上的溫度計已經攀升至華氏一百度，但我靜不下來，我無法獨處。我需要快速移動，擺脫所有黏附於身上的感受。

我必須奔跑。

沿著格倫代爾大道奔馳三百公尺，我終於想起自己為何不在洛杉磯跑步。我在坦普爾的角落轉彎，假裝伸展自己的小腿四頭肌，就能扶著路燈。高溫令人窒息，我抬頭仰望，濃厚模糊的海洋霧霾遮掩了陽光。我搖搖頭。**我必須奔跑。**

我繼續努力，但好萊塢高速公路逐漸映入眼簾時，我的雙腿已然無力，我發現自己只能在公立網球場的草地上癱坐下來，頭暈目眩且覺得噁心。我假裝調整鞋帶，承認自己的失敗。

我驀然聽見蕎的聲音，她說我只是一顆可悲的水果軟糖，根本不尊重自己的身體。我同意她的批評，我由衷同意。我還記得自己在格里菲斯公園看見一群骨瘦如柴的女人，她們在灼熱的豔陽下一臉痛苦地爬上格里菲斯公園山丘時，我為她們感到悲傷且遺憾。

我回到珍妮家，沖澡之後叫了計程車。珍妮今天應該無法上班，而我不能繼續待在這裡。

＊＊＊

計程車駛回東好萊塢區的辦公室路上，我開始規畫下個星期向加州安寧病房董事會的遊說內容。這些日子以來，我們習慣讓各個醫療單位推廣基金會的服務，而我近來疏於練習推銷的藝術。佛蒙特地區車流擁塞，我在聖塔莫尼卡下車，緩緩地在最後兩個街角踱步，調整呼吸，整理演講內容，汗如雨下，**滴答、滴答、滴答**，流淌在我的背上。

艾迪？

一個男人坐在佛蒙特紅燈車潮的計程車中，車子朝著我的辦公室。男人理平頭，戴太陽眼鏡，穿著一件我認得的上衣。

艾迪？

不，不可能。

我走向那輛計程車。我發誓車裡的男人就是艾迪．大衛，他一邊望著窗外眼花撩亂的街燈號誌，一邊查看手機。

車流終於又動了起來，喇叭聲此起彼落。我站在六線車道正中央，隨即走回人行道，只見那男人取下太陽眼鏡，盯著我。我還來不及迎向他的目光，確認他就是艾迪，就被迫轉身跑回人行道。一輛輛汽車奔騰吼叫著，擋在我們之間。

他是艾迪嗎？

當天稍晚，同事們要我回家。他們說：「我們處理就行了，莎拉，妳回家休息。」但我靜不下來，決定走路回家。我凝望那道十字路口長達十五分鐘，望著汽車和計程車一一駛過，甚至沒留意到醫療直升機降落在兒童醫院屋頂。

艾迪，我知道那個男人就是艾迪。

31

我和魯本搭乘飛機前往弗雷斯諾，我們沉默不語。飛機外，陽光餘暉如奶油般融化在雲朵間；飛機內，我和魯本之間劃出一道明確的禮儀界線。隔天早上的會議，我們要向安寧病房公司的主管進行簡報，而眼下魯本正在和我冷戰。

週一早上，他和凱雅一起走進辦公室，帶我們所有人參觀會議室。他無法正眼看我。

「對了，我有個好消息。」他開啟話題。

「太好了。」珍妮的語氣很不自然，但她努力表現友善。

「上個星期，我們在倫敦，凱雅寄了幾封電子郵件給一位老朋友，吉姆．布朗多。布朗多在洛杉磯經營私立特殊教育學校。凱雅向他介紹基金會的任務，傳送影片，他回信詢問我們是否願意定期在特教學校表演。」

短暫的沉默。

「哦。」終究，我還是開口。「很棒，但……魯本，目前我們沒有足夠的人力去做定期表演。」

珍妮也搭話：「魯本，親愛的，如此一來，我們必須提高演出成本，我要另外尋找贊助人，還要——」

魯本舉手打斷珍妮。「他們資金充足。」他顯得很自豪。「他們可以百分之百支付所有的費用。我們只需要尋找新的小丑醫師，訓練他們，吉姆的公司願意負擔所有費用。」

我停頓了。「但是，我們必須先探訪那間學校，小魯，安排會議，以及一百萬件行政瑣事。我們不能光是——」

魯本露出帶有警告意含的微笑打斷我——出乎我的意料。「凱雅做得很好。」他一字一句說：「妳應該覺得高興。基金會的規模又成長了！」

珍妮似乎過於疲倦，完全不想介入此事。

凱雅試探性地舉手，就像課堂中的學生。「我真的沒想到吉姆會同意。」她平靜地說：「我希望自己沒讓整件事變得太複雜。」

「我負責安排會議，我們來仔細規畫。」魯本說：「但是，現在，我覺得我們應該好好向凱雅致謝。」

他居然開始拍手。

當場所有人跟著拍手表達感謝。**我的人生**，我心想，**天啊，我的人生**。

我們約定兩天後舉行第一次會議。一切看似順利，吉姆的代表人員也可能會同意支付所有費用，包括訓練費——**沒問題，讓我們知道你們的需求吧**——我依舊感到不安。一切發生得太快。今天早上，我想和魯本討論此事，他居然大發雷霆，要求我放下私心，懂得感恩。

飛機轉向弗雷斯諾時，我斜睨魯本。他睡著了，臉部肌肉變得鬆弛，放下戒備。那是我很熟悉的臉龐，黑夜般深邃的長睫毛，完美的眉型。他的眼窩猶如深谷，藏著細微的紋理。我望著這張熟悉的臉，胃又悶痛起來。**我現在應該要恢復正常才對**，我思忖著，飛機在天空轉向，金黃色的陽光在魯本臉上灑落成幾何圖案。**我應該要好好的**。

稍晚，我們在飯店旁的牛排屋吃過晚餐，我坐在外頭的小型游泳池旁，可能從未有人使用過這座泳池，周圍是高聳的金屬圍籬，寥寥可數的日光椅也發霉了。

我終於允許自己仔細思考湯米上個星期對艾迪的想法。我和艾迪在那一天、那個時間，以及那個地方相遇，究竟有何意義，艾迪是否對我隱瞞了什麼？一開始，湯米的想法聽起來很荒唐。那天早上，艾迪希望暫時遠離母親，所以外出散步，然後在鄉村草地上遇到一頭綿羊，延誤回家的時間。我不認為我和他的相遇有任何弦外之音。

問題是，我開始——終於開始——明白過去幾個星期在我的意識邊緣耳語。這些耳語逐漸形成一道圖像，而我不喜歡那映入我眼中的輪廓。

夜空落下第一道銀色閃電，我走進室內，危機將至的感受久久揮之不去。

隔天早上，舉行會議之前，他們先向我們介紹安寧病房。

我猜想，我和所有人一樣難以欣然接納安寧病房。畢竟，在我們的人生中，極少走入某些場所，察覺周遭如此理所當然地正視死亡。我戴上最冷靜的面具，將恐懼藏在內心深處，確保呼吸平穩。我一直認為自己表現得很好，直到我們走進電視休閒區，我看見一位坐在窗邊的女孩。

我盯著她。

「魯絲？」她披著輕柔的毛毯，臉色猶如白蠟，弱不禁風。

魯絲仰頭，似乎因為痛楚而停頓片刻之後，終於展露微笑。「天啊。」她說：「沒想到會見到你們。」

「魯絲！」魯本雀躍地想要擁抱她。

「小心。」魯絲靜靜地說：「顯然我的骨頭非常脆弱，你可不想將我攔腰折斷吧。你知道我媽非常喜歡打官司。」

魯本溫柔擁抱她。我也加入他們。

魯絲是我們的前幾名病患。當時團隊只有我和魯本，還沒有小丑醫師。魯絲那時只是個小嬰兒，多次進出手術房。而我們知道，即使她撐過折磨，日後的生命依然非常短暫。

令人驚異，魯絲努力對抗病魔，獨自扶養她的母親也一樣。她負責募款，好讓魯絲在洛杉磯兒童醫院接受治療，院內有一位世界級的醫師，能夠治療魯絲罹患的罕見基因疾病。魯絲和她母親展現「我們不接受失敗」的態度，反覆激勵我和魯本建立自己的事業。

我沒有探望孩童的習慣，因為太痛苦了。但魯絲身上有著令我難以抵抗的特質，即使我的工作內容已經不再需要實際參觀醫院，我依然想要見她，因為我無法拒絕。

現在，她就在這裡，十五歲又六個月，披著月亮圖案的藍色羊毛毯，輪椅上掛著點滴，瘦小憔悴，稀疏的頭髮看起來非常脆弱。有那麼一刻，我只能靜靜站著，無法訴說驚詫的情緒。

「見到妳，真是一場美好的驚喜。」我坐在魯絲身邊。

「為什麼？因為我在醫院看起來就像一隻死雞嗎？」她氣若游絲。「妳喜歡我的手嗎？妳看，就像雞腳。哦，**拜託**。」我想要反駁時，她繼續說：「妳難道想告訴我，我看起來是個可愛的小孩？如果是真的，請妳離開。」她微笑，嘴脣早已乾枯龜裂，我的心彷彿被狠狠地拉扯。

「妳回家了。」魯本說：「回到陽光美好的弗雷斯諾。」

「沒錯，至少回到離家比較近的醫院。」她說：「可憐的媽媽，她累壞了。」

她毫無預警地哭泣，無聲無息，彷彿已然失去所有出聲或流淚的力氣。

「太糟了。」她說：「你們在哪裡？我需要紅鼻子的時候，你們在哪裡？」

「我們就是來這裡討論這件事。」魯本掏出面紙擦去她的眼淚。「即使無法達成合作協議，也會盡量派出一位小丑醫師來探望妳。只要妳不認為自己的年紀太大，不適合小丑醫師。」

「我不認為自己年紀太大。」她虛弱地說：「你們的醫師也從來不把我當成小孩。上一次，我見到齊醫師，他說要協助我替自己的葬禮寫一首詩。他的文字能力很好，只要他願意不當個渾球。你們可以派他過來嗎？」

「這會是我們開會的第一個主題。」我告訴魯絲：「我相信齊醫師很樂意探望妳。」

「我喜歡他們。」魯絲靠在輪椅上，談話消耗她太多精力。「這些年來，唯一沒變的就是他們。他們就是年紀比我大一些的渾球，我才不放在心上。」她對魯本說：「我知道你一開始也是小丑醫師。」

他笑了。

「妳希望我們帶妳回病房嗎？」我問魯絲。我替她披好毛毯。我的咽喉哽著一道難以下嚥的痛楚。為什麼會這樣？聰明有趣的魯絲，紅色的馬尾，芹菜般的綠色眼睛，為什麼她的生命才剛開始，就已經走向尾聲？為什麼沒有任何人能夠幫助她？

「謝謝。」她輕聲說：「我想睡午覺。都怪你們，你們讓我哭了。」

幾分鐘之後，我們離開房間，我拭去眼中憤怒的淚水。魯本握著我的手。「我明白。」他說：「我明白。」

會議結束後，我們到露臺喝咖啡。安寧病房的照護服務副總裁將我帶到一旁，詢問更進一步的問題。

我早該知道。從他稍早在會議中提出的問題，我就該察覺端倪。我們經常遇到這類型的人，他們的眼中只看見紅鼻子，而無法區分我們的專業人員和派對小丑之間的差別。

「問題是，」這個男人戴著玳瑁眼鏡，擺弄著下巴，流露出強烈的傲慢。「我的團隊已有多年專業訓練。我不確定自己是不是願意讓他們……好吧，和小丑一起工作。」

驅使我們在會議努力表現的熱情早已煙消雲散。一股強烈的逃離心情席捲而來。

「你們團隊的工作人員永遠都會負責主導兒童醫療照護。」我強迫自己行禮如儀地回答。

我望著他頭上樹梢的一隻鳥。「請將我們的專業人員視為參訪醫院的演藝工作者，唯一的差別是，他們已經接受數個月的專業訓練。」

他蹙起眉頭望著自己的咖啡，表示他的團隊成員也接受高度的訓練，但並不需要穿著愚蠢的衣物或攜帶樂器。倏然間，儘管多年的工作經驗告訴我，**絕對**、**絕對**不要和這種男人爭論——等我意識到時，我已經開始爭論了。

「如果你想，你可以只專注在他們的表演帶來的娛樂效果。」我說：「但是，無數的醫師和護理師都說過，他們從我們的專業人員身上學到很有用的經驗。」

男人也發火了。「哦！」陽光在他的鏡片上閃爍。「妳的意思是說，我們的工作人員需要效法一群失業的演員？」

魯本站在一群人之中，轉身看著我們。

「我不是這個意思。」我說。我和他四目相接，幾乎針鋒相對。我到底在**做什麼**？「我的意思是——要是你仔細聆聽就會明白——醫療專業人員的回應都相當正面，而且他們保持一定程度的謙遜。」

「**麥基女士**。妳剛剛的言論是否就是我想的意思？」

魯本迅速加入我們。「我能不能幫忙？」他問。

「我不這麼認為。」男人說：「你的合夥人說，我們的專業醫療人員可以效法你們的小丑，包括學習謙遜——倘若你相信她的說法。我現在正要好好消化這個想法。」

「舒德先生——」魯本開口，卻被打斷。

「抱歉，我沒空，我必須管理專業的團隊。」玳瑁眼鏡男說：「祝福你們有美好的一天。」

他頭上的小鳥飛到街上。我看著那隻鳥，希望自己能夠和牠一起離開。

「妳到底怎麼了？」我們搭上計程車之後，魯本立刻質問我。

「對不起。」

「**對不起？**」魯本非常氣憤。「妳可能讓我們失去這份合約，莎拉，如果這是為了我們自己或只是想賺錢，倒也無妨。但我們是為了魯絲，為了院裡的其他孩子，以及他們旗下另外四間安寧照護中心。」

我可以聽見計程車前方傳來的拉丁美洲口音，以及哥倫比亞風格的音樂。我緩緩地深呼吸。換作我是魯本，也會感到憤怒。

「天啊，莎拉！」魯本火冒三丈。「**究竟怎麼一回事？**」

計程車司機終於掛上電話，饒富興味地側耳傾聽我們的對話。但他顯得不太滿足，因為我無話可說。

漫長的靜默之後，魯本開口：「是因為我和凱雅？」他凝視高速公路的對向車流。「若是如此，我們需要好好談談，我——」

「和凱雅沒有關係。」我說：「但要我誠實地說，我認為凱雅不該介入。」

「那該怎麼辦？莎拉，妳最近一直不太對勁，我們結婚十七年了。」魯本說：「我依然了解妳。」

「不，你不了解我。」

一個母親帶著兩個孩子，走過我們眼前的斑馬線，其中一個孩子在嬰兒車裡踢著雙腿，他姊姊拿著閃亮的小型派對喇叭，快樂地走在前頭，吹奏出嘟——嘟——嘟的聲響。漢娜也有這種小喇叭。有時她比我早起，就會在我耳旁吹奏，等我出聲制止她時，她會拎著小喇叭瘋狂奔跑，一邊尖叫，一邊吹奏，開心地大笑。

燈號變了，計程車緩緩發動，我發現自己正在流淚。

稍晚，我站在沾染泥塵的玻璃登機門前，看著客機穿過昏黃如鏽的夕陽。手機響了三次，我才驚覺那是我的手機。

「珍妮？」

「哦，莎拉，太好了，妳終於接電話了。」

「妳還好嗎？」

「我沒事。聽著，剛才發生令人難以置信的事。」

我等她說完。

魯本朝我揮手，最後幾名乘客消失在登機區域。

「我看見艾迪了，莎拉，就在我們辦公室大樓裡。」

「莎拉！」魯本大喊：「快點過來！」

我揮手請他稍等，並且將手懸在半空中，確保他會等我。

「我看過他的照片太多次了。」珍妮接著說：「絕對是他。他和接待處的卡曼交談，但我趕過去時，他已經離開了。」

「哦。」

我的手臂依然愚蠢地懸在半空，血液彷彿就要流盡。

「他問卡曼，妳是否在辦公室，沒有留下任何訊息就離開了。」

「哦。」

「就是他，莎拉，絕對是艾迪。我後來還比對他的照片，卡曼說那個男人的確有英國腔。」

「珍妮，妳確定嗎？妳百分之百確定嗎？」

「百分之百。」

「我知道了。」

「莎拉，妳到底怎麼了？」魯本再度發火。

「我得回去。」我沉重地說：「我要登機。」

32

親愛的艾迪：

我曾經承諾，上一封訊息是我最後一封訊息。

但問題是，我開始好奇你究竟是誰。我的朋友湯米，他問我是否想過你和那場意外有沒有任何關係，當時我立刻反駁他的想法。但是，我現在已經無法肯定。

今天到我辦公室的男人是你嗎？我上個星期在十字路口看到的男人也是你嗎？倘若如此，你為什麼會在這裡，你想做什麼？

艾迪，你知道我是誰嗎？你知道我為什麼不想回英格蘭嗎？

你就是我害怕的那個人嗎？

你也很可能讀到這封信之後，思考**這個女人究竟在說什麼？她為什麼不肯放過我？她是不是失去理智了？**

但如果你並非這麼想，要是你明白我在說什麼。

我開始好奇，艾迪，我只是好奇。

莎拉

33

《斯特勞德新聞周刊》剪輯

一九九七年六月十一日

本月初，警方逮捕與弗蘭特頓．曼塞爾鄰近A419道路致命交通意外有關的男子。資深調查警員約翰．梅瑟瑞爾也證實這項消息，一名來自斯特勞德的十九歲男子因涉嫌危險駕駛導致該場交通意外而遭到收押。

這場意外嚴重傷害當地一戶家庭，也讓民眾呼籲政府應該在偏遠道路設置更有效的時速控制系統。直到目前為止，由於警方無法找到嫌疑人，社會大眾也表達不滿。

自從該起交通意外發生之後，格羅斯特警方持續追查一名接近成年、或二十歲出頭男性，此人從案發現場附近的田野或步道逃逸。警方在星期一接獲線報，成功逮捕此人。

截至出刊前，本報無法確認該名男子是否已經遭到起訴。

34

我躺在珍妮家的客床上，聆聽屋外哈維爾將物品搬入貨車時，車內傳出的廣播聲。廣播中的男人以西班牙語急促地報導加州乾燥山丘上蔓延開來的火勢。***El fuego avanca rápidamente hacia nosotros***，意思是「火勢朝我們迅速蔓延」。那男人說到「火」時，聲音變得緩慢，仔細念出每個音節，彷彿火舌席捲枯紙，***Fu-e-go***。

珍妮在浴室洗澡，聆聽黛安娜．羅斯[8]的歌曲，並未跟著唱。熱水器轟隆作響，鄰居的貓像孩童般哭嚎著，看來法布奇諾跑去外面的庭院。

我轉動身體，撫摸著自己的肚子。

我常在思忖，某個地方的某個男子，我想了他十九年。我不曉得他的模樣，也不清楚他的聲音，我只知道他的姓氏。但我明白，當他找到我，我必然會認出他。只要看著他的眼睛，我就知道是他。

所以，艾迪不可能是那個男人，我這麼對自己說。艾迪的姓氏與那男人不同，但若艾迪真的是他，見到艾迪的那一刻，我肯定能夠察覺，我立刻會知道。

火勢朝我們迅速蔓延。

毫無預兆，我突然一陣噁心，連忙衝進廁所嘔吐。

* * *

「學生時代的宿醉嗎？」凱雅臉上流露微笑，眼神充滿喜悅，我曉得這並非她私下對我的評價。「妳讓我覺得自己很老，莎拉。」

我蜷曲在小冰箱前，裡面全是沙拉和包裝食品。我閉上眼睛，我吃不下午餐，甚至提不起勁面對食物。「妳不該佩服我。」我說：「妳應該批評我，我應得的。」我起身。

「我們都有過這種時期。」她讓水壺遮住某樣物品，彷彿刻意不讓我發現。我可悲地從她身後觀察，一如我預期，她拿了非常精美的沙拉。

我真希望她不善於和我相處，我心想，**至少不要如此體貼**。她藏起沙拉，避免我心情變得更差。更重要的是，我希望她根本不在這間辦公室。昨天，她來辦公室的理由是，最近我們要在兒童醫院和一位募款人開會，她希望分享自己的想法；今天沒有任何解釋。早上十點，她出現在辦公室，然後坐在電腦前。連珍妮都顯得很不自在。

我拿著一杯水回到座位，另一隻手依然顫抖。魯本和凱雅前往屋頂的小陽臺共進午餐。

我檢查電子郵件，眼前的文字依然渙散。我想喝水，我的胃卻不同意。**冰水！**它說，**我們**

---

8 Diana Ross，美國歌手和演員，囊括無數音樂獎，曾因飾演爵士歌手比莉・哈樂黛（Billie Holiday）獲奧斯卡提名。

需要冰水！我拖著身體回到廚房，發現冷凍庫裡的冰塊槽空無一物。我又走回座位，看著我的前夫和他的新女友在外面卿卿我我。凱雅依偎在魯本的胳膊。

「我受不了。」我聽見某人說。

片刻之後，我意識到那個人就是我自己。

我差點笑出來。我全身顫抖、反胃噁心，並且頭暈目眩，在自己的辦公桌前自言自語。接下來會如何？像動物一樣喊叫？一絲不掛地奔跑？

「我受不了。」我又聽見自己的聲音，我快控制不了一部分的自己了。「我受不了，受不了這一切！」

我迅速跑進會議室。

停止。我快速關上身後的會議室門，告訴自己。**立刻停止**。我沿著會議桌踱步，假裝傳訊給某人，再度窺探魯本和凱雅。凱雅吻了魯本的額頭。一頭街貓正坐在隔壁肉毒桿菌整形診所的屋頂望著他們。他們身後是洛杉磯市中心綿長而高聳的城市天際線。

「我受不了。」

停止！

任何人看見自己的前夫再度墜入情網，都會變得心神不寧，我盡量保持理性思索著。我不快樂很正常。

但是，我的不安與魯本和凱雅無關。

火勢朝我們迅速蔓延。

我想要阻止語言如蟲子般從我的唇間竄出，但我沒有足夠的力量。「我想回家。」我說。

「停止！」我低聲說。炙熱的淚水滾落，刺痛我的臉頰。「停止！這裡就是妳的家。」

不，洛杉磯不是我的家。這裡永遠只是個避難所。

但我愛這座城市！我愛洛杉磯！

這不代表洛杉磯是妳的家。

珍妮走進會議室。「莎拉。」她說：「莎拉，怎麼回事？妳在自言自語？」

「我知道。」

「因為魯本？如果妳需要，我可以請凱雅離開。他們的行為太過分了。」

我深呼吸，等待自己找出正確的字眼，珍妮已經離開。我茫然地望著她的背影。等到我發現珍妮想做什麼，已經太遲了。

凱雅和魯本抬頭。珍妮朝他們說了些話，他們微笑點頭。魯本走進會議室時吹著口哨，他臉上的某個表情告訴我，他以為自己知道即將發生什麼事。

不，我虛弱地想。不是這樣。他們不是我的問題。但珍妮開始了。她站在會議桌前方，看著魯本和凱雅，直截了當地發言，而她的語氣，自從我認識她以來，我只聽過三次，也許四次。

「凱雅，我們很感謝妳的幫忙，但我認為，我們依舊需要釐清妳該協助哪些計畫。倘若基金會團隊真的忙不過來，我們必須審慎檢討工作量，而妳並不適合經常待在這裡幫忙。沒有人正式同意聘請妳。」

沉默。魯本的眼睛張得很大，充滿驚訝，望著我。

凱雅的臉色變得蒼白。「沒問題。」她說，但我曉得她不知道該說什麼。「我……抱歉，我只是想幫忙魯本處理他的工作……莎拉的副手凱特，似乎……」她撥弄指節上的戒指，我瞥見她的手正在顫抖。

他們不是我的問題，這也不是解決方法。我心想。我好疲倦，我感到深深的疲倦。

「對不起。」停頓片刻之後，凱雅說：「我不希望做出不合宜的行為。我的確也發現自己太常待在基金會……」她的眼眶早已盈滿淚水。

我出於直覺走上前，但珍妮阻止我。「讓我處理。」她將面紙遞給凱雅。珍妮並未擁抱或安慰凱雅。我感到畏懼，也深陷其中，我的朋友居然將我的怒氣和失望，宣洩在會議桌旁哭泣的女人。

魯本顯得不知所措。

「我……失去了……以為來到這裡能讓我好起來……」凱雅往後退，猶如驚慌失措的小動物。「對不起，我只想到自己。我不會再過來了……我……」她快步朝會議室的門走去。

倏然之間，我明白了。「凱雅，」我靜靜地說：「妳等等。」

她的步伐變得遲疑。

「聽著，我們相遇那天，妳告訴我一個故事。」我說。她臉上肌肉霎時垮了下來，如巨浪翻湧，又像失去支柱的帳篷。「腫瘤科病房男孩的故事，我們的小丑醫師鼓勵他。」帳篷徹底崩塌，只剩一具被剝離的骸骨。「他是妳的兒子？」我問。

魯本瞪著我。凱雅緩慢地深呼吸，點點頭。

「菲尼克斯。」她說：「對，他是我兒子。」

我閉上眼。是一個可憐的女人。

「妳怎麼知道？」魯本非常驚訝。

今天早上，我打開基金會的電子郵件信箱，收到一對夫妻的來信。布雷特和路易絲・威斯特。四個月前，他們失去了兒子，直到現在，才有辦法在電腦前寫信。他們說，第一封信就是寫給基金會。**非常謝謝你們……在他人生的最後幾個星期，讓他獲得莫大的鼓舞……我們能不能幫助基金會？……我們希望到基金會擔任志工……提供回饋……讓我們有所貢獻……**

這封信讓我重新思考凱雅的出現，以及她待下來的原因。我不相信她只是為了魯本。

幾天之前，我們接到一通電話。和我們一起努力的一位孩子症況減輕，準備回家。凱雅從未見過那孩子，卻因而淚流滿面。「第二次機會。」我聽見她對我的副手凱特說。當時，凱特宣布這項消息。「生命的第二次機會，真是美好。」

的確非常美好，我們都得到鼓舞。所有人回到工作崗位，許久之後，我觀察凱雅，不禁思忖，或許她生命中的某個人不曾獲得第二次機會。

現在，我看著她絕望地向珍妮解釋自己的行為，顯然我們相遇那天，她提到的男孩，就是她的孩子。她失去了孩子，某部分的自我再也無法修復。直到某個階段，她終於鼓起勇氣下床，正常呼吸，前往非營利組織——就像今天來信的那對夫妻，也像我、以及其他人——這似乎是唯一的方法，從痛苦之中淬礪善意，也是繼續前進的方式。

「我很遺憾。」我說。

她點頭。「我也是。對不起，我太常待在這裡。去年我和伴侶分手，因為我們克服不了這個痛苦。我感到非常……孤單。這不是你們的問題，但是……待在這裡，對我很有幫助。」

我閉上眼，非常疲倦。「我明白。」

我看著他們離開。珍妮癱坐在會議桌的盡頭。

我走向她，一隻手放在她的肩膀上。「別自責。」我平靜地說：「妳不知道她的狀況。」

珍妮搖頭。

「聽著，珍，妳願意為我和基金會團隊挺身而出，以及妳對這一切所做的努力，我真的很感動。妳彬彬有禮、語氣和善，還遞給她面紙，妳還能再多做什麼？」

「我可以什麼都不說。」她的聲音充滿罪惡感。「我可以讓她就這樣待著。」

我揉捏她的肩膀，望向窗外。我的腿在顫抖，我在她身邊坐下。

「最糟糕的是，我和她其實同病相憐，我和凱雅。」珍妮悶著聲音說：「我們都失去了部分的自我。她生了一個孩子，莎拉，但她的孩子被奪走了……老天，妳能想像嗎？」

等珍妮的心情恢復後，我起身準備離開。「我想，我必須到門診看醫生。我……我現在的狀況不太好，對吧？」

「不好。」她直截了當地說，我幾乎要笑出聲來。「但醫生要怎麼幫妳？妳想吃藥，對嗎？」

我停頓。「不。」我說：「我只是需要……聊聊。」

她蹙眉。「妳知道可以找我聊吧？」

「我當然知道，謝謝妳。」我說：「而且方才妳都是為我著想。」

珍妮嘆息。「我知道。我得烤個最大的蛋糕送給凱雅，用蔬菜水果或綠茶粉，一定很棒。」

片刻之後，辦公室大樓的大門在我身後應聲關上，我感受著七月午餐時段的悶熱，準備承受迎面而來的熱浪。我想睡覺，只是我不想回去珍妮和哈維爾不在時靜默的屋子。我想享受冷氣，只是我不想回到辦公室。我想要——

我僵在原地。

艾迪。我想要艾迪，我腦海深處轟然一聲巨響，艾迪就在眼前。

那裡。

佛蒙特大道，等候交通號誌變換，他看著我。

不可能。

沒錯，那是艾迪。

我在原地靜靜不動，凝視艾迪。一臺長形的紅色大都會公車穿過我們之間，感覺就像過了好幾個小時。公車消失了，艾迪還在那裡，依然看著我。

我望著艾迪，失去全身的感受。倏然間一陣異樣的寧靜，和眼前隆隆作響的車流毫不搭調。號誌變了，白色的人行道燈光邀請我走向艾迪，但我並未跨步，因為艾迪正朝我走來，他直直地看著我。他穿著短袖上衣，我們相遇那天的短袖上衣，相同的人字拖，在炙熱到幾乎沸騰的路面上拍打作響；在我入眠時，那雙如懷抱禮物般呵護我的雙臂，正在空中擺盪。

艾迪來了，他穿過全世界，走過這條路。

但他冷不防轉身，退入街道的另一頭。人行道號誌上顯示紅色的手，倒數三、二、一，車輛開始通行。艾迪回頭看了我一眼，慢慢沒入街道。

等號誌再度變換，我跑過道路，他早已消失在萊辛頓大道。我站在萊辛頓大道和佛蒙特大道的轉角，內心巨大的感觸讓我驚訝。即使到了現在，即使在承受好幾個星期的羞辱之後。

我沒有變，依然愛著艾迪．大衛。只是，我明白了——再也無法否認——他是誰。

我走向診所。

太陽低沉於城市西方。在我之下，銀白的道路筆直朝著地平線，消失在搖晃的迷霧和煙塵之中。直升機和獵食中的鳥類在天空分庭抗禮，乘著熱氣流而上。宛如傷痕的步道刻在山丘上，登山客是上下攀爬的甲蟲。

我坐在這兒兩個小時了，或許更久，獨自坐在我最喜歡的長椅上，就在格里菲斯公園天文臺附近。觀光客大多已離去，他們焦急地在天黑前離去；少數留了下來，希望拍攝完美的夕陽。我安靜地坐在他們之中，想要遺忘醫生的囑咐，專注回憶我和艾迪共度的那個星期，等待線索現身。我還沒找到線索，但我非常接近了。只要你知道自己想要尋找什麼，答案就能讓你驚喜。

我快要梳理出所有的頭緒，太陽沒入視線之外的太平洋，我思考我們的最後一個早晨。屋外明亮，我們道別時的失落感，以及面對未來的興奮之情。他倚著階梯的欄杆支柱。窗戶敞開，我能聞到山楂花的陳年香味，以及溫暖青草的清新氣息。我閉上眼睛，他吻我，輕撫我的背。他的鼻子抵在我的鼻子，閉著眼睛，我們交談。他遞給我一朵花，輸入我的電話號碼，在臉書上將我加為好友，將他的護身符老鼠雕像送給我。他說，**我覺得自己可能已經愛上妳了，這麼說會不會太誇張？**

不，我說，**很完美**。我離開了。

我想像，我離開之後，他轉身走完剩餘的階梯，拿起喝過的茶杯，或許又喝了一口。手機依然在他的手中，因為我們才交換完聯絡資訊。或許，他坐在窗邊的椅子上，瀏覽我的臉書頁面。他滑著手機，或許——

我掏出自己的手機。

我盯著自己的臉書時，覺得異常冷靜。找到了，二〇一六年六月一日，湯米・史丁漢在我臉書上張貼的歡迎訊息。

歡迎回家，哈靈頓！希望妳的旅途愉快。很期待見到妳。

我穿上鞋子，走回天文臺，叫了優步。等車的時候，我拿出手機，開始寫訊息。我找到答案了。

35

艾迪：

我知道你是誰。

多年來，我經常在夢裡見到你，在我意識最黑暗的邊緣，你就在那裡，你不曾露臉或出聲。但你永遠都在，永遠如此可怕。

後來，你出現了，真的出現了，就在六月的那一天，和一頭綿羊一起坐在薩伯頓的草地上。你對我微笑，請我喝酒。你如此吸引人。我完全沒察覺。

這個世界的味道就像我滿十七歲的那個夏天，也像我難以嚥下的痛苦。

我們需要談談。面對面。這是我在美國的手機號碼。請回電。我們可以安排見面。

莎拉

36

「莎拉．麥基。」珍妮說：「妳去了哪裡？我不斷打電話找妳。」

我脫下皮製涼鞋，坐在高腳吧檯椅的邊緣。「抱歉，我將手機調成靜音模式。妳還好嗎？」

珍妮迴避我的問題，替我們倒水。「我可以替妳準備汽水，如果妳想喝的話。」她將杯子遞給我。她的眼睛充滿血絲，我判斷她下班之後就回家補眠了。

我忽然掉淚。

「怎麼了？」珍妮靠過來。她身上有椰子沐浴乳和棉花糖護膚乳液的味道。「莎拉……？」

我該如何向這位失去擁有家庭最後希望的女人，解釋眼前如此惡劣不堪的情況？我無法想像。她耐心傾聽之後，必然為之恐懼，然後崩潰，因為她無法——絕對毫無能力——解決這個問題。

「告訴我。」珍妮非常堅決。

「醫師說我的身體沒問題。」漫長的停頓之後，我說謊。我擰擰鼻子。「我還要等待驗血結果，但一切安好。」

「好……」

「但是……我——」

我的手機響了。

「艾迪。」我在房間四周匆忙踱步。

「**什麼？**」珍妮如閃電般迅速從我的手提包取出手機，用力拋向我。「真的是艾迪？」她問：「艾迪打來的？」

我的胸口湧現一股痛楚，我承受不了這個現實。我絕對不可能和他在一起。我已經知道他的真實身分，我們之間沒有未來。

「艾迪？」我說。

電話那一頭沉默，終於艾迪開了口。他向我打招呼，彷彿我夢中的場景，但這次是真的。熟悉又陌生，完美又心碎。**他的聲音。**

我等了良久才同意明天早上和他見面，聖塔莫尼卡海灘。早上十點，碼頭南方的腳踏車出租中心。

「我覺得洛杉磯根本不是海岸城市。」他聽起來很疲倦：「我在城市中開車漫遊了好幾天，依然沒看見海。」

通話結束，我蜷曲在珍妮沙發的角落哭泣，宛如孩童。

37

親愛的妳：

哈囉，小刺蝟。

自從慶祝妳的生日之後，又過了將近兩星期，但我每天都在想妳，不只是妳的生日。

有時候，我喜歡想像，倘若妳還在，妳現在會做什麼。今天，我想像妳住在康瓦爾，妳是個染髮卻身無分文的年輕藝術家，妳在法爾茅斯藝術大學主修藝術，畢業後和其他從事藝術工作的朋友，住在山丘上高聳的廢棄建築中。妳喜歡頭巾，可能吃素，忙著爭取藝術協會的補助、策畫展覽、指導孩童繪畫，渾身充滿活力。

悲痛的鐘擺敲醒我，我才想起妳不住在山丘上的瘋狂建築。妳的骨灰灑落在格羅斯特郡的寧靜角落。妹妹的溫暖陽光已經化為一道寧靜的低鳴。

我不禁猜想，妳是否知道我明天的計畫。我不禁猜想，妳是否知道我明天將在海岸上和誰見面。如果妳知道，妳是否願意原諒我。

因為我無法拒絕，小刺蝟，我必須知道妳那天究竟如何死亡，妳當時在做什麼，妳說了什麼，甚至吃了什麼。當我必須指認妳的屍體時，我只能將自己蜷曲在角落像要消失一般。我花費幾個小時才能起身，開車回家。我回到家，發現洗手槽裡有半片吐司，冰冷且僵硬，吐司邊還有妳的齒痕，彷彿妳決定吃下最後一口，又因為其他事而放下它。

那天，妳還吃了什麼？妳有沒有唱歌？妳有沒有換衣服？妳快樂嗎，小刺蝟？

我必須知道答案，我必須理解，為何發生一切之後，我依然愛上奪走妳的那個人。

我認為妳將因為我明天赴約而失望。我希望妳能夠理解我的想法。

愛妳的我

38

等待艾迪時，我看著一群孩子打排球。我猜想他會不會來，要是他並未現身，一切是不是會更好，更輕鬆。

潮水早已遠去，海岸極其寧靜。聖塔莫尼卡海灘和太陽之間隔著一道輕薄的雲霧。空氣聞起來悶熱卻甜美——就像融化的糖霜，或烘焙中的甜甜圈——彷彿童年的氣味，點亮內心角落的回憶。我們在德文郡的長假。刺痛肌膚的沙灘，沾滿鹽巴的四肢，滑溜的巨大岩石。雨水在帳篷上留下細緻的痕跡。我和妹妹在深夜耳語，我不曾懷疑她將從我的生命裡消失。

我看著手錶。

排球場的孩子結束比賽，準備打包。一名孤獨的直排輪玩家轟隆穿過木板道路。我伸出潮溼的手指整理頭髮。我吞嚥口水，打呵欠，握緊拳頭，再放開拳頭。

艾迪的聲音從我身後傳來。「莎拉？」

轉身面對他之前，我停下所有動作，這麼多年來，這個男人一直都在我的腦海裡。

但是當我望著他，我只看見了艾迪．大衛。我內心只剩下我意識到他的真實身分之前，對他所擁有的感覺：愛，渴望和飢餓。我的身體像鍋爐轟隆一聲，點燃了。

「嗨。」我說。

艾迪沒有回應我，而是直直望進我的眼睛。我憶起和他相遇那天，我是如何在內心想著，他那雙眼睛就像異國的海水，溫暖且充滿良善。今天，那雙眼睛透著寒意，幾近空洞。

我將身體重心從一隻腳，換到另一隻腳。「謝謝你赴約。」

他的肩膀微微顫抖。「過去兩個星期，我都想找妳好好談談。但我住在朋友奈森的家中……」他的聲音愈來愈小，話沒說完，只聳了聳肩膀。

「沒關係，我可以理解。」

騎著黃色租賃腳踏車的一家人在木板路上穿過我和艾迪之間，他往後站，依舊注視著我。

我們走下海灘，坐在海水沾溼的沙灘上。漫長的時間，我們遠眺太平洋的海浪來去，綿長的銀白色泡沫，一場無窮盡卻沒有目的地的旅程。艾迪的雙臂環繞膝蓋，他脫下一隻人字拖，讓腳趾埋入沙中。

我如此渴望他，幾乎讓我喘不過氣。

「我不知道該怎麼辦，莎拉。」終究，他開口了。他的兩眼無神。「我不知道該說什麼。妳……」他攤開雙手，看起來非常無助。

從前，艾迪有一個妹妹，甜美的女孩，她的名字是艾利克絲。她有著一頭金黃色的亂髮，熱愛唱歌，還有雙湛藍的大眼睛，享受人生，喜歡計畫和甜的水果。她曾是我妹妹最好的朋友。

我在內心抱住艾利克絲，我的胃又在翻攪，早已料到即將迎來的話語。

「妳害死我妹妹。」艾迪說。他沉重地深吸了口氣，我閉上眼睛。

上一次，我聽見這句話，是來自父母家中那臺巨大的國際牌電話答錄機。時間約莫在車禍意外的一個星期或兩星期後，漢娜終於出院了，但是她拒絕和我同車，甚至不想回家。我們為此爭執，最後我們找到病患接駁車，先送漢娜和母親回家，父親開車載我回家。

我們到家之後，電話答錄機閃爍著紅色的光芒——我害怕這個光景——以及艾利克絲母親的留言，當時她待在精神病院。她的聲音聽起來就像破碎的瓷器：妳的女兒不可能就此逃過，絕對不會。**莎拉害死我的寶貝**。她殺了我的艾利克絲，她將因此坐牢，我一定會讓她坐牢，她不值得自由，她不能自由，因為我的艾利克絲……她……

她絕對會讓妳坐牢，漢娜流著眼淚，陰沉地對我重複這句話。挫傷和瘀青像粉刷牆壁一樣遍布她全身。**妳害死我最好的朋友，如果她不在這裡，妳也不配在這裡**。漢娜痛哭流涕。**我恨妳，莎拉**，我恨妳。這是她對我說的最後一句話。十九年過去了，十九年六個星期又兩天，她不曾再對我說過任何一個字，無論我多努力，無論我們的父母在一旁嘗試多少次。

「對不起，艾迪。」我輕聲說。我伸出顫抖的手撫摸腳踝。「倘若這麼說會讓你比較好過，我不曾原諒過自己，漢娜也不曾原諒我。」

「哦，沒錯，漢娜。」他看了我一眼，立刻移開目光，彷彿我讓他覺得噁心。「妳曾告訴我，妳失去了妹妹。」

「我……確實失去她。」我在沙灘上畫出海浪線。「漢娜不再和我說話，她拒絕讓我參與她的生活，永遠拒絕。在那之後，我不認為自己還有妹妹。至少不像真的擁有。」

他短暫瞥了一眼我在沙灘上畫出的線條。「漢娜不再和妳說話？」

「永遠不會。上天知道我多麼努力。」

他沉默片刻。「我並不驚訝。她經常和我母親聯絡，妳可以想像她們的對話。」他的語氣恢復堅定。「那只是順帶一提，但事實是，妳仍有一個妹妹。即使她不想和妳有任何關係，妳還有一個妹妹。」

我沉默，但願我可以回話。**他無法正眼看我，這些年來，他可能希望我這個女人已經死了。**

「對不起，你妹妹和我妹妹是最好的朋友，艾迪。對不起，那天我帶她們出門。對不起，他……那個男人……我錯了。」我吞嚥口水。「我不敢相信你就是艾利克絲的哥哥。」

艾迪的身體退縮。他說：「我希望妳告訴我一切。」我可以聽見他努力保持平靜的語氣。

「我……你確定嗎？」

他的身體——強壯、溫暖、可愛的身體，我多次夢想的身體，表達同意。

於是我坦承一切。

那年夏天，我非常努力維護自己在曼迪和克蕾兒友誼團體中的地位——可悲而疲憊。中等教育普通證書測驗結束之後的幾個星期，她們天天見面，偶爾才會邀請我。「**天啊**，莎拉，別想太多。」曼迪這麼回我。當時我終於鼓起勇氣和她對質。

我們都是青少女，我當然會想太多。

她們相處時，發展出新的行為方式，卻不願和我分享，因此，進入十二年級後的前幾個星期，我就像走在地雷區一樣煎熬。我說錯話，討論錯誤的人，穿錯衣服，等她們翻著白眼離開之後，才知道自己犯了錯。

十七歲生日那天，我到學校後，才發現她們不再坐在預科普通教室原本的位置，移去其他座位。而我完全不知道自己是否獲得邀請。

春季學期時，曼迪開始與某個斯特勞德的男孩約會，我們的學校就在斯特勞德。他的名字是葛瑞格西。他當時二十歲，炙手可熱——即使他有著一副令人生厭、近乎醜陋的黃鼠狼臉或可能會犯些卑鄙行徑的長相。克蕾兒非常嫉妒，花盡所有心思和時間跟著曼迪和葛瑞格西。我終究失去希望，這是壓垮我的最後一根稻草。和年長男孩約會的女孩，擁有更好的社交地位。她們性感、成功，而且自給自足。那時期的青春痘不會讓她們感到焦慮。

曼迪爬上社交階梯之前，可能會幫助克蕾兒，但絕對不會帶著我。

三月的某一天，曼迪隨意提起布萊德利．史都華在打聽我。布萊德利是葛瑞格西的表親。他開著星辰汽車，也是那群邪惡的男孩團體中，外表最帥氣的成員，我立刻陷入一種病態的優越感。

「哦？」我沒有抬頭，專注撕開眼前健怡可樂的標籤。我必須表現出適當的反應，要是過於積極，曼迪會在日後的約會藉此羞辱我。「我覺得他還可以。」

「我幫妳牽線。」她愉快地說。稍早和曼迪起爭執的克蕾兒氣得火冒三丈，我才明白，若不是她們吵架，我不會有這個機會。

我們沒有約會，當時不流行約會。我們在鵜鶘園旁的人行道見面，還有其他相約喝酒的青少年。我們喝了許多私釀烈酒和思美洛冰酒，相互表現出自己的聰明風趣。布萊德利有著一頭黑髮，穿著黑色運動鞋，眼神銳利。他說服我到倫敦路的立體停車場「喝一杯」。然後他領著我到牆邊，開始吻我，手伸入我的上衣，我沒有拒絕，即使他的動作粗魯且缺乏耐心。他又將手伸入我的牛仔褲，我依然沒有拒絕。我並不希望他這麼做，但我沒有任何和男孩相處的經驗，不會再有下次的機會了。他想要和我做愛，我拒絕了。他要求我替他口交，最後勉強答應讓一臉緊張的我替他手交。我一點也不喜歡，但他很享受，我已經很滿足了。

他沒有打電話來，我心碎了。我每天盯著家中的電話，最後再也無法忍耐，決定主動打電話給他。沒人接聽。我還搭公車去他家，就在斯特勞德附近。三十分鐘內，我走過他家三次，無助地待在傾盆大雨中，仍滿懷希望。

「妳應該和他做愛。」曼迪建議我。「他以為妳和別人交往，或是妳性冷感。」

重獲曼迪眷顧的克蕾兒在一旁大笑。

我立刻察覺到，自從布萊德利帶我到布魯內爾立體停車場之後，我擁有的微弱價值即將消失殆盡。於是，我告訴曼迪，請她通知布萊德利，我願意「放開」（這是曼迪的說法）。布萊德利打電話給我。

我們變成某種程度上的情侶。我說服自己相信，我和布萊德利之間的關係是愛情，我從未想像我可以得到更好的對待，也不想去找更好的人。我是這個小團體的成員，我無所不在，我可以和曼迪待在更高層次的世界，我絕對不想離開。

布萊德利經常和我談論讓他心動的女孩，而我的少女情懷也總是處在恐懼之中。他會消失數天沒有音訊。他不曾送我到公車站牌。他堅持獨自前往「麥芽釀製」，一間酒池肉林的俱樂部，因為沒有我，他才能「做自己」。他不只一次在我們排隊進俱樂部時，決定自行享樂，而他知道如果我不住在他家，根本無處可去。我考完汽車駕照的那天，他沒有恭喜我，只是要我開車去他家，和他做愛。

「聽起來像是一個頂尖的英國小混蛋。」艾迪說。

我聳聳肩。

他短暫地注視著我，我想起和他共度的第一個早晨，我們面對面坐在他的早餐吧檯。我和他，麵包的香味，以及希望。他轉頭，像是無法再直視我。「妳介意直接說重點嗎？」他沉靜地問：「我知道妳為什麼告訴我這些事，但是，我——我需要的是真相。」

「對不起，當然可以。」我抓緊上揚的慌張情緒。多年來，我不曾大聲說出當天的經過。

「我……我們走一走吧，坐在這裡很熱。」

片刻之後，艾迪起身。

我們經過粉藍色的救生員小屋，走上木板道路，一路通往南方的威尼斯海岸。腳踏車和直排輪玩家越過我們，海鷗在天空翻轉身軀。早晨短暫出現的雲朵已經遭陽光燃燒殆盡，天空在高溫之下閃耀光芒。

＊＊＊

那年夏天，六月的某個星期一午後。我的父母前往切爾騰漢姆辦事情，讓我在下課後負責照顧漢娜。漢娜邀請艾利克絲到家裡，她們假裝寫作業，一個小時後，終於坦承她們覺得非常無聊，可能會無聊至死，要求我開車帶她們到斯特勞德的漢堡之星快餐店。我拒絕了。我們最後同意開車到寬馬道「閒晃一下吃甜食」。幾年前，漢娜和艾利克絲在那裡搭了一個祕密基地，環境還算舒適，能夠待上一整天。雖然她們的年紀早已不再迷戀祕密基地，還是喜歡在那裡聽音樂、讀雜誌。

我坐在祕密基地的地毯上，與她們之間保持些距離，讀著高級程度測驗的課本。我沒興趣聽她們輕聲討論班上的男孩，但她們才十二歲，我不能讓她們離開我的視線。漢娜太喜歡炫耀，無法負責自己的安全。她不明白生命的脆弱，也不曉得十二歲的勇敢會造成何種後果。

那天很溫暖，天空飄著薄薄一層雲，我覺得這裡很平靜，就像家一樣，直到一輛汽車轟隆駛來，播放震天響的音樂。我抬頭察看，內心忐忑不安。布萊德利稍早打電話來，希望我開車接他。他說他的車子壞了，無法發動，要我去找他，順便借他錢修理汽車。

不，我拒絕了他的兩個要求。我要照顧兩個十二歲的小女孩，而且他已經向我借了七十英鎊。「我借用葛瑞格西的新車。」他從容地向我走來，臉上露出罕見的笑容。「沒辦法，妳太爛了，居然不願意幫我。」他饒富興味地看著漢娜和艾利克絲。「對吧，小女孩？」

「嗨！」她們對著布萊德利傻笑。

「葛瑞格西什麼時候買車了？」我懷疑地問。眼前是一輛寶馬，雖然改裝過引擎，但正如布萊德利和葛瑞格西的喜好，那始終是一輛寶馬。

「他賺到一筆錢。」布萊德利摸摸自己的鼻子。

漢娜很興奮。「這是贓車嗎？」

布萊德利笑了。「不，小姐，合法的。」

他坐不住。待在地毯上十分鐘之後，他提議我們各自駕車「比賽」。

「不行，」我說：「不能帶著女孩們。」我曾經陪他參加賽車。布萊德利和葛瑞格西在深夜的埃伯利巷道對決，那是我人生中最可怕的二十分鐘。快要抵達終點森寶利停車場時，我垂著頭幾乎要抵上自己的胸膛，痛哭失聲。他們都在嘲笑我，曼迪也是，儘管她同樣害怕。

但是，搖搖晃晃進入青春期的漢娜和艾利克絲認為賽車很棒。「沒錯！來比賽吧！」她們說，彷彿父親借給我的是一輛小跑車，而不是只有一公升引擎且來日無多的破銅爛鐵。

漢娜和艾利克絲嚷嚷著想要賽車，布萊德利趁勢說服我。**小莎，我們又不是在他媽的五號高速公路，只是一條破爛的小路**。艾利克絲輕拂落在肩上的金色頭髮，漢娜模仿她的動作，但比不上艾利克絲具說服力。

多年來，我對漢娜的保護心態並未減少，真要說起來，看著她從無所畏懼的孩童成長為昂首闊步的神氣小女孩之後，我反而更想保護她。於是我拒絕了。我一再拒絕。布萊德利被我激怒。我感到一股極大的壓力。我和布萊德利都不習慣聽到我說不。

但是，事態已經超過我所能掌控的範圍。漢娜一邊嘻笑，一邊跑進布萊德利汽車的副駕駛座。布萊德利在轉眼之間衝進駕駛座。我憤怒地對著他們咆哮，但沒有人聽見，因為布萊德利借來的汽車安裝雙排氣管，引擎喧囂大喊。他駕車往弗蘭特頓方向奔馳。我的胃緊繃糾結，幾乎延伸到雙腿。

「漢娜！」我大喊。我衝向自己的車，艾利克絲跟在我後面。

「該死！」艾利克絲驚呼。她聽起來非常害怕。「他們走了！」

我要求艾利克絲繫上安全帶，不要說髒話。我在內心祈禱一切平安。

「我們就這樣出發了。」我的腳步停在木板路上。

艾迪轉頭，望著海洋，雙手放在口袋。

「那天你在鄉村草地，是因為你在寬馬道散步。」我說：「對吧？我們相遇的那天，你到鄉村草地的理由，和我一樣。」

他點頭。

「那是我第一次在艾利克絲的祭日到那裡。」他的聲音非常緊繃，就像啟動安全保護，避免自己崩潰。「我通常會在那天陪著我媽，看著她翻閱老相簿，痛哭失聲。但那天我……我做不到。我想走到外面，在陽光中回憶我妹妹。」

我，我的脆弱，我可怕的愚蠢，造成這一切。

「每年的六月二日，我都會沿著寬馬道散步。」我告訴艾迪。我多麼希望讓自己的身體包覆他，承受他的痛苦。「我不會前往主要道路，因為寬馬道才是她們那天午後的王國。她們就坐在那裡塗指甲油、讀雜誌，完全不在乎這個世界。我飛回英格蘭，想要的只是回憶。」

艾迪很快瞥了我一眼。「哪一本雜誌？妳記得嗎？她們擦什麼顏色的指甲油？她們吃什麼點心？」

「《少女》雜誌。」我靜靜回答。我當然記得。那天的一切，即使在我成年之後仍迴盪在我的生活中。「她們拿走我的指甲油，那是雜誌贈品，指甲油的名稱是『糖果歡愉』。我們吃琳達．麥卡尼牌的素食香腸，因為她們正在經歷想要嘗試素食的階段；還有起司洋蔥圈和一碗水果沙拉。艾利克絲帶來了糖果。」

一切恍如昨日。在水果上盤旋的黃蜂，漢娜的新太陽眼鏡，搖曳的樹蔭綠影。

「彩虹糖。」艾迪說：「我猜她帶了彩虹糖，那是她的最愛。」

「嗯。」我無法直視艾迪。「彩虹糖。」

我在主要道路趕上他們。布萊德利想要右轉，前往斯特勞德方向，但前方的大卡車造成交通堵塞，擋下了布萊德利。

冷靜，我告訴自己，我下車奔向布萊德利的副駕駛座。**只要能帶漢娜出來，假裝一切只是開玩笑，就會沒事，如果——**

布萊德利發現我之後，急忙左轉，引擎再度咆哮。我奔回自己的車。

「妳可以加速。」艾利克絲說。布萊德利的車已經快要消失在我的視線範圍。「妳可以將油門踩到底，我不介意。」

「不，他會減速等我，才能和我賽車。我知道他的個性。」我的耳朵因充血而發熱。上天，求求祢，別讓漢娜出事，別讓我妹妹發生任何意外。我看著時速錶，每小時五十五英里，我減速，又加速，我慌了手腳。

艾利克絲打開收音機，美國小孩團體韓氏兄弟的歌曲〈MMMBop〉，十九年來，我再也無法聆聽這首歌曲。

經過一小段膽顫心驚的路程，布萊德利從對面車道朝我們駛來，時速六十英里，將近七十英里。「快減速！」我大喊，猛朝他閃燈。他肯定是在前方的迴轉道轉向。

「冷靜！」艾利克絲緊張地撥弄頭髮。「漢娜沒事的！」

布萊德利的車子呼嘯而過，忽然尖銳地轉向我這一側車道。「手煞車轉彎！」艾利克絲驚呼。我幾乎就要減速停車，從後照鏡觀察他們的車子，我快呼吸不過來，直到他們的車子恢復直線前進，再度駛向我們。我看見漢娜坐在前座，比布萊德利足足矮了一個頭。我的天啊，如此嬌小的女孩。

她筆直看著前方。只有在感到害怕的時候，漢娜才會變得如此冷靜。

「妳怎麼知道那是手煞車轉彎？」我聽見自己問。我的車速很慢，警示燈亮起。**求求你停車，把妹妹還給我**。我打開窗戶，瘋狂指著路肩。

「我哥哥告訴我的。」艾利克絲說：「他是大學生。」

一時之間，我覺得非常憤怒，她的哥哥——某個蠢蛋——居然自作聰明，告訴自己的妹妹什麼是手煞車轉彎。布萊德利冷不防減速，移動到我的車子後方，引擎轟隆作響。只見兩輛車快要撞上，他在最後一刻煞車，我驚慌尖叫。一而再，再而三，我多次想要停車，但只要我一停車，他就馬上超車。我只能繼續開車，配合他的心意。我不能讓他帶著我妹妹加速駛離。

他毫不理會我，直到我們的車子接近下坡路段，就在薩伯頓交界點和森林入口不遠處。他多半覺得無聊了，因為當他的車快要擦撞我的車後方時，並未減速。他直接撞上，雖然力道輕微，但足以讓我嚇破膽。我才剛拿到駕照三個星期。

「該死。」艾利克絲又說了髒話，但比之前小聲。她故作興奮，但顯然非常害怕。她纖細的手指緊緊抓住老舊的灰色安全帶。

我們駛下陡坡，布萊德利在後方閃爍大燈，按喇叭，放聲大笑。我們都要進入視野死角的彎道了，他依然想要超車。

一切就像懸在龍頭上的水滴，即將墜落摧毀。

彎道的另一頭，一輛車出現在對向車道，我早就預料到了。

布萊德利的車與我的車並肩齊行，他們閃避不了。

我的妹妹，漢娜。

事後，我告訴警察，當時我在緊急狀態下依本能行事。我很清楚，因為後來的事並非我刻意選擇的結果，只是就這樣發生了。我的大腦指揮手臂，將汽車轉向左側，汽車也的確轉向了左側。

當妳的車失控，避開樹木。父親教我開車時曾說，**轉向牆壁或籬笆。車子可以撞破牆壁或籬笆，但樹木不會退讓。**

樹木沒有退讓，副駕駛座上的乘客——甜美可愛的小艾利克絲．華勒斯，飄逸的金色頭髮，彩虹糖，以及胡亂塗抹的指甲油——撞上樹木。

樹木沒有退讓，艾利克絲也沒了氣息。

＊＊＊

我強迫自己看著艾迪，但他依然不想看我，他看著海洋。閃耀著光芒的淚水緩緩滑過他的臉龐，他伸手擦去後，捏捏自己的鼻梁。幾秒鐘後，他垂下手，眼淚再度流下。他站著哭泣，這個身型巨大、心地善良的男人，我內心的痛楚從未如此強烈。自我厭惡，想要做些什麼，渴望改變結果，以及無能為力的絕望。時間繼續前進，拋下艾利克絲，艾迪崩解，以及漢娜自始至終的不諒解。

「多年來我都在思忖，遇見妳之後，我會做什麼。」終究，艾迪開口了。他抬起手肘抹了抹臉上的淚水，轉身面對我。「我恨妳。我無法相信那個混蛋坐牢，妳卻能全身而退。」

我點頭，因為我也恨我自己。

「我問過他們，為什麼我不用受懲罰。」我顯得微弱而無助。「他們只說，我沒犯法，也沒有危險駕駛。」

「我知道，警方的聯絡人就是這樣解釋的。」艾迪的語氣很冷淡。「我媽認為他們的想法完全不合理。」

我閉上眼睛。我知道艾迪要說什麼。

「我只知道，妳選擇救妳的妹妹，所以我妹妹死了。」

我環抱自己的肩膀。「我沒有選擇。」我輕聲說道，淚水讓我無法呼吸。「艾迪，我不是有意識地做出選擇。」

他嘆息。「也許吧，但事實就是如此。」

警方趕到醫院之後，指出那輛寶馬是贓車。

我為什麼會聽信布萊德利的話？我為什麼相信他說的**任何事**？想起我給那個男人一切，一陣令人作嘔的恐懼爬滿全身。我的身體，我的心，我的自尊。現在，我還讓他奪走一個小女孩的生命。我妹妹最好的朋友。

證人目擊駕駛從田野逃離事故現場。他是誰？

「他是誰？」父親一臉困惑地反覆問我。他坐在我的床邊，握著我的手。母親坐在床的另一邊。她要充當人牆，擋在警察和她女兒之間。「莎拉，他是誰？」

「我的男朋友，布萊德利。」

「妳的什麼？」父親更困惑了。「妳有男朋友？多久了？為什麼沒有告訴我們？」

我將頭埋進枕頭痛哭，一切都明朗了。布萊德利是個人渣，他向來都是人渣。在青春期緊密堆疊的不安之中，我一直都知道。

我的行為或許讓妹妹免於一死，仍讓她承受不小的傷害。當時，布萊德利將車子駛向我製造的空隙，漢娜坐在贓車裡，撞上我的汽車後方。兩天內，漢娜接受兩次手術。她就住在我樓下的病房，腦震盪，重傷，是她十二年來第一次沉默不語。

我將布萊德利的名字告訴警方。他們找不到他。「葛瑞格西家。」我告訴他們，不久以後，布萊德利遭到逮捕。

我出院後，天天坐在漢娜的病床旁，兩個星期後漢娜才能出院。我不去上學，也幾乎不回家。我什麼都不記得，耳邊只迴盪著儀器冰冷的嗶嗶聲，以及小兒科病房的忙碌喧囂。漢娜病床旁的一臺儀器曾經傳出異樣的聲響，我為此莫名恐懼，罪惡感猶如火焰在我胸口燃燒。大多時候，漢娜都在沉睡。有時她清醒後一邊痛哭，說她恨我。

警方堅持不起訴我，即便艾利克絲的家人主張我應該受到懲罰。我的罪惡感變得更強烈了。我在格羅斯特郡的刑事法庭出席指證布萊德利時，遭到法官訓斥，因為我請求他們也要審判我。

我不認識艾利克絲的家人。之前父母總是在約定的日期接艾利克絲來家裡玩，因為——母親的說法——「艾利克絲的母親有時狀況不太好。」他們在法庭上說，艾利克絲的母親在事故之後就精神崩潰了。不僅如此，艾利克絲還小的時候，她母親就要獨力照顧女兒，因此她兒子放棄大學學業，回家照顧母親。艾利克絲的母親和哥哥都沒有出席法院聽證。

當時，一位陪審團成員看著我。一個女人，和母親差不多年紀，或許能夠想像失去孩子的痛苦。她直視我，表情就像在控訴：**妳也有錯，小婊子，妳也有錯**。

卡洛・華勒斯打電話來家裡三次。隨後，精神病院的護理師發現她並非聯絡兒子，暫時禁止她使用電話。她大罵我是殺人凶手，一次是親口對父親說，其餘兩次則是在電話答錄機留言。鄰居不再邀請父母共進晚餐，即使他們經過鄰居家門口，也不再聊天了。父親對我說，我不認為他們相信那是我們的錯，他們只是不知道如何跟我們說話。「有時候真相過於沉重，人們無法承受。」

漢娜不願和我同桌吃飯。超市裡的人會盯著我父母。當地媒體繼續刊登艾利克絲的照片。我回到學校後的幾個小時，就知道自己的社交生活結束了。同學交頭接耳。克蕾兒說，法院應該判決我蓄意謀殺；曼迪不再和我說話，因為我讓警方逮捕葛瑞格西的表親。一些教師也不願意直視我。

那天夜裡，我的父母要我坐下，告訴我，他們準備賣掉房子，想知道我對於搬去萊斯特生活有何想法？母親在萊斯特長大。「我們能夠重新開始，對吧？」她問。她的表情全寫在臉上，擔憂而筋疲力盡。「我們一定可以找到另一間學校，讓妳完成高級程度測驗。」

母親是老師。她知道那是不可能的。直到那時，我才明白她竟是如此絕望。

我走上樓，打電話給湯米，隔天就飛向洛杉磯。

我離開故鄉，讓艾利克絲的家人可以平靜哀悼，不必擔心遇見我。我離開故鄉，讓我的父母不需要搬到英格蘭另一頭，就能重新開始，不必面對女兒在所有記憶中留下的陰影。我離開故鄉，尋找一處避難所，沒有人知道我做了什麼，我不再是「那個害死人的女孩」。

最重要的是，我前往洛杉磯，讓我可以成為遇見布萊德利那天，我下定決心想要成為的女性，堅強、有自信，而且無所畏懼。**永遠**、**永遠**不害怕拒絕。

艾迪和我快要走到威尼斯海岸，木板路途經各家商店，櫥櫃陳列著廉價的禮品和染劑刺青。某處的揚聲器傳來震天價響的樂聲，遊民在棕櫚樹下熟睡。我將幾美元交給一個背著破爛帆布包的男人。艾迪臉色蒼白看著我。「我想坐下。」他說：「我需要吃點東西。」

我們坐在一間酒吧外。一個帶著鸚鵡的瘋女人和一個演奏手風琴的街頭藝人望著我們。艾迪沒有回答瘋女人的問題。街頭藝人繞著我們打轉，艾迪看著他，眼神依舊空洞。

「我可以帶你到亞伯特．基尼，」我說：「就在隔壁那條街。如果你覺得這裡太瘋狂，那一帶高級餐廳比較多。」

魯本很喜歡亞伯特．基尼街。

「不，謝謝。」艾迪說。轉瞬間，他看起來似乎就要笑出來。「我什麼時候成了高級餐廳的消費者？」

我聳肩，驀然間一陣羞赧。「我從來沒機會知道。」

他側眼看我，我看見的表情透著一絲溫暖。他說：「我以為，我們已經非常了解彼此。」

我愛你，我心想，我愛你，艾迪，只是我不知道怎麼做。

他的鬆餅來了。我想像我的人生，多年以後，沒有艾迪．大衛的日子，因為恐懼而頭暈目眩。我也想像他多年前的人生，思及往後失去妹妹的日子。

他靜靜地吃著鬆餅。

「我的慈善基金會。」我終於說：「為了艾利克絲，我創辦慈善基金會。」

「我想過這件事。」

「為了艾利克絲和漢娜。」我撥弄自己的指甲肉刺。「漢娜有自己的孩子了。我看過照片。一開始，我每年會送生日禮物給他們。後來漢娜請我媽傳話，要求我停止這麼做。我的父母非常痛苦，他們費盡一切心力希望我們重修舊好。他們總是認為，漢娜遲早會放下痛苦。如果我還在英格蘭，也許漢娜會原諒我……我不知道。她曾是非常頑固的孩子，我猜她也會是個頑固的成年人。」

艾迪低頭望著沙灘。「妳不該低估我母親對於漢娜的影響力。她從未停止恨妳。有時候，恨妳是她活著唯一的動力。」

我試著不去想像艾迪母親的房子，牆壁上附著老舊的憤怒，宛如尼古丁的痕跡。我試著不去想像卡洛．華勒斯和我妹妹相處時，她們詛咒著哪些字眼、她們喝什麼茶。儘管有些不尋常，但我依舊能在這幅情景中找到撫慰。我妹妹拒我於門外，至少她不孤單，有人陪伴她。

「你認為這是部分的原因嗎？」我轉身問他。我的絕望寫滿臉上。「這些年來，你母親慫恿了漢娜？」

艾迪不置可否。「我並不了解妳妹妹。但是，我很熟悉我母親。要不是我這十九年來並未無止盡地聆聽我母親訴苦，我對妳的感覺可能也會有所不同。」

他看起來像欲言又止。

「事故之後，我無法靠近有孩子的地方。」我說：「我拒絕照顧小孩，也不當保母。當時是在別無選擇之下，才和魯本一起探望兒童病房。」

我停頓。「我甚至不想和他有小孩。他要我看心理醫師，但我很堅決。我一看見小孩，任何小孩，就會想起你妹妹。我想得很清楚，我要讓我的生活更簡單。」

艾迪吃下最後一塊鬆餅，手撐住額頭。他說：「但願我們相遇時，妳使用的是家族姓氏，我希望妳當時說：『我是莎拉．哈靈頓。』」

我用力拔除指甲肉刺，留下粉紅色的傷痕。「我不會將姓氏改回哈靈頓，即使離婚，我也不想成為莎拉．哈靈頓。」

艾迪將盤子上的鬆餅屑壓成一顆小球。「那可以省下許多頭痛的麻煩。」

我點頭。

「妳的父母的確認真打算搬到萊斯特，好幾個星期，屋外道路上都掛著『售出』的牌子。」

「我知道，但我搬到洛杉磯了，我才是關鍵。買家最後也並未履約，他們只好繼續住在格羅斯特郡。那時我認為一切非常清楚，我不會回到英格蘭。」

漫長的沉默。

「我能問你，你為什麼說自己是艾迪．大衛？」我打破沉默。「我很確定你的名字是艾迪．華勒斯？」

「大衛是我的中間名。車禍之後，我開始用這個名字。當時，每個人都知道我的名字，而且他們……我不知道……當他們發現我是誰，都對我施以令人窒息的同情。艾迪．大衛讓我更輕鬆。沒人認識他，就像沒人認識莎拉．麥基。」

不久，他轉身看我，眼神游移，就像水流入海洋。「我願意用一切交換，在為時已晚之前，知道妳究竟是誰。」他說：「我只是——我只是無法相信，我們從未想到這件事。」他搔搔頭。「妳知道，不過才五年，他們就放了他？」

我點頭。「我聽說他搬到樸茨茅夫。」

「我的臉書，對吧？」我說：「你看見湯米的貼文，他叫我哈靈頓。」

「妳離開二十秒之後，我就看見了貼文。足足過了一分鐘，驚詫充滿我的內心，**我心想，不，假裝你沒看見，擺脫這個心情，因為我不能離開她，雖然才一個星期，但她是……**」他漲紅了臉。「**她是我的一切。**」他終於說了。「這是我的心情。」

我們坐著，又是漫長的沉默。我心跳加速。艾迪的臉頰滾燙。

後來，艾迪告訴我，關於他的母親，以及她的憂鬱症。艾利克絲死後，他母親情緒潰堤，爆發過去不曾顯現的複雜心理問題。他說他母親擺脫最惡劣的情況之後，搬到薩伯頓，因為她想住在離死去女兒「更近」的地方。艾迪知道，母親身心過於脆弱，無法獨自生活。他放棄繼續念大學的希望，暫時和母親同住。他說服綿羊農夫法蘭克，將希卡瑞吉森林邊緣的破舊穀倉租給他，然後慢慢將穀倉改建為工作坊，等母親能夠獨自生活，他就能住在那裡。

「我父親出資。」他說：「他離開我們之後，錢是他解決一切的方法。艾利克絲的葬禮結束，他沒打電話來，也沒來探望我們，但錢不是問題。於是我下定決心，花他多少錢也不是問題。」

他得知我真實身分的那一天，穀倉外的樹木彷彿全數倒塌在他身上，他意識到我是莎拉·哈靈頓，那個害死他妹妹的女孩。他取消西班牙度假，延後所有訂單。某天，他探望母親時發現她因服藥而不省人事。之後，他望著她沉沉睡去，內心滿懷愧疚。

「如果她發現我們的事，肯定是一場災難。」他平靜地說：「儘管她還沒發現就已經是場災難了。我當時感覺我掉入巨大的洞穴裡。我不看臉書、電子郵件或任何訊息。我封閉起來、獨自散步和思考，甚至對自己說話。」

他活動手指關節。「直到艾倫跑來關切我是不是死了，並且提到妳曾聯絡他。」

他嘆息。「我應該回訊。」他說：「對不起，我沒有。妳說的對——那不是待人處事的態度。我嘗試寫訊息給妳，試了好幾次，最後還是放棄。我不確定自己該說些什麼。」

我強迫自己不去想像他可能在訊息裡說什麼。

「但是我喜歡妳的人生故事、妳的訊息。在此之前，我不停揣測想妳的人生。我反覆閱讀那些訊息。」

我吞下口水，希望語氣不帶感情。「你曾經打電話給我嗎？」我試探地問。

他搖頭。

「你確定？我接到……無聲電話，還有一則訊息，要我和你保持距離。」

他看起來非常困惑。「哦，妳曾經提到這些事，對吧？在其中一封訊息？對不起，我沒特別留意，可能當時我以為是妳捏造的。」

我蹙眉。

「後來，妳還接到同樣的電話或訊息？」

「不。但是，我的確想過……聽著，我想過那個人是你的母親。她說不定已經發現我們的事？我曾在運河步道遇到一個女人，就在我父母的房子和你的穀倉之間……我回母校，參加湯米的運動產品發表會時，也看見某人穿著同樣的外套。我不能百分之百確定是同一個人，但我相信就是她。她什麼都沒有做，但兩次下來我感覺得到，她盯著我，或許帶有敵意。」

艾迪雙手交疊。「很奇怪。」他緩慢地說：「但**不可能**是我媽。她完全不認識妳。總之，她……」他的聲音愈來愈小。「她沒有能力做那些事，打無聲的電話或是跟蹤別人——遠遠超過她的能力範圍。光是思考這些事，就會讓她承受莫大的壓力。事實上，我媽早已變得支離破碎。」

「沒有其他可能的人嗎？」

艾迪依舊一臉困惑。「不。」他說，我相信他。「我唯一傾訴的對象是艾倫，他是我最好的朋友，還有他的妻子姬亞。哦，還有足球隊的馬丁，他也看見妳在我臉書上的貼文。但是我請他們所有人都要保密。」

他傾身，臉上的表情非常專注。他看起來找不出任何頭緒，因為幾分鐘後，他就聳著肩，坐直身子。「我真的不知道。」他說：「但不會是她，妳可以相信我。」

「嗯。」我滑下其中一隻人字拖，將腿塞入椅子中。艾迪臉上再度湧現悲傷。他將手指壓住盤子邊緣，豎起盤子，看起來就像左右移動的飛碟。

「你為什麼來洛杉磯，艾迪？」我終究問了：「為什麼來這裡？」

「我來，是因為妳傳訊給我，表示妳要回洛杉磯，我嚇壞了。我依然憤怒，但我不想讓妳離開我的生活，至少，我必須和妳談過，聽聽妳想說什麼。我很清楚我母親的看法不見得是真相。」

「原來如此。」

「我訂好機票，透過電子郵件詢問我朋友奈森，能否讓我借宿。我打電話給我阿姨，請她照顧母親。這對我很不尋常，我現在彷彿在以第三人稱來描述自己。我曉得我不該來，但我阻止不了自己。我也阻止不了妳，妳寫信給我的時候已經上了飛機。」

不過，艾迪抵達洛杉磯之後，發現自己裹足不前。他三度試圖來見我，但每一次，對於妹妹的罪惡感都讓他退回洛杉磯的角落。我癱坐在椅子上。我想或許他連和我交談，都覺得背叛了他妹妹。

「當時，妳為什麼不讓我知道妳的過去？」我簽帳單的時候，他問：「妳告訴我許多事，為什麼不曾提起那場意外？」

我從皮包掏出現金。「我從來不說，只是這樣。最後一個知道那場意外的人是我的朋友珍妮，十七年前，我就告訴她了。如果我們……假設我們……」我清了清喉嚨。「我們進一步相處，我就會告訴你。但我們遇到了狀況……」

艾迪看起來若有所思。「我習慣向人傾訴，因為我必須如此，母親的狀況總是時好時壞。唯獨和妳在一起的那個星期，一切是如此不同。我不是艾迪，不是卡洛的兒子、那個失去妹妹的小伙子，總是花時間在母親身旁奔走。我就是我。」他將手機放入口袋。「那麼多年來，我頭一次拋開過去。有阿姨陪著她，而我即將前往西班牙，所以我根本沒想起她。」

他起身，拋給我一道奇特的微笑。「如今想來實在很諷刺，就因為我和妳在一起。」

我在桌上放了幾美元的小費。我們離開走向水門，輕柔的海浪柔和地覆上我們的腳，再退回無邊無盡的太平洋藍色海面。地平線猶如煮沸般蒸騰閃耀，朦朧難辨。

我將手放入口袋。老鼠。我的拇指碰觸著她，最後一次了，就在我將老鼠放在掌心，還給艾迪之前。

他凝視老鼠良久。「我替艾利克絲做的。」他說：「她滿兩歲的生日禮物。老鼠是我第一次雕得不錯的成品。」

他溫柔地拿起老鼠，將她捧在臉前，彷彿再度觀察她的形體。我想像他謹慎雕刻這塊小巧的木頭，可能是在他父親的車庫，或廚房餐桌上。我心碎了。一個圓臉的小男孩替自己的寶貝妹妹製作的玩具老鼠。

「艾利克絲還是襁褓中的嬰兒時，以為老鼠就是刺蝟，她只能『伊喔』叫著，我笑了，喚她小刺蝟，這個綽號從未消失。」他將老鼠扣上鑰匙圈，再放入口袋。

我無法再拖延時間。海浪前進又後退，我們沉默無語。

我們看著黑脊鷗和鸊鳥在野餐人家的上方盤旋，海浪席捲而來，比我們後退的速度更快。他的短褲沾溼了，我的裙子也溼了。我們笑了，他站不穩，差點跌倒。那一秒鐘，我幾乎聞到了他的氣味。他的肌膚，他乾淨的髮絲，艾迪的味道。

「我明天就搭飛機回去。」他終於開口：「我很高興和妳談過，但我不知道彼此要再說什麼，或者說，我們還能做什麼。」

不，我無助地想著，不！你不能離開我們。我們的結果就在這裡！就在你和我之間！

但我不作聲，我不能擅自選擇。我駕車讓艾利克絲撞到樹木，她因此喪命，就在我面前。時間改變不了這個事實，沒有方法能夠改變。

他拾起我的手，鬆開我緊握的拳頭。我的指甲在掌心中留下悲傷的白色新月痕跡。「我們永遠無法回到第一次相遇了。」他的拇指滑過指痕，就像父親輕輕撫摸孩子受傷的膝蓋。「結束了，妳明白的，莎拉，對嗎？」

我點頭，表情就像同意，至少是退讓。他放下我的手，看著海洋。毫無預兆，他俯身吻我。片刻之後，我才相信眼前發生的一切。他的臉靠在我的臉上，他的嘴脣，他的溫度，他的呼吸，一切都符合我早已無數次的想像。我靜止幾秒鐘後，回吻他，我感到雀躍，他緊緊抱住我，就像我們第一次親吻。他更用力吻我，我也熱烈地吻他，在天空盤旋的海鷗以及尖叫的孩子們都消失了。

我完全放開自己之後，他停下來，將下巴倚在我的頭上。我可以聽見他的呼吸，如此急促不定。

然後我聽見他說：「再見，莎拉。好好照顧自己。」

他鬆開我，轉身離開。

我目視他遠去，我的雙手依然垂在身旁。他愈走愈遠，愈走，愈遠。

直到他走上遠方的木板路，我終於大聲說出我沒說出口的話——即使面對自己，我仍開不了口的話。

「我懷孕了，艾迪。」風帶走我的言語，一如我的心願。

39

我撫摸著肚子。**我懷孕了，我的體內有個嬰兒**。珍妮正在告訴哈維爾，她昨天在針灸診所的候診室遇見一位斯洛維尼亞的基因研究學者。哈維爾一邊專注聆聽妻子的話，一邊注意呼喊餐點號碼牌的工作人員。她最後一次呼喊的號碼是八十四號。我們的號碼票夾在哈維爾的手指間，寫著八十七號。

我忍不住想像，三個星期前，細胞開始增生。莎拉的細胞，艾迪的細胞，莎拉和艾迪的細胞，分裂成更多更多莎拉和艾迪的細胞。網路上的資料顯示，這時期的嬰兒不過一顆草莓大，還有一張電腦成像圖片，看起來就像一個小小的孩子。我似乎凝視了那張圖片長達好幾個小時，內心升起過往不曾有過的感受，無以名狀的感受。

我已經懷孕九個星期了。

但是我們一直都非常小心，每一次都萬分注意。而且如果我懷孕了，為什麼還會瘦三公斤？

「妳說自己食欲不佳。」醫師耐心回答：「加上晨間反胃可能造成體重減輕，這種情況並不罕見。」

噁心反胃、疲倦、賀爾蒙作祟、厭食、腦袋昏沉。我猜想，真正令人意外的不是懷孕，而是我忽略如此多的跡象。

今天早上，我收到一個包裹。當時我正趴在床上，填寫超音波檢驗文件。頃刻間，我幾乎要脫離現實。我認真思索包裹的寄件人或許是艾迪。艾迪躲在箱內，準備跳出大喊：「我改變心意了！我當然想和妳在一起！妳是害死我妹妹的女人！讓我們共組家庭吧！」

包裹裡是一隻玩具綿羊，穿著小小的皮蹄和羊毛外套，脖子上掛著張字條——艾迪的字跡——寫著**露西**，還有一封信，信封的味道聞起來很特別，果汁牛奶味。我拿著信走到屋外。

我坐在珍妮的陽臺，將身體縮在椅子上，凝望屋外骯髒凌亂的冷氣機以及朝向遠方的天線。我的指尖觸摸艾迪書寫我名字時留下的字跡。我知道信上寫了什麼，它將正式讓我和艾迪十九年來的關係畫下句點——停在我們展開真正的感情之前。但我仍奢望能有幾分鐘，在我走向終點前，珍貴猶如毒藥的那短短幾分鐘。

我看著屋外的貓，貓也看著我。我的呼吸穩定而緩慢，像個對結局了然於心、明白自身挫敗的女人。貓輕蔑地離開，消失在風中，我的拇指滑入信封上方的缺口。

親愛的莎拉：

謝謝妳昨日的坦承。知道艾利克絲那天很快樂，我非常欣慰。

我原本認為一切會沒事，但不會，也不可能。因此，我認為最好的結果就是我們別再聯絡——即使單純的朋友關係，也會令人混亂。我真心祝福妳一切平安，莎拉．哈靈頓，我永遠都會記得彼此相處的時光。那曾是我的一切。

真是一場可怕的巧合，對吧？在這個世上，偏偏讓我們相遇。

總之，我希望送妳禮物，讓妳微笑。我知道妳非常辛苦。

莎拉，祝妳快樂，好好保重。

艾迪

我讀了三次，才將信放回信封。

莎拉，祝妳快樂，好好保重。

我仰頭靠著陽臺的牆壁，仰望天空。牛奶色的天空就像個含蓄的女性，雲朵沾染上土耳其軟糖的色彩。鳥群越過高空，在牠們之上，一臺飛機正在攀升。

我沒有讓珍妮知道我懷孕。我無法承受親口告訴她這件事。我使用避孕措施，依然懷孕，而她努力超過十年，耗盡精神、體力和財富想要建立自己的家庭，卻無法如願。

我低頭凝視著肚子，想像一個生命由此開始，油然升起一股異樣的情緒，胸口像被緊緊壓住，是喜悅，還是慌張？醫師說，孩子已經有自己的心臟了。雖然營養不良，加上我喝酒且精神上承受莫大的壓力，但孩子那小小心臟的跳動速度仍是我的兩倍，明天下午，我就能在超音波中看見它。

我凝視天空，他是不是已經上飛機了？還是正在登機門？我想起身，想趕去機場，找到他，阻止他，為了這個孩子，我必須告訴他，讓他知道我——

什麼？我不是莎拉．哈靈頓？那一天，我並沒有載他妹妹撞上樹木？

我坐在椅子上，手指敲打大腿，直到哈維爾讓法布奇諾跑到庭院，牠在我腿上撒尿。我笑了，又哭了，思忖我成年後費盡心力逃避孩子，為什麼要讓我懷孕？我思考自己該如何將一個生命帶來這世界，而且孩子的父親並不想和我有任何瓜葛。但我走不了回頭路，我內心湧上一股連自己也無法理解的衝動，想要這個孩子。

我的思緒就這樣紊亂了好幾個小時，珍妮終於起床了。她想照顧我，她的付出毫無保留，不遺餘力。我們坐在彼此身旁，兩個小時，陰鬱的沉默。

哈維爾不打算繼續待在如此緊繃的場面，多一分鐘也不行。他提議去兜風，所有人前往馬里布海灘的海洋之網——摩托車騎士的知名餐館——吃炸魚。這是他解決所有嚴峻問題的方法。他拱起肩膀，握緊方向盤，疾駛在海岸道路上，我不曉得他究竟是真的希望盡快得到食物的慰藉，還是保護自己逃離包覆我們的情緒風暴。

總之，我們到了，像沙丁魚一樣擠在卡式座位。餐廳賓客喧囂，每張桌子都坐滿了，入口的候位客人排成長龍。我們坐在位置上，忽略他們。他們站在門口，充滿決心地望著我們。震耳欲聾的交談聲掩蓋音樂，哈雷機車的引擎在餐廳外咆哮，早晨的柏油路沐浴在高溫中嘶嘶作響。這是一條寬闊漫長的摩托車道路，永遠保持躁動，卻因此讓我的內心得以冷卻下來。

「八十七號！」櫃檯的小姐大喊，哈維爾鬆了一口氣，旋即起身以沙啞的西班牙語說：「在這裡！」

珍妮鮮少承認她的丈夫在感受他人情緒的能力上非常有限，今天，為了我，她一聽哈維爾大喊立刻翻起了白眼，留意我的反應，然後問我打算如何回應艾迪。

「我不會回應。」我說：「珍妮，我什麼都不會做。妳知道，我知道，哈維爾也知道。」

哈維爾默默地在我和珍妮之間放下海鮮拼盤，遞給珍妮一杯雪碧，給我一杯激浪。隨後，他暗自喘了一大口氣，但我們都聽到了。哈維爾望著眼前的鮮蝦墨西哥捲餅、炸魷魚和起司肉醬薯條。他知道自己可以吃上好一段時間，不必參與對話。

「他真的沒有留下**任何餘地**嗎？最微弱的希望都不給？」

「毫無轉圜。」我說：「聽著，珍妮，我只說最後一次。試想，換作是妳的妹妹南希，要是某個男人開車載南希撞上樹木，妳會和他發展感情關係嗎？**真的會**嗎？」

珍妮緩緩放下手中的餐具，一臉頹喪。

「九十四號！」櫃檯工作人員大喊。

我拿起叉子叉住干貝。

忽然之間，我不禁思考，**我可以吃干貝嗎**？我見過懷孕的朋友避免食用貝類食物。我盯著眼前的佳餚，海鮮、貝類，還有一大杯激浪汽水。孕婦也該避免攝取咖啡因，對吧？

我內心深處的生命地殼板塊再度位移。**我已經懷孕九個星期了**。

「給妳吃。」珍妮氣喘吁吁地說：「趁我還沒吃完，妳多吃一點，我覺得下一盤就要來了。」

我拒絕了。

「但是妳**很愛**吃干貝。」

「我知道⋯⋯只是今天不太想吃。」

「真的？好吧，至少吃薯條記得沾藍色起司醬，貨真價實的起司，很棒。」

「我沾番茄醬就好，妳吃吧。」

珍妮笑了。「莎拉．麥基，妳討厭番茄醬、不吃干貝、不沾藍色的起司醬——任何人都會覺得妳懷孕了。親愛的，別讓自己挨餓，這可於事無補，而且，沒有美食的人生太可悲。」

我放聲大笑，可能過於刻意。我叉起干貝，企圖證明自己很好，而且絕對沒有懷孕，但我不能吃。我不能讓自己吃不適合的食物，我的體內正有個草莓般大的孩子在長大呢。雖然那是不曾列在我人生計畫中、我也未曾請求降臨的孩子，但我不能吃干貝。珍妮的臉上閃過一道不悅。

「別在意我。」我強顏歡笑。哈維爾抬頭說：「我今天的食欲倒很好，真奇怪。」

「太諷刺了，對吧？」珍妮說：「如果妳真的懷孕了。」

「哈，妳能想像我懷孕嗎？」

珍妮繼續享受餐點，幾秒鐘之後，她又看著我。「妳沒懷孕，對嗎？」

「我當然……」

我不能，我不能欺騙她。所以我閉嘴。

珍妮將叉子放在桌上。「莎拉，妳沒懷孕，對嗎？」

我的臉色漲紅，我微微低頭，掃視周圍，就是無法直視珍妮。

「難不成……這就是妳身體不舒服的原因？醫師……」

哈維爾瞪著我。**妳絕對不可以懷孕**，他的表情就像說著：**妳絕對不可以懷孕**。

珍妮望著我，眼睛湧出淚水。「妳為什麼不說話？妳為什麼不回答我？」

我閉上眼睛。「珍妮。」我說：「天啊，珍妮……」

她的手摀住嘴，一臉猜忌地望著我，淚水終於潰堤。「不，妳沒有……妳不可能懷……天啊，莎拉。」

哈維爾摟住妻子的肩膀，他的手就像一道防禦牆。他不住深呼吸。認識他十五年來，我第一次感受到如此明確的情緒：憤怒。

「珍妮。」我平靜地說：「聽著，親愛的，我去診所時，醫生，她說……她替我做了檢驗，她說……珍妮，對不起……」

「妳懷孕了。」

「我……對，我不知道該怎麼向妳開口，真的很抱歉。」

餐桌陷入一片靜默，我的手機響起。

「是艾迪？」珍妮輕聲問，即使朋友當面摧毀她的夢想，她依然不會捨棄朋友。

「我……我不知道。我刪掉他的電話號碼了，但的確是英國的號碼。」

「接吧。」她漠然地說：「接吧，畢竟他是孩子的父親。」

我走向擁擠的走廊，拿著手機，我才想起自己應該回頭看看珍妮，最後一次。**為什麼是最後一次？**

我無法理解為什麼，但我依然回過頭，只見一個身材豐滿的女人擠入卡式座位，我已經看不見珍妮。

我穿過門外的路邊餐車，走向高速公路旁的摩托車騎士和他們的車旁。我思忖珍妮是否願意接納降臨在她朋友身上的事？我們還能不能維繫這段友誼？

大西洋深處的電纜傳來一陣颼颼聲響，還有幾秒的延遲。

「莎拉？」

「我是。」

停頓半晌，對方說：「我是漢娜。」

「漢娜？」

「對……漢娜．哈靈頓。」

我想抓住什麼，好穩定自己的身體，但身旁什麼都沒有，我只能讓雙手緊緊握住電話。這是我僅有的。

「漢娜？」

「對。」

「我妹妹漢娜？」

「是。」

我沉默。

「我可以理解妳的驚訝。」

「妳的聲音、」我驚呼：「妳的聲音……」我讓手機更加貼緊耳邊。她在說話，我卻聽不清楚，一群摩托車此時魚貫駛入機車停車場，每個引擎都極為強悍，聲浪震天價響。

「抱歉，」我說：「妳剛剛說什麼，漢娜？」

「妳能聽清楚嗎？」我聽見她說：「我已經很大聲了……」摩托車早已停下，但騎士們仍端坐車上，毫無理由地催著油門。我的胸口湧上一陣莫名的怒火。「**安靜！**」我大喊：「求求你們，安靜！」

公路的另一側，一條看似寧靜的小徑看似無序地朝遠方的海洋延伸而去。**我必須走過大路**，我絕望地想，在我面前，車輛沿著高速公路呼嘯而過，我身後的摩托車依然咆哮。**我必須走過大路，立刻**。

「妳還在嗎？」我聽見漢娜說。

「我在！妳聽得見嗎？」

「可以，妳那裡到底怎麼回事？」

我記得漢娜現在的模樣，父母總是會將她的照片寄給我，但此刻我仍難以想像照片中的女人正在和我說話。那個女人的丈夫有著一頭鬈髮，還有兩個孩子和一隻狗。我妹妹。

「聽著，漢娜，我先走過馬路。我在摩托車騎士餐館，非常吵，對面應該比較安靜……」

「妳是**摩托車騎士**？」我彷彿聽見她的嘴角揚起微笑。

「不，我不是，我——等等，讓我走到馬路的另一邊，求求妳，別掛斷……」南向車道出現空檔，不曉得為什麼，我沒有轉頭確認北向車道。我兀自奔跑，朝向大海，奔向漢娜。

我聽不見任何聲音，看不見任何事物。沒有高速行駛的致命伐木卡車，也沒有尖銳的煞車聲，更沒有餐廳外群眾的驚慌呼救聲。我聽不見自己的聲音在喉嚨中嘶吼，又尖銳地化為啞然無聲，彷彿救護車乍然關閉鳴笛，因為已經沒有必要。我也聽不見珍妮衝出餐館時崩潰的嚎啕聲。

我什麼都聽不見。

第三部

艾迪

40

親愛的妳：

現在是凌晨三點三十七分，我抵達希斯洛機場已經將近十八小時。沒有人在機場等我，當然，因為只有媽媽知道我今天回來。我環顧出境大廳如海浪般的歡迎牌時，沒看見自己的名字，但我假裝不在乎，吹起口哨，哼著大衛·鮑伊的歌曲。

走向長期租賃停車場時，我打電話給媽媽，不知道為什麼，這一次，我不在身邊，讓她格外煎熬，或許距離是原因。這當然不是我第一次外出兩個星期。總之，媽媽說她失眠了整晚，擔憂我的飛機墜毀。「好可怕。」媽媽說：「我好累，都快說不出話了。」但她隨即又精力旺盛地花上整整十分鐘抱怨我離家時，阿姨什麼事都做不好。「她還是沒有清理回收物品，就放在前門！讓我根本不想往窗外看窗。艾迪，你回家之後，可不可以過來一趟？」

可憐的馬格麗特阿姨。

馬格麗特阿姨要帶媽媽去看心理醫師時，媽媽差點恐慌症發作，於是取消看診，讓我下個星期再帶媽媽過去。媽媽說，她無法忍受汽車、醫院和人群；我一不在她身邊，她就做不到。這段對話彷彿是播灑罪惡感耕耘的田地。我的罪惡感，我擅自離開她——即使媽媽總是告訴我，我應該享受自己的人生——以及她的罪惡感，因為她知道每當我想追求自己的人生，她身上就會發生這種事。

我在停車場取回我的荒野路華，開上M4高速公路，駛回格羅斯特郡、薩伯頓，以及這樣的生活。我聽著廣播，這能讓我暫時別想起莎拉。我在曼伯瑞休息站下車，買了起司三明治。快要抵達賽倫賽斯特的時候，詭異的事發生了，我沒有減速進入薩伯頓交流道，甚至沒打開方向燈。我越過交流道，前往通向弗蘭特頓的叉路，但我也沒在弗蘭特頓停下，我意識到自己正開向敏欽漢普頓共同區。我將車子停在水庫，買了冰淇淋，走在安伯利路上，然後進入黑馬酒館，喝了一瓶橘色亨利，坐在那兒兩個小時，望著對面的伍德切斯特山谷。

我不知道自己在想什麼。一切如此抽離，彷彿我正在觀看監視攝影機畫面中的自己。我只知道，我不能到媽媽家。

事實上，媽媽已經傳訊、打電話給我好幾次了，擔心我在高速公路上出了車禍。我告訴她，我沒事，只是因為處理事情耽擱了，但真相是我不知道自己在做什麼，而不是我刻意隱瞞什麼。凌晨四點，我終於回到湯姆．朗公車站牌處，但這反而令人擔憂，因為我並未右轉回薩伯頓，而是左轉前往斯特勞德。

我在金色羊毛酒館買了啤酒，拜訪艾倫和他的妻子姬亞。這對夫妻可愛又善良，而且非常支持我，讓我喝莉莉的茶，並且肯定我做了正確的決定，離開莎拉。他們不知道我正在躲自己的母親。

莉莉不想睡覺。她坐在我的膝蓋上畫美人魚。遇見莎拉之後，只要和莉莉相處，我都會升起一股異樣感，幾乎無法呼吸，令人窒息的哀傷，混雜我對摯友小女兒的愛與熱情。多年來我漠視這個想法，但不免想像可能擁有自己的孩子。莉莉在我的手上畫出一隻墨水美人魚，我覺得內心像被切開了，彷彿一道海溝的裂縫。

我傳訊給媽媽，我說艾倫有點狀況，我今天晚上無法到她家，但我保證明天早上就會過去。她很不高興，但只好接受，因為我很少失約。

放鬆卻絕望，我終於打開自己的家門。我愛這座穀倉，遠遠勝過我熱愛磚瓦和泥漿的程度，但這個家也是一道淒涼的警訊，讓我記得生活的現實。在外人眼中，我的穀倉代表良好的生活，代表太陽下山之後享受美酒的人生，代表有機蔬菜晚餐，小鳥還在這兒築巢，從地底取用晶瑩剔透且新鮮的柯茲沃泉水。

人們不曉得我被困住了。即使我訴說著我和媽媽的生活，人們依然不相信。

稍後，我在工作坊的小白板上寫下工整明確的一日計畫。我沒有煮晚餐。我走進廚房，我和莎拉的回憶席捲而來，我們一起烹煮、暢談歡笑，我們的思緒奔馳在未來。我無法忍受在靜默中獨自煮晚餐。我簡單吃了印度料理的調理包之後準備就寢。放棄莎拉是正確的決定，刷牙時，我反覆提醒自己，我察覺自己稍微曬黑了。

我躺在天窗下，星星在夜空中緩慢閃耀，像在恭賀我的堅毅、我的決心，以及我的意志。太好了，老兄，雖然很艱難，但你必須如此。

只是，當我躺在床上愈久，我愈不相信自己。

我起身打開電視，試圖淨空腦中思緒。我看到一則新聞報導，M25高速公路發生連環車禍，造成多人死亡和重傷，我還來不及思考，腦中已經出現一個聲音質問我：如果莎拉死了，我將有何感受（這問題還來得真好）？如果你接到一通電話，聽聞莎拉在連環車禍事故中受傷身亡，你會怎麼做？要是她遭到黑幫槍戰波及呢？被卡車輾過呢？你依然覺得自己做了正確的決定嗎？

我關上電視，爬回床上，但那想法已盤旋腦海不去，彷彿意識出現生鏽的鐵鉤，拉扯著我的思緒。如果莎拉死了，你依然覺得自己做了正確的決定嗎？

這就是真正的問題，艾利克絲，因為——倘若我誠實以對——我不覺得自己做了正確的決定。如果莎拉死了，我會終生後悔。

過去二十年，我已經與後悔共存，努力逃出悲傷，走向真正的生活，但我向來接受媽媽的地位高於我自己，因為我別無選擇。當母親需要你的時候，所有正直的人都應該好好照顧她。但是，當我從沙灘離開莎拉之後，我感覺我的想法變了。從前，我曾認為讓媽媽高於我生活中的一切，似乎並非正確的決定；現在我依然這麼想。

凌晨三點五十八分了，我真的很想睡覺。

愛妳的我

41

「那個男人一直盯著我。」

我望著母親，將她扶回椅子上，她的脖子前傾成烏龜的姿態。我看向那男人，一個可憐的大塊頭，看起來非常凶悍，同時坐在三張椅子上，牛飲兩公升瓶裝的健怡可樂。他頭上一隻綠頭蒼蠅來回撞著窗戶，就像孩童總愛說著同樣的笑話，只因為一個半小時前，那個笑話曾逗樂了周遭的人們。

我觀察那個男人。他並沒有盯著母親。他正在閱讀國民健康署手冊，手冊名稱是「我們談談吧」。

「他沒有盯著妳。」我在她耳邊低聲說：「但要是妳想，我們可以坐在別的位置。」

我指著一排綠色椅子，轉頭不看那個無辜的男人，但我知道母親不會同意。那排椅子的盡頭，一個母親帶孩子來看診，孩子躺在嬰兒車裡休息。這些日子以來，母親無法忍受待在孩童附近。上個月，母親將自己關在診所的洗手間，因為一個襁褓中的嬰孩正在候診室玩樂高火車模型。

「我要坐這裡。」她終於表達意見。「艾迪，對不起，我不想小題大作。但你可以幫我盯著那個男人嗎？」

我點頭，閉上眼睛。太熱了，這無關於戶外的耀眼陽光，而是候診室的暖氣、我焦慮的呼吸和停滯的身體，這一切都讓我感到懊熱難耐。

「你想念沙灘嗎？」母親擔心自己惹我厭煩時，就會流露這種語氣，比平常顯得更輕盈，卻充滿刻意的音調變化。「洛杉磯的聖塔莫尼卡。」

「不，完全不會。我和妳說過那裡？」

她點頭，眼神掠過喝著健怡可樂的男人之後，又直視我。「那裡聽起來很迷人。」我回想在沙灘那天，我搬出何種謊言欺騙母親。我無法欺騙她，生命已背叛了我母親，若我也如此，只會讓我更厭惡自己。這是不願對抗的心思，即使欺騙是為了她好也一樣。

母親轉頭，我的思緒回到先前目睹的送葬車隊，他們穿過綠地，朝弗蘭特頓前進。靈車鋪滿野花，成束成堆的野花，從棺木上方擺設，猶如溪流的兩岸，三輛空蕩蕩的黑色汽車尾隨在靈車之後。**死者必定是年輕人**，我心想。年長者葬禮的哀悼者幾乎不會聚集那麼多人。我不禁遙想送葬車隊迎接的家庭，已然殘破悲傷，在鄰近的某間房子裡相聚，啜飲咖啡，調整不舒適的黑色衣物，反覆想著，**為什麼這種事會發生在我們身上？**

送葬車隊穿過我們面前時，我側身看著母親，希望她不要因而崩潰。

我發現母親的臉上流露出厭惡之情。「他們好像正要前往弗蘭特頓．曼塞爾。」她的口氣透著一絲不尋常的喜悅，近乎鄙視。「希望是那個女人死了，莎拉。」她盯著我，尋求我的認同。

接著幾分鐘，我默然無語，只能張著嘴呼吸——我記得很清楚，艾利克絲死後的幾個星期，這就是艾迪式的自我療傷。我覺得不舒服，這種不適感反應在身體，胸口就像被扼住一樣。我費盡心思想消化母親這段話，卻徒勞無功。

難怪莎拉搬到世界的另一頭，我虛弱想著，她要如何在這裡生存？

窗戶旁的綠頭蒼蠅沉默半晌，而今，我思忖莎拉必然會贊同以野花裝飾棺木。我們共度的那個星期，她將許多野花帶進屋裡。她將野花裝滿我所有的馬克杯。「世上還有任何事物比野花更美麗嗎？」她笑著說。

妳，我心想。所有進入這間屋子的事物之中，妳最美麗。

我認識的小於六十歲的朋友當中，就屬莎拉對生態的知識最為豐富；除了我的朋友巴茲，他任職於英國廣播公司的自然歷史部。我依然記得，我翻開柯林斯自然叢書測驗她的鳥類常識時，她的聲音是如此興奮。**茶腹鳾！黑喉鴝！**她的笑聲是如此美好，充滿生命力。

天啊，真的很痛，痛苦以我未曾想像的方式朝我襲擊而來。

我轉身看著母親，讓自己深信，這個世界上，莎拉的確是我最不應該交往的女性。**這是你的母親，**我告訴自己，**將近二十年來，你的母親必須仰賴心理治療。這個女人已經不再熟悉生命的紋理、世界的節奏。她如此孤獨，她需要你。**

母親讓臉埋進雙手，假裝非常疲倦，但她其實正從指縫觀察那個喝健怡可樂的男人。

「媽。」我輕聲說：「妳別擔心。」

我不確定她是否聽見。

在艾倫家那晚，他說我應該使用交友軟體。我同意，因為他希望我同意。我去洗手間，想一掃我亟欲嘔出心底的恐懼，**交友軟體**？沒有人告訴我，即使我做了正確的決定，生命依然複雜困頓，沒有獎勵，只有無形的道德禁錮。我回英格蘭都十一天了，比起在沙灘上決定離開莎拉，我現在感覺更難過了。

交友軟體！天啊，真他媽的。

「阿朗在哪裡？」母親輕聲問道：「我們已經等好久了。」

我低頭看手錶。我們只等了十分鐘。

「艾迪，你覺得阿朗生病了嗎？」她問：「阿朗離開了嗎？」她一臉愁雲慘霧。

「不。」我握住母親的手。「阿朗只是遲到，別擔心。」

阿朗是母親的心理醫師，也是母親在家人之外，這世界上僅有的兩位能夠交談且不會引發她情緒崩潰的其中一人；另一人是德瑞克，母親的社區精神護理師，他比任何人都知道如何照顧母親；母親也有些怪異的訪客，像是當地的牧師法蘭西絲。她有空時會來家裡探訪母親，因為母親無法和「那些人」一起上教堂；漢娜・哈靈頓，莎拉的妹妹，過去也常來看她，但母親許久不曾提起她，我猜想她們已經不再往來。儘管如此，無論是漢娜或牧師都無法久留。只要超過半個小時，母親就會起身打掃，同時焦慮地望著時鐘，彷彿要前往別的地方。

阿朗能夠理解母親，一來他是個非常善良的男人，也擅於心理治療，另一個原因，我猜想，其實母親私下很喜歡阿朗。阿朗當然沒有離開，也沒有生病。每當阿朗需要外訪社區進行心理治療服務，都會提前取消與母親的約診。但她腦海中已然充斥著那些念頭，正如她對莎拉的憤怒早已深植於我心底。

如果莎拉死了呢？你依然認為自己做了正確的決定？這些問題猶如毒氣滲入萬物。但問題從何而來？為什麼在腦中盤桓不去？

莎拉沒事，我堅決地告訴自己。她現在已經睡了，遠在數千英里外，就躺在朋友的公寓裡，平緩地呼吸，四肢柔軟放鬆，神情安詳。

我猛然意識到自己正想像躺在莎拉身邊，將充滿睡意的胳膊滑入她的腰間。我立刻起身。

「媽，我去問問看還要等多久。」

櫃檯人員知道我不是替自己詢問。她的安全證件上的名字是蘇。「你們是下一位。」她刻意放大音量，讓母親能聽見。她身後放著一幀家族照，上頭有個看起來非常愉快的男人，兩個孩子，其中一個孩子穿著獅子裝。我不禁思忖，她觀察我的家人時，是否曾閃過「**感謝上蒼，我和他們不一樣！**」的念頭。我前女友琴瑪和我分手時就是這麼說的。我們交往三個月後，她決定分手，因為她無法忍受我每個星期都得去處理母親的緊急狀況。

琴瑪的離開讓我消沉了一段時間——這六年來，她是第三個因為我母親而要求分手的對象——幾個月之前，我在布里斯托偶然遇見她。她和一個自稱小泰的男人牽著手。小泰是街頭藝術家，綁著包頭。我和琴瑪在人行道上輕鬆敘舊時，我才明白，我們終究並未因彼此而瘋狂。為了彼此**瘋狂**——就像莎拉和我——這才是應該要有的感受，這才是真正美好的情感。

我回到座位上，母親拿出攜帶式小鏡子檢查髮型。她今天的髮型就像一顆橄欖球。「這是蜂窩頭。」她說：「一九六〇年代，我經常梳成這種髮型。」她望著頭髮。「你覺得會太誇張嗎？」

「完全不會，媽，這樣很漂亮。」

事實上，母親的蜂窩頭是中空的，而且朝右傾，像比薩斜塔，但我知道這是她特意為了阿朗而梳妝打扮。

她收起鏡子，摸索著手機。幾秒鐘後，我發現她假裝傳訊息，其實正在偷拍角落那可憐的大塊頭，她心想哪一天遭到那男人殘忍謀殺，這些照片就能當作指控證據。我想假使阿朗．蘇波瑞再不走出診間，讓母親看見他那喀什米爾風情的輪廓與微笑，今天肯定會變得一團糟，而我必須快點回去工作。

「嗨，卡洛。」我聽見德瑞克的聲音。他從容走來——我從未看過德瑞克倉皇奔跑的模樣——和我握手，然後坐在母親身邊。「妳今天過得好嗎？」他伸了伸雙腿，我發現母親的神情慢慢放鬆下來，她說自己最近比較好了。我希望她能坦承面對德瑞克。

「妳今天的髮型令人驚豔。」看著母親整理完之後，德瑞克讚美她。

「你真的這麼想？」她泛起微笑。

「當然，卡洛，令人驚豔。」

感謝上蒼讓我們遇見德瑞克。每個星期，德瑞克都會探望母親。有時我認為他就像一名魔術師——總是洞悉人們看不見的事物，當所有人都受不了母親時，他總是能讓母親放下心防。無論母親的身心狀況變得多惡劣，他從不失去理智。

「你母親的確診斷出身心症狀嗎？」有一天，莎拉問我。當時我正在整理草坪，因為我希望讓割斷青草時迸出的芬香氣息，引誘她回英格蘭定居。完工之後，我們坐著享用冰涼的薑汁水果茶，她快樂地嗅聞空氣，忽然轉頭問我母親的情況——直率而不退縮，我更喜歡她了。

起初，我並不想回答。我希望自己在她眼中是個擁有柯茲沃磚穀倉的男人，善於烘焙麵包，調製薑汁水果茶，是她渴望的誘人伴侶；而不是每天總得接上母親好幾通電話的男人。但她的問題很合理，也值得一個合理的答案。

我原本打算列出母親多年來的疾病清單——慢性憂鬱症、廣泛性焦慮症、介於焦慮和依賴之間的C型人格異常疾患、強迫症、創傷後症候群，以及疑似躁鬱症的精神疾患——我正要開口，一陣強烈的疲倦卻席捲而來，我一直懷著母親終將痊癒的希望，或至少得以改善。但母親已經病了二十年。

「她只是很掙扎。」我終究說了。「這個星期，如果阿姨不在她身邊，我幾乎可以想像會不斷接到她的電話，甚至可能要過去看她。」

現在，我希望我當時能讓莎拉知道得更多。但我也明白，除了因此提前結束我們相處的時間之外，還能得到什麼結果？我們會在短短幾分鐘之內察覺彼此的身分，而我將永遠無法感受到當她待在我身邊時，那真正快樂的時光，那確切的情感。

「華勒斯女士。」我抬頭，母親的雙手立刻飛向蜂窩頭，或者說，橄欖球。她變得害羞，躲在我身後，德瑞克和我引領她走向阿朗，那敞開的診間大門。

42

幾個小時之後，我自由了。

我走在雨水柔和飄落的迷濛夜裡，哼著不知名的曲子。大多時候，我走在步道上，偶爾穿過小巷。溼透的泥土，溼透的柏油，溼透的落葉，還有溼透的艾迪。我的帽沿時而流下雨水。

我踢開眼前的小石子，思索母親今天的療程。根據德瑞克近來的回報，阿朗打算調整母親的處方，我認為這是好主意。我察覺母親變得愈來愈偏執。起初，我猜想是因為我前陣子沒在她身邊，她才短暫出現較激烈的反應。但德瑞克告訴我，早在我離開前，他就察覺了一些警訊。

多年前，我就明白奇蹟不會出現。我並不期待母親的病況取得重大的改善。倘若運氣好，阿朗的神奇藥方可以讓母親的狀況不再惡化，對我來說就夠了。不管母親的醫療團隊再優秀、相關研究成果再豐碩，治療方法又具備多大的成效，他們依舊無法替母親移植一個健康的頭腦。

今天最大的收穫是，母親離開阿朗的診間後，精神狀況相對良好。當我說服她和我到切爾騰漢姆共享午茶時，她足足吃了一大塊餡餅，過程中僅懷疑一個男人企圖謀殺她，居然還自嘲了一番。

我送她回家後，準備動身前往工作坊，她說我是世界上最好、最英俊的男人，她以我為傲，遠遠勝過言語能夠表達的程度。

我很高興。

稍晚，德瑞克來電。「你好嗎？」他問。

我告訴他：「我很好。」

「真的嗎？」

他說我看起來筋疲力盡。「記住，如果你內心感到掙扎，我永遠都在，艾迪。」

半個小時後，我抵達比茲利。「你愉快嗎？」我望著木樁上的烏鴉。牠振翅飛走，可能朝向更美好的所在，我嫉妒牠。母親或許狀況會轉好，但我的生活一如既往。我不自由，不能擁有莎拉。德瑞克幫不上忙——精神醫療系統對此束手無策——無法改變這個事實。

「好吧，艾德。」幾分鐘之後，艾倫說。他露出我們成為摯友以來最嚴厲的表情，但我絲毫不覺得嚴厲。「你的態度還得再加強。」艾倫是我認識最仁慈溫暖的人。今天晚上，他身上飄出牛奶的酸味，他的針織套衫上沾著粉紅色汙漬。艾倫告訴莉莉，今天晚上不能替她說床邊故事時，莉莉發了頓脾氣，導致一場草莓優格事故。

我對他笑，雖然我並不快樂。「我知道，再給我一個星期、或兩星期，忘記……」

我說不出她的名字。

「……忘記那位……女士……然後我就沒事了。」

那位**女士**？

艾倫很仁慈，忍住笑意。

艾倫邀我去酒館，討論我的四十歲生日派對，這個月就要舉辦。但是我毫無準備。艾倫說他非常「擔心」我。**我應該去看看你**。昨天，他傳訊息給我。**擬好生日派對計畫，確保你不會成了滿臉鬍渣的邋遢男子**。

他選擇在比茲利的「熊」酒館介入我的生活。這是一間非常可愛的老酒館，讓我們想起年輕的光榮歲月，但地點非常偏僻。我們稍後得搭計程車，想必車資很昂貴，而且艾倫隔天還要回來取車。不過，他很快就要搬來鄉村，他早希望來這一帶的酒館看看。整天待在醫院和處理客人訂製的廚房用具之後，我也很高興能前來散心。

漢娜．哈靈頓就住在附近。幾年前，我在斯特勞德隨處可見的健康食品店遇見她。我買的是香蕉片，算不上多健康的食品；而她手上滿滿的燕麥麩及中產階級不可或缺的健康食品。艾利克絲死後，那是我第四次、或第五次遇見她，十二歲的漢娜和成年後的漢娜如此相似，依然讓我訝異。

我不禁思忖，若我妹妹還在世，她會變得如何。

漢娜告訴我，她和丈夫在比茲利購入一棟房子。我們討論房價和裝修工程之後就相互道別。但願她告訴我莎拉已經搬到美國，但願漢娜曾說：「嘿，記得我那個邪惡的姊姊？幾年前她逃到國外了，你和卡洛再也不必擔心遇見她了。」

艾倫坐下，將啤酒放在我面前。

「還在想那位女士？」他問。

「對，阻止我。」

他以空手道手勢拍打我的胳膊。「停止吧，艾德，立刻停止。」

他望著我，我從他的眼中看見結婚多年男人的邪惡幻想。「你在想什麼？裸體嗎？」

我笑了。「不是。」

「那是什麼？」

「我在想，我明明可以躲開這一切。我完全可以立刻想到莎拉的身分，只要我知道她當年搬去美國。」

艾倫若有所思。他喝下一大口啤酒，我發現他的短褲也沾到了優格，連腿毛都染成粉紅色。

「就算你當初知道莎拉的身分，你可能還是壓抑不了感情。」他說：「你說你幾乎是一見鍾情。」

我回想初識莎拉的前幾分鐘。她是如此風趣美麗，而我又是如何過度編織那些綿羊笑話，只為了讓她繼續和我說話。

「但是，即使我一察覺她的真實身分，立刻讓自己打住。那時我也已經陷得太深。聽著，你這傢伙，我是要你讓我不再想她。」

他笑了。「沒錯，抱歉。」

別人總以為我和艾倫是同一類型的人：忠於自我，無憂無慮；即使錯過火車（經常發生）或遺失錢包（經常發生），也像隨時要放聲大笑那樣一派自然。剛進中學第一天，班上的同學們紛紛上臺自我介紹，我瞥見艾倫在一旁挖起了鼻孔，對周遭渾然不覺，微笑著挖鼻孔，我們那天成了朋友。他曾在某個愚蠢的遊戲中挑戰我，儘管慘敗也毫不在意。

我們不會討論自己是不是彼此最好的朋友，我們只忙著踢足球、裝得很酷且不在意女孩。但我們的確是摯友。我們是犯罪搭檔，往往一起惹禍上身，還遭到留校察看，只因為我們製作貌似嘔吐物的物質，從洗手間的窗戶扔向那些看起來有點壞的教師們抽菸的地點——就是那種總愛套著件皮夾克、不愛理頭髮的老師。我常以為母親會殺了我，但當我們坐在母親的車內，她會放聲大笑。那個時候，她經常笑。「你們只是小男孩。」她說。

將近三十年過去，我和艾倫看起來幾乎沒有改變。

只是，現在的我和艾倫不一樣。當我第一次發現母親失去意識，倒在嘔吐物中，周圍散落藥罐時，那個單純的小男孩艾迪幾乎已從這世上消失；就算當時還沒消失，在我第二次、第三次看見母親躺在浴室裡，手腕上出現新的傷痕，鮮紅的血液流入水中，男孩艾迪也早已被徹底毀滅；倘若母親頭三次自殺仍未讓我改變，第四次的自殺依然抹殺了我。那是她離開精神病院多年之後，我以為這趟旅程終於結束，我不需要再搭上救護車、努力理解英國的精神健康法，或是深夜在醫院投飲料販賣機後，笨手笨腳地找著零錢。

別誤會。過去二十年來並非全是壞事，絕非如此。我擁有很多朋友、體面的社交生活（對於一個住在穀倉的隱士而言），我也交女朋友。我熱愛我的工作，我住在美麗的房子。如果我需要出門，我阿姨極富耐心，願意陪伴我母親。

但直到我遇見莎拉，我彷彿才重拾生命原有的感受：明亮、輕鬆、歡笑，在大調音律中詠唱生命。

我經常反省，和莎拉相處的那星期，我是否捏造了一個虛假的艾迪．大衛，更快樂自由的艾迪？但我想不是如此。我相信，莎拉看見的是我早已遺忘的那個自己，而似乎只有她能喚醒那樣的我。

「很艱難，艾迪。」艾倫嘆了口氣，彎腰清理腿上的優格汙漬。「我很遺憾。」

我堅定地表示自己沒事。

我喝了一大口啤酒，在椅子上坐定，準備和艾倫聊莉莉讀小學遇上的問題，或最近的流言八卦，例如友人提姆的孕妻和其他男人有染。

可艾倫不打算放過我。「你確定？」他問：「原諒我，艾迪，但我看你不像沒事。你看起來一團糟。」

他說中了，而此刻我毫無防備。「我確定。」我說，但我的語氣聽起來一點也不堅定，反而透著困惑。「我有選擇嗎？我和莎拉在一起會讓我母親活活氣死，名副其實的氣死。」

艾倫皺著眉頭。「我當然知道，我不打算反駁你這一點。但那不是我的問題，我的問題是，你確定自己想忘記莎拉？」

他直視我。我感覺得到，我體內長年以來的壓抑、渴望自由的念頭，就藏在那薄而脆弱的皮膚表層之下。

「不，」停頓半晌，我說：「我不想。」

他點點頭。他早就知道了。

「我已經瀕臨崩潰邊緣。我快要他媽的崩潰了，我不知道該怎麼辦。」

我不停轉動啤酒杯，對抗著就要從眼眶滿溢的滾燙淚水。「我睡不著，無法保持專注，我只能想著莎拉。我唯一的感覺是……絕望。但我已經斷了我們之間所有可能的聯繫。從洛杉磯回來之後，照顧母親這件事變得相當艱難。我發現自己不斷思索，**我再也承受不了**。但這不是選項，艾倫，如果我離開，我媽該怎麼辦？我……他媽的混帳。」

「他媽的混帳。」他小聲地同意。

我沒自信能再說下去。

艾倫喝了一口啤酒。「我常想你是否需要尋求更多協助，來照顧你的母親，艾迪。姬亞和我談起一個朋友，她照顧丈夫長達十五年，這是個非常可怕的故事，男人騎車時打滑，全身癱瘓……上個月，那女人崩潰了，就像遇到瓶頸後走不出來，她再也無法照顧她丈夫。並不是她不愛他了，她依然愛他。」

他停頓，又喝了一口啤酒。「我想起你，兄弟。我的意思是，照顧你母親這件事，正極度可怕地在消磨你。」

我無法苟同地哼了一聲。我不想討論這個話題。琴瑪是最後一個嘗試的人——她想告訴我，當我無法讓自己自由，遲早會崩潰。我認為她在批評我母親，我們為此爭吵不休，儘管我內心深處明白，琴瑪可能是對的。

「問題是，沒有人能代替我做這些事。」我終於說出口。「我媽不需要別人替她洗澡或準備食物，她只是希望電話另一頭有個足以信賴的人；或當她情緒潰堤時，有人能在一旁陪伴她。我帶她去購物，我幫她整理環境，我是她的好朋友，不只是看護。」

艾倫點頭，但我知道他依舊不贊同我。「試想……」他說：「關於莎拉……你做了正確的選擇，艾迪，你做出**唯一**的選擇。」

「嗯……」

「但試想羅密歐與茱麗葉，或者，東尼和瑪利亞[9]。」

一般來說，我很欣賞艾倫對音樂劇的熱愛，但今晚我毫無回顧《西城故事》的興致。

「他們知道在一起是錯誤的決定，」艾倫堅持說下去。「但是他們依然追求愛情，最後因死亡化解了仇恨。你比他們聰明，你對抗的是愛情，這需要更大的勇氣。」

「好吧，我很高興知道自己更聰明，艾倫。但真正的問題是，我必須停止愛她，我不知道該怎麼做。」

艾倫看起來陷入長考。「我往往會思考，人們究竟該如何停止愛一個人。」他說：「你到底應該**怎麼做**？海因斯出版社為什麼不乾脆出版一本教人們停止愛人的手冊？」艾倫側頭思索時，乾草般的頭髮從他的頭上飄落。艾倫從未停止愛人，他和姬亞結婚九年，交往十九年；在姬亞之前，只有雪莉，艾倫以一種相當殘酷的方式讓她心碎；學生時代有幾個女孩，但那多半只是為了解決永無止盡的勃起。

你**如何停止**愛一個人？我對莎拉的愛並非原本就存在於內心的感受，而是重新建立的情感，而它逐漸蔓延生長。我們道別時，那份感情已有了形體，一如她這個人。

我要怎麼扼殺那份感情？即使我讓時間消磨它，我內心依然散落著碎片。令人驚喜的率真微笑，在枕頭上飄動的秀髮，那綿羊的叫聲，以及老鼠雕刻放在她掌心的畫面。

「我不知道要如何停止愛一個人。」我緩緩開口。艾倫望著我。「我猜，只能靜靜等待……我不知道，等激情消退？現在，我覺得自己就像個即將炸裂的壓力鍋。」

「或許，這就是為什麼詩集總在描寫心碎，讓人們放下情感。就好比放血，迅速釋放不堪重負的感受。」

「嗯。」我嘆了口氣。「迅速釋放聽起來很棒，就是解脫。」

我們驟然停下，隨後是一陣輕蔑的鼻息聲，我們大笑。「如果你現在想回家『迅速釋放』感情，我可不介意。」艾倫說。

他起身，走向吧檯。我看著他的腳踝微笑。艾倫中等身材，腳踝卻莫名纖細，你幾乎可以一隻手握住他的腳踝。每當我這麼做，他總是露出困惑的表情。

冷藏酒櫃低沉作響，在遠方的廚房，有人正刷著餐盤。

我看著手錶，晚上八點四十分，我思索莎拉的晚餐吃了哪些食物。我受不了這種心情。

---

9 經典音樂劇《西城故事》的男女主角，內容將莎士比亞《羅密歐與茱麗葉》的場景搬到二十世紀的紐約，兩大對立的家族變成街頭幫派，而分屬兩家族的男女主角對彼此一見鍾情。

艾倫拎著啤酒回到座位。他愉快地揉搓雙手，等待先前點的牛排上桌。在此刻，我什麼都不想，我只想變成艾倫，成為艾倫．格羅夫，因為草莓優格的汙漬而微笑，和妻子感情穩定，只需要費心思照顧他們可愛的女兒。

「我去洗手間。」我告訴他。

走回座位途中，我瞥見一對夫妻坐在角落的餐桌。他們穿得一身黑，我心想可能家裡出了事。他們並未交談，只見女人緊抓住男人，彷彿前方強風拂來。

我看見女人在哭。我放慢腳步，清楚看著她的臉。幾秒鐘，我認出她是漢娜．哈靈頓，莎拉的妹妹，就在我眼前，不到兩公尺，她蜷曲在那男人身旁，我想他是漢娜的丈夫。漢娜滿臉通紅，表情因悲傷而扭曲，但我很清楚那是漢娜，就像莎拉的影子，彷彿我在沙灘上離開她的模樣——驚慌、悲傷、沉默。

漢娜沒看見我，我默默走回座位。我告訴艾倫，稍早，我在莎拉一家人的鎮上看見送葬車隊。我的胃翻攪不適，終於忍不住脫口而出，漢娜哭了，代表莎拉一家人必定熟識死者。「莎拉可能回來參加葬禮。」我輕聲說，而我的語氣已近乎瘋狂。「她可能就在附近區區數英里的某個地方，艾倫！」

艾倫一臉緊繃，只說：「別去找她。」

我們的牛排很快上桌，最後，艾倫連我的牛排都吃下肚。

我起身點下一輪啤酒，發現漢娜和她丈夫已經離開。我無法停止思考究竟是誰死去，偶然閃現可怕的念頭，我甚至猜想死者可能是莎拉。

當然，這麼想太瘋狂了，但隨著夜色漸深，我愈發擺脫不了這個念頭。這麼想符合我從洛杉磯遠道回來之後，那道反覆質問我的詭異聲音：要是莎拉死了，我依然認為自己做了正確的決定嗎？

我喝得酩酊大醉，因為無力感而猛敲桌面。艾倫說要到我家喝威士忌，看奧運比賽。我並未辯解自己沒事。若我是他，我也不會放心讓一個心碎的男人獨處。

43

親愛的妳：

夠了，我要放棄莎拉，不能只是一再告訴自己要放手，卻依然時時刻刻想著她——如果再有這種念頭，我要立刻阻止自己。因為思念於事無補，而且非常危險。它出現之後，散播的速度比病毒更快，幾乎無法駕馭。我看著媽媽，明白它對我造成的影響。

就是現在，小刺蝟，我經常和妳談起人類的選擇力量，現在就是執行時刻。

謝謝妳像平常一樣，見證我的決定。

愛妳的我

放入信封前，我反覆閱讀信件，彷彿這麼做可以繼續擁有莎拉。今天早晨，陽光從窗戶灑入房間，穿過我書桌上猶如森林的各種雜物——結滿灰塵的印刷品目錄、發票、長尺、無數根鉛筆和削下的木料，以及幾杯冷掉的茶。一束狹窄的光線穿過層層阻礙，照在我正在書寫的紫色信紙上。屋外的樹木隨風搖曳，光線在信紙上行走，幾乎像跟著我的文字移動。雲霧飄來，吞沒陽光，信紙又回到清晨淡然的灰色光影之中。

我拿出一只紫色信封，上方傳來木板的嘎吱聲，艾倫醒了。一道聲音悶悶地喊著：「艾迪？喂，艾迪！」

昨天晚上，他躺在沙發上，打算傳訊讓姬亞知道我的狀況時睡著了。**我必須照顧他**，他在昏睡前寫道。我替他完成訊息，傳給姬亞，以免她擔心。**艾迪在酒館喝醉了**，我繼續寫，**我最好今晚住他家**。只要與我和艾倫有關，姬亞總是非常寬容。

艾倫偶爾打呼。大不列顛國家代表隊贏得奧運男子雙人跳水銅牌。我坐在沙發上看電視，努力不想莎拉。

頭上傳來宿醉男人走動的聲響。艾倫現在必定像頭飢餓的熊，在廚房遊盪，尋找食物，然後伸出熊爪。他需要一大杯茶，至少四片土司，我要送他上班，他可能需要換衣服，因為他衣服上都是草莓優格汙漬。

我很高興照顧他，因為艾倫是真正的朋友。他知道我昨天晚上需要陪伴，他明白離開莎拉讓我悲傷至極。他也讓我明白，我無法獨力妥善照顧我母親。而我至少要替他準備一頓美味的吐司早餐。

我低頭，將信紙滑入紫色信封，在信封正面寫上艾利克絲的名字。我小心翼翼，不讓艾倫聽見，我靜靜打開工作臺下方標示「鑿子」的抽屜。

抽屜裡是一座柔軟的紫色信封海洋，悲傷的藏寶庫，我最黑暗的祕密。抽屜快滿了，後方的信件搖搖欲墜，可能會掉落在實際存放鑿子的下方抽屜。我謹慎地將後方的信件往前挪移。我知道這麼做很愚蠢，但我不希望寫給艾利克絲的信件消失、彎曲、壓碎，或遭受任何損傷。

我緩慢呼吸，凝視這些信件。

我並非時時刻刻都在寫信——也許兩個星期一次，工作一忙，頻率會更低——但是過去二十年來，這是第三個裝滿信件的抽屜。我伸出雙手捧起信件，溫柔又羞愧。**他怎麼了？我想像人們的耳語。還放不下死去的妹妹？他需要協助。**

金．布羅斯，一名悲傷諮商師，她建議我寫信給死去的妹妹。我無法承受再也不能和艾利克絲說話，恐懼讓我頭暈目眩。**寫信給她吧**，金如此建議，**讓她知道你的感受，你想念她。讓她明白，若你當初早知道她將離開人世，你想對她說什麼。**

我獨自一人，沉默地驅車前往刑事法院、精神醫院，以及空蕩蕩的童年住家。我從信件中找到慰藉。我當然有朋友，大學一年級結束時，我也有了女友，她住在伯明翰。馬格麗特阿姨天天打電話關心我，父親也從坎布里亞過來處理女兒的葬禮；但沒有人知道該怎麼面對我，沒有人知道該說什麼。我的朋友都很善良，卻幫不上忙，女友謹慎地避開我。父親大多時間都透過電話聯絡他的再婚對象，逃避眼前的悲傷。

寫完信之後，我可以睡了，徹夜沉睡，雖然隔天清晨，那紫色信封又將讓我痛哭失聲，但我感覺……負擔減輕了，彷彿身上割出一道縫隙，釋放了壓力。當天晚上，我整理完從格羅斯特郡舊家搬來的物品，寫了第二封信，自此之後，我不曾停止。

過了幾天，我預約和金見面。她依然在羅德布洛夫大道上的住家執業。她的聲音和多年前一模一樣，她記得我，還說非常高興**收到**我的消息。我說，我想和她見面，是因為我和莎拉．哈靈頓的關係，再次觸動了那道「舊傷」，但我不曉得這是否真為一切的主因。我只是覺得——從洛杉磯回來之後——一切都錯了，彷彿我走回錯誤的人生，睡在錯誤的床上，穿著錯誤的鞋子。

更嚴重的警訊是，一切錯得如此離譜，將近二十年我卻毫無體認。

我轉頭望著工作坊，我的安全場域，我的避難所。我背負著憤怒和絕望，親手敲打搭建住處。在這裡，我啜飲數十萬杯茶，高唱廣播的歌曲，搬運成堆的木屑，也享受酒後荒唐的性愛。如果沒有這裡，我不知道自己該走去哪裡。

我得感謝母親。我父親讓我愛上了木頭，卻堅決反對我以此維生。父親和「維多利亞的狗屎臉」（艾倫替父親的情婦取了綽號，回想起來依然琅琅上口）偷情之後，到艾利克絲過世這十年，依然干預我的生活和選擇，彷彿他仍是一家之主。我說自己正在考慮就讀家具製造專科課程，而不是完成高級程度測驗，父親氣瘋了。「你的腦袋很好，可以就讀高等教育！」他在電話那頭大喊：「我不准你浪費自己的才能！你不可以摧毀自己的人生！」

那些日子，母親還有餘力捍衛我。「要是艾迪以後不想當個該死的會計師呢？」她從我手中搶過電話，她的聲音尖銳且充滿憤怒。「尼爾，你真的**看過**艾迪的創作嗎？沒有吧，因為你很少回家。讓我告訴你，我們的兒子擁有超凡的天賦，**請你放過他的未來**。」

她買了我人生第一臺七號接合器，精緻老舊的史丹利牌。我現在依然會使用。我永遠感謝母親，她讓我擁有眼前的一切。

「早安。」艾倫用法語問好，他的聲音含糊不清。他站在樓梯上，只穿著褲子和一隻襪子。「我需要茶、土司，還有送我上班，艾迪，你能幫忙嗎？」

一個小時後，我們將車子停在艾倫家，就在斯特勞德的最北邊。我保持引擎發動，艾倫跑進屋裡換上合適的工作服（他斷然拒絕我衣櫃裡所有的選項）。我望著遠方山下的老舊墓園，那一塊塊墓碑很像棋盤，象徵了愛與失去。墓園裡不見人影，只有一隻貓，謹慎地走在一排英國墓碑之上。

我笑了。典型的貓。如果你可以張揚地走過人類的墓碑之上，又何必滿懷敬畏、小心地踩過草地？

遠方傳來教堂鐘聲——早上九點了——我突然想起昨天的送葬車隊。精緻裝修的靈車，無論如何都教人不忍卒睹。車隊司機臉上呆板肅穆的表情，野花如瀑布般散落在棺木上，那是對於生命竟如此脆弱的急切恐懼。我雙手環抱胸前，驀然一陣不安。

究竟是誰死了，死者到底是誰？

然而，我想起九十分鐘前，我對妹妹的承諾，不能再想莎拉。現在不行，以後也不行。我在心中畫出一道屏障，強迫自己專注在今天的工作計畫。首先，去奧斯頓．唐的路邊咖啡廳買培根三明治。

「喵！」我朝那隻貓呼喊。但牠正忙著追殺可憐的鼩鼱。

44

六個星期後

秋天到了，我聞得到氣息，原始而天然。我常想，秋天彷彿飄散著詭譎的歉意，又略顯羞澀；因為那狂熱的夏日夢想已然破碎，而它將又一次帶來重擊。

儘管如此，我從不討厭冬天。冰霜降臨地面，樹木的長影在赤土上搖曳，這座鄉村隱然予人強烈的出世感。我喜歡看孤獨的煙囪飄出陣陣煙霧，遠方的窗戶流瀉出童話故事般的光線。我喜歡朋友在冬天時不請自來，坐在我的營火前，享受熱情的佳餚。他們總以為我時時刻刻在烹飪，畢竟我住在鄉村的穀倉裡。

奇妙的是，冬天似乎也能讓母親變得快樂。我想，這是因為氣溫降低，待在室內是合理的選擇。夏天充滿各種社交和戶外活動，在冬天，母親不需要解釋或辯護她微弱的活動意願。

但現在只是九月，我穿著短褲，走上希卡瑞吉森林的肥沃山丘。短褲和針織套衫，我無法清洗這些衣物，因為前一個穿著它們的人，就是莎拉。我稍微加快腳步，沉重地爬上山丘，避免雙腿陷入泥濘之中，我的小腿隱隱透出溫和的灼熱感。我哼著瑪莉・克蕾頓[10]伴唱〈給我庇護〉中的歌詞：唯獨山丘上的鳥聽見我吟唱強暴和謀殺，牠們或許會認為我是個瘋狂的傢伙。

我唱到最後一段，克蕾頓高亢尖叫，我笑了。目前的我不認為生命是平靜的，但拒絕思考——拒絕承認各式各樣幫不上忙的事物——能讓我獲得喘息。

問題是，金・布羅斯並不完全贊同我堅持甩開對莎拉的思念。和她諮商的確改善了我的心情，我不再感到如此孤獨，但她每個星期都會惹怒我。我難以想像一個人可以透過如此善良、溫和且充滿尊敬的態度，讓另一個人憤怒難耐，但金總是做得到。

今天的諮商則全然出乎我意料。

我抵達羅德布洛夫路的盡頭，金住在那一帶。我看見漢娜・哈靈頓正倒車離開金的停車場。她非常專注，避免擦撞鄰居的汽車，所以沒看見我。我細細端詳漢娜，她看起來和上次一樣，臉上似乎帶著淚痕，顯得疲倦且迷惑。

我不禁思索為什麼漢娜會和金見面。在我察覺之前，恐懼的引擎已經轟隆作響。難道死者是莎拉家中的長輩？莎拉現在想必非常脆弱。她曾在訊息中告訴我，這些年來堅持住在千里之外的洛杉磯，始終讓她背負沉重的罪惡感。我認為我必須幫助莎拉。

「我想打電話給莎拉・哈靈頓。」我在金的門口大喊：「我能在這裡聯絡她嗎？我希望有妳的陪同。」

「進來吧，請坐。」她冷靜地說。*太好了*，我揣測她內心的想法，*艾迪終於瘋了*。

幾分鐘過去，我冷靜下來，承認我不該打電話給莎拉・哈靈頓。但我又無可避免地談論起她。金再度問我，拒絕思念莎拉是否有助於放下她。

「當然。」我頑固地說：「或許吧。」最後我改口：「毫無幫助。」

我們探討放下的過程。我告訴她，我厭倦自己無法放下她，但我不知道該怎麼做。「我想要快樂。」我喃喃自語：「我希望自由。」

我抱怨市面上沒有任何一本書，教導我們如何不愛一個人，金笑了。我承認，那其實是艾倫的笑話。金露出不帶批判的表情看著我，然後說：「既然我們討論如何追求自由，艾迪，我想知道你對於自己和母親的關係，有著什麼樣的感受？如果你獲得自由，不再需要對母親負責，你又有什麼樣的感受？」

我過於驚訝，以至於要她重複問題。

「釋放沉重的負擔，這個想法給你什麼樣的感覺？」她的語氣依舊保持友善。「你上個星期的描述，讓我看看……」她凝視著筆記本。「『噩夢般的負擔』，你之前是這麼說的。」

我的臉頰發熱，不願直視她的眼睛，兀自拉扯沙發上鬆脫的細線。她膽敢提出這個問題？

「艾迪，我想提醒你記得，就算你認為自己很辛苦，也不要覺得羞愧，完全不需要羞愧。家族中的照護者往往對親人懷抱偉大的情操和忠誠，但他們同時也會感受憤慨、絕望、孤獨，以及各種不願讓親人知道的情緒。有時候，他們會站上懸崖邊緣，必須停下來休息，或是重新思考照護親人的方式。」

10 Merry Clayton，美國靈魂樂歌手與福音主唱，錄製滾石樂團名曲〈給我庇護〉期間因流產而身心跌入谷底。

我盯著地板。**請妳閉嘴！**我想大吼。**妳在討論的是我母親！**但我一語不發。

「你覺得呢？」金問。

我不常生氣──為了母親，我必須學會壓抑情緒──但忽然之間，我感到無比憤怒，我太生氣了，無法理解金是為了幫助我，也無法感謝她耐心等上幾星期才提出這個問題。我想抓住壁爐上那只美麗的金魚藻花瓶，狠狠甩在牆壁上。

「妳完全不懂。」我如此回覆一位擁有三十七年經驗的心理諮商師。

就算金被我嚇到了，也不會流露出自身的情感。

「妳怎麼能這麼問？」我的聲音變得高昂。「妳怎麼能建議我一走了之，離開我母親？她四度企圖自殺！她的廚房看起來就像他媽的醫院藥局！她是我見過最脆弱的人，金，而且她是我**母親**。妳有母親嗎？妳在乎她嗎？」

我花了半小時才恢復冷靜，向她道歉。金提出溫柔且有禮貌的問題，我只能回應簡短的單音節單字，但她繼續追問，讓那些該死的聰明問題刺激我，讓我逐漸傾向於承認，我和母親的關係已經走到即將崩潰的危險境地，還有我的人生。她刺激我，讓我懷抱著憤怒接受。正是我內心無盡的悲傷，讓我拒絕承認這個現實。

金似乎相信德瑞克能夠找到解決方法。「那是他的工作。」她說道：「他是社區心理護理師，艾迪，他會協助你和你母親。」

我仍堅持，我不可以將母親交給德瑞克，無論他多優秀。「她有需要的時候，只願意打電話給我。」我說：「她不可能相信別人。」

「你無法確定這一點。」

「我就是知道！就算我要她以後不能再打電話給我——或不能這麼頻繁——她會佯裝若無其事繼續打電話，還可能導致她的病情惡化，非常危險。妳很清楚她的病史，妳知道我不是杞人憂天。」

諮商時間結束，我們沒有任何進展，但我承諾下個星期不會發脾氣。

金笑了。她說我做得很好。

我終於抵達山頂，站在我經常探望的山毛櫸旁，頭上幾公尺就是那雙神祕的威靈頓靴。六月時，我在鄉村漫步，腦海中全是莎拉，以及對自己的憤怒和混亂思緒，那時我注意到山毛櫸正在枯萎，就快死了——現在狀況更糟糕了。樹皮上沒有顯著病徵，我猜想是某些甲蟲造成的，山毛櫸即將死去。我一隻手扶在樹幹上，悲傷地想像這棵神奇的野獸樹木遭到電鋸切開的畫面。

「對不起。」我覺得自己不該毫無表示。「謝謝你給我氧氣，還有一切。」

我查看周圍的樹木（威靈頓靴還在），走下山丘，雙手插在口袋。我腦中的思緒依然飄向莎拉，她妹妹和金有約。我抗拒思緒。我讓自己專注在樹木上。我知道如何解決這個問題。明天，我會致電格羅斯特郡野生生命保護協會，詢問他們是否可以協助處理山毛櫸。

回到穀倉，我感覺內心恢復了平靜。

我走進屋內，看見母親站在紫色信件的抽屜旁。我的祕密紫色信件抽屜，在這個世界上，只有金知道。母親正在讀信——**非常平靜地**——我寫給艾利克絲的其中一封信。她一手拿著信紙，臉上的表情醜陋扭曲。

過了好一段時間，我才相信我所看見的，我的母親——我親愛的母親——正在侵犯我僅僅丁點程度的隱私。這時，母親將信紙翻到背面，一切昭然若揭。

猜忌慢慢化為憤怒。

「媽？」我說。我的掌心如虎頭鉗般緊扣門框。

她迅速將信紙藏在身後，轉身面對我。

我回想出門前傳給她的訊息。**我要出門散步，先告訴妳一聲，我會將手機放在家裡，我想靜一下，幾個小時內就會回家。**

我總是謹慎且高估自己每一項行程的時間，一旦有任何耽擱，母親都會變得驚慌失措。

「嗨，親愛的。」又是那種聲調，每次她察覺自己將我逼得太緊時，她就會這樣說話。但今天似乎更高亢了。「你很快就回來了。」

「妳在做什麼？」

「我……」

她似乎在思索可能的藉口，空氣中瀰漫著濃濃的惶恐。屋內的一切凝結了，屋外的樹木也沉默無語，彷彿在等母親承認她背叛了我的信任。但她做不到。她不願吐露真相。「我聽見奇怪的聲響。」她說，她的語調起伏很大，就像在為孩童的動畫配音。「好像是老鼠，艾迪，你家最近有老鼠嗎？感覺在附近。我就是到處看看……打開了幾個抽屜而已，你別生氣……」

她嘴上不住叨唸，直到我大喊——不！我怒吼：「**妳讀我的信多久了？**」

猶如海底一片死寂的沉默。

「我只看到幾封信，就在你進屋前不久。」她終於開口：「但我沒仔細讀，看了一眼而已，我想**這些信寫什麼都和我無關**，正要放回去你就——」

「**別騙我了！**妳讀我的信多久了？」

母親將手移到面前，似乎要取下眼鏡，又改變心意，讓眼鏡歪斜地掛在鼻梁上，像孩子的蹺蹺板。我望著她，我看不見我的母親，只剩下憤怒，巨大灼熱的怒火。

「妳讀我的信多久了？」我第三次問她。我不曾這樣對她說話。「不要說謊！」我說：「不要說謊。媽，我是認真的，別對我說謊。」

隨後發生的事，我毫無心理準備。我以為母親會淚流滿面癱坐在地上，祈求我的原諒，再戲劇化地將那些信拋向空中，彷彿那不過是便宜停車券，或是她生命中的汙點，再冷眼看著信件緩緩降落地板。「就像你對我說謊？就像你欺騙我想去洛杉磯『度假』？探望你的朋友奈森，順便衝浪？就像你回來的那一天，你騙我艾倫有『緊急狀況』？」

我意識到母親又在企圖困住我的思考。她走上前，雙手放在工作坊中央的工作臺。「就像你欺騙我……那個**女孩**？」她張大雙眼盯著我，彷彿眼前是萬惡的連環殺人犯，她想要找回自己的兒子。「你怎麼可以這麼做？你怎麼可以和她**上床**，艾迪？**你怎麼可以背叛你妹妹？**」

她肯定好幾個月前就讀了我的信。

難怪我從洛杉磯回來後，母親變得愈發偏執；難怪她先前竭盡所能地阻止我前往洛杉磯。

過去每當我想去度假，她往往都表現得很愉快，因為如此一來她就能說服自己，她並未讓我失去自己的人生。但這一次，她卻像我要移民澳洲般堅決反對。

「那個女孩……」她全身顫抖，我們看起來像在討論強暴犯或戀童癖等惡徒，而不是莎拉．哈靈頓。儘管我猜想母親並不認為他們之間有何不同。「那天，我是認真的，我希望躺在靈車裡的就是她！」

「**我的老天**！媽！」我深吸一口氣，我的語氣輕柔卻滿懷困惑。「當妳承受莫大的痛苦之後，居然渴望別人也承受同樣的痛苦？妳真的這麼想嗎？」

她不屑地嗤了一聲。我的思緒奔騰，在記憶中撿拾線索。這就是母親病情惡化的原因嗎？她知道我和莎拉的事好幾個月了。

「就是妳打電話給她嗎？」我沉靜地問：「用手機？威脅訊息也是妳傳的？所以七月時，妳才會想要新的號碼？」

我不斷接到行銷電話，她當初說，我快要受不了了，艾迪。我需要新的號碼。

「對，就是我打電話給她，我不後悔。」她那身粉紅針織套衫，讓她醜陋扭曲的神情變得更令人害怕。

「那天，妳也去了她以前的學校？她回英格蘭的時候，妳在她父母家附近的運河步道盯著她？」

「對！」她近乎**大吼**。「總要有人做些什麼！我不能讓她汙染你，你是我的一切！」

「總要有人做些什麼……」她喃喃低語，我不作聲。「顯然那個人不會是你。你總是一臉消沉，或寫信給你那可憐的妹妹，你究竟多愛那個害死她的女人……」她的聲音愈來愈微弱，又不時低吼。我幾乎聽不見她說什麼。我腦海中只盤桓著：**妳知道我經歷多少折磨，才能讓妳免於承受痛苦？妳可知道我多麼孤獨？妳可知道我的犧牲，只為了保護妳精神穩定？**

當我回過神，我才發現她不再開口。她瞪大雙眼，眼角浮現玻璃般的淚水。

「妳怎麼知道莎拉的電話號碼？」我聽見自己質問她，雖然我早已知道答案。「妳怎麼知道莎拉那天在以前的學校？妳一直都在偷看我的手機？」

她承認了。「都是你的錯，艾迪，別對我發脾氣。我不能置身事外。我必須保護艾利克絲……阻止**這一切**。」

終於，淚水奪眶而出，但她的聲音依然堅定。「都是你的錯。」她重複說道：「你喜歡討論選擇。你的確可以選擇，而你選擇了那女人，那個害死人的**女孩**。」

我不住搖頭，內心湧上厭惡。她的憎恨如此鮮明，就像回到艾利克絲死後那幾個星期，而多年來，恨意毫無減少。

「都是你的錯。」她重複。「我不會道歉。」

聽著她的指控，我感覺身體像開了一個大洞——那層表面多年來如此薄而脆弱，終於失控，釋放出所有情緒，怨懟、憤怒、孤獨、焦慮、恐懼——以及任何想像得到的情感，如大雨傾瀉而出。此刻，我終於明白，我再也無法繼續。我要結束一切。

我倚著門，全身失去力氣。我開口說話，聲音聽起來不像我自己，我像在播報海上天氣預告。

「不。」我平淡地說（**比斯開灣的天氣良好**）：「不，媽，妳不能怪我。我不會替妳的行為負責。我不會替妳的感受或妳的想法負責。那些都來自於妳，而不是我。妳選擇偷看我的信。妳選擇騷擾莎拉。妳選擇讓過去幾個月來的種種──順帶一提，我彷彿置身地獄──成為嚴重的背叛。都是妳的選擇，我什麼也沒做。」

她哭泣，真實的哭泣，神情憤怒。

「我不會替妳的心理疾病負責，媽，莎拉也不會。我竭盡所能照顧妳──用盡我所有的力氣──妳卻侵犯我以為自己早所剩無幾的卑微隱私。」

她搖搖頭。

「是，我遇見莎拉，是，我愛她，當我得知她真實身分的那一刻──**那一秒**──我就決定離開她。之後我做的一切，都是為了顧及妳的感受，不是我的，**是妳的**。而妳依然認為一切都是我的錯。」

我看著她思索接下來的反應。她害怕起來。但她並未仔細聆聽我的話，也不打算思考或（上天不容許）相信我可能是對的。她已經習慣每到這個階段，我就會讓步。此刻，她終於意識到我不會。

接著，她的反應符合我的預期：扮演被害者。

「好。」眼淚滑過臉頰。「艾迪，好，都是我的錯。我的人生已經這麼悲慘了，我被困在房子裡，我服用所有可怕的藥物，這全是我的錯。」

她瞪著我，但我不為所動。「你就去說你喜歡聽的吧，艾迪，你完全不懂我的人生。」

我照顧她將近十九年了，我認為她的說法對我並不公平。

我們就像棋盤上的軍卒對峙著。母親先移開眼神，毫無疑問，為了讓我覺得自己像侵略者。她佯作悲慘，冷冷看著工作臺，眼淚落在深深的刻槽與鋸痕裡。

「別離開我，艾迪。」她終於說了，我知道她會說這句話。「我為我的行為道歉，只是因為你……和她的感情，讓我感到非常絕望，那幾乎要摧毀我。」

我閉上眼睛。

「別離開我，艾迪。」她重複說道。

我繞過工作臺，擁抱她。她嬌小如雀，脆弱易碎。我生硬地擁抱她，想起前女友琴瑪。這是她永遠不會理解的片刻。即使母親每每將我推向崩潰邊緣，我仍要安撫她，告訴她一切會沒事，因為這是**我的**職責。琴瑪永遠不會理解這種付出和犧牲；但我猜想人們多半如此，除非曾經扛起親人的身心照護、曾經失去親生妹妹，或是曾經幾乎要失去自己的母親。

儘管如此，這次不一樣。我抱著母親，因為我必須這麼做。但我內心深處已經改變。

我送母親上車時，外頭正下著雨。我開車載她回家。天空滿布灰雲，雲朵快速融合又分離，彷彿憤怒的交會。我在內心默默向莎拉道歉。無論她身在何方。*我希望妳沒事*。我想告訴她。*我只希望妳快樂*。

回到母親的房子，我打開暖氣，在她就寢前準備好吐司。我給她安眠藥，握著她的手，直到她睡著。我沒看過自己的孩子睡覺，但我想像感覺應該非常相似。她就躺在那兒，睡臉很平靜，帶點迷惘。她縮著身子躺在我手邊，彷彿我的手是能賦予她安全感的毯子，身體偶爾發顫，幾乎聽不見呼吸聲。

我走向屋外，打電話給德瑞克，在答錄機留話。我聽見我那漠然且不帶感情的口吻。我說我遇到了瓶頸，需要他的幫助。

回到家，我點開Netflix上的節目，看了三集——我的身心已然耗竭，但遲遲無法入睡——夜晚大多時間都躺在花園的長椅上，我包著鴨絨墊子，和史帝夫松鼠進行一場單向對話。

45

十二月——三個月之後

親愛的妳：

呵呵呵！又是可惡的聖誕節嘍！

今年年底，我滿懷感謝的心情。

我已經超過三個月沒寫信給妳了，我猜，我有許多需要思考的事。我忙於改變和媽媽之間的關係，但不能被她發現。這是德瑞克的計畫：悄悄讓艾迪自由。他一直是如此了不起。

他安排我們和法蘭西絲碰面，多年來探望媽媽的那名牧師。牧師說，一些當地居民非常樂於探視獨居的教區居民。德瑞克表示，最重要的概念是讓媽媽和志工建立友誼——無論要花多久時間——最後，她會願意信任他們，請他們帶她購物或就醫，讓媽媽願意打電話給我以外的人，另一個能夠打開媽媽世界的人，就像一道微小的裂縫。

於是，菲利克斯出現了，他和法蘭西絲一起探望媽媽，一週一次。菲利克斯是波斯灣戰爭的老兵，他在戰爭中失去一隻手臂。他的妻子離開了，因為她無法承受。二〇〇六年，他兒子死於伊拉克戰爭。菲利克斯很清楚痛苦和失去。但是，妳知道嗎，小刺蝟。他是個極度樂觀的人！我只和他見過兩次面，但他就像是世界上最積極正面的夥伴。聆聽他和媽媽說話的經驗很特別——媽媽總是抱持負面態度，他則是永遠樂觀。他是不是很瘋狂？

「給她幾個星期。」有一天，德瑞克告訴我：「我認為她差不多願意和菲利克斯一起出門了。」

德瑞克還說服媽媽和阿姨共度聖誕節，讓我休息片刻。

所以……步調雖緩慢，但我得到愈來愈多空間、愈來愈多氧氣。偶爾，我也能看見自己在這一切發生前的模樣。我和莎拉共度一週時的心情。我年輕時的心情。這感覺讓我快樂。

總之，我又要過聖誕節了。我住在艾倫的比茲利新家客房，現在是凌晨五點四十五分，莉莉已經起床了，她正在敲艾倫和姬亞的房門。在莉莉的鞭策下，我決定送她足以塞滿整條襪子的聖誕禮物。艾倫說我是個自私的傢伙，讓他在他女兒面前顏面盡失。

現在，我看著尚未安裝窗簾的窗戶，陰暗的天空，我很想妳，我親愛的妹妹，我最珍貴的艾利克絲。

我不知道妳是否與我同在。這些年來，妳是否站在我的肩上，讀著我寫給妳的一字一句，妳是不是萬物顫抖時消逝的能量。無論妳是什麼，我希望妳明白我們如此愛妳，我們如此想念妳。

沒有妳，沒有這些信，我不知道自己將如何熬過這一切。無論生死，妳依然是妳，善良、有趣、溫暖，也是個好朋友。我從紫色的信紙感覺妳。妳的活力與傻氣、妳的吵鬧，妳的善良、妳的純真、妳的甜美。妳讓我邁出步伐，當生命讓我窒息，妳讓我繼續呼吸。

但我必須獨自前進，就像金說的，我要用自己的雙腳站立。我的小刺蝟，這是我們的最後一封信。

我會沒事的。金很確定——事實上——我也非常有信心。我必須沒事。因為，我每天看著我們的母親，我很清楚如果我做不到，我將變成何種模樣。

在艾倫的堅持下，我也讓步了，我決定開始約會。我雖然不想，但至少我要讓自己得到愛一個人的機會。

這才是最重要的。媽媽無法改變，但我可以，我會改變，我將走過寒冬，我會完成客人委託的工作，還要做得更多。我準備明年夏天開設工作坊，教導年輕人學習木工。我要使用愚蠢的交友軟體，然後健身，學習石工，成為莉莉心中偉大的教父。我的臉上永遠會掛著微笑，這才是我內心最熟悉的自己，這才是我想要再度成為的自己。

小刺蝟，這是我的承諾，對妳，以及對自己的承諾。

我永遠不會忘記妳，艾利克絲．海麗．華勒斯，即使只是一天，我也不會忘記妳。我愛妳，直到我生命的盡頭。我永遠想妳，我永遠是妳的大哥。

謝謝妳曾經在此，無論生死。

謝謝妳，再見，我親愛的小刺蝟。

愛妳的我

46

三月初——三個月之後

今天，我的人生永遠改變了，我將展開第一次的交友軟體約會。我很緊張，又覺得自己很蠢（艾倫每個小時都會傳訊息給我，確保我不會臨陣逃脫）。她叫海瑟，她的頭髮很迷人，看起來風趣聰明，但我仍然不想赴約。稍早，我發現自己甚至想拿榔頭將釘子扎入手掌，那麼我就有很好的藉口，整個下午待在急診室裡。

我沒有將這個想法告訴艾倫。

今天也是母親的六十七歲生日，我帶她去斯特勞德，在威勒的庭院餐廳裡共進午餐，這裡是母親的安全地帶——可能是因為地點隱密，藏身老舊的石巷，一般人不會經過——今天母親很健談。菲利克斯昨天陪她購物，他比我更擅長陪伴母親。他唯一的缺點是無法提太多物品，因為他只有一隻手。

老實說，我有點心不在焉，因為我忙著想像今晚的約會，那可怕的沉默和不自然的乾笑——過了一陣子，我回過神來才發現母親變得沉默。

我抬頭，只見母親一臉陰鬱，盯著右前方，湯匙停在碗的上方。我沿著她的視線望去。起初我沒認出來，他們看起來就是平凡的中年夫妻，正在享用沙拉。女人穿格子襯衫，拿著手機；男人披著燈芯絨外套，看著妻子。然後，他們和母親一樣停下用餐。我模糊感受到，我認得他們。我看著男人的臉，依舊想不起來他是誰。

我又看向母親。我知道了，只有他們會讓她的反應如此之大。她的湯匙掉落碗中，湯匙柄猶如沉沒的船尾消失。

我回頭望著莎拉．哈靈頓的父母。我認得他們。我當然認得他們。他們經常在遊戲日接走艾利克絲，或在午後帶小漢娜來家裡玩。我記得他們總是非常友善，如此友善，有時候，連我都想跟著去弗蘭特頓．曼塞爾。他們的感情如膠似漆，一個完整的家庭；我的家庭卻只剩下遠在數百英里之外的父親，他和再婚對象的孩子即將誕生，還有個深陷憂鬱的母親。

我頓時湧現兩個疑問：第一，我是否應該帶母親離開？她不能再待在這裡，離麥可．哈靈頓和派西．哈靈頓僅僅兩張餐桌的距離；第二，要是去年葬禮的死者並非麥可或派西．哈靈頓，**又會是誰？**

我明確地聽見派西說：「我們得離開了。」他們匆忙起身，還來不及將椅子推回桌下，或向咖啡檯後方的女服務生致歉。莎拉的母親倉促在走廊上整理外套，快步走向外頭的街道。母親和我默默地坐在餐廳裡，周圍是其他客人低聲交談和餐具間碰撞的鏗鏘聲。直到餐廳的咖啡奶泡機淒厲作響，我們終於看著彼此。

之後，我們前往賽倫賽斯特路的農產品商店，買了美味的湯，準備回母親家享用；哈靈頓夫妻離開之後，母親宣稱她的生日已經毀了，不想繼續用餐。

＊　＊　＊

我們的對話內容如下：

我：「妳還好嗎？」

母親：「我不想談。」

我不想逼她談，事實上，此刻我無法思考更多事。**莎拉的父母**。他們創造了莎拉。他們要去哪裡？發生了什麼事？莎拉的母親接到電話，似乎不是喜訊。

莎拉很像她的母親，但她也像父親。我可以花上好幾個小時，仔細端詳他們的面容，尋找與莎拉相似的分毫痕跡。

我們回母親家，我熱了湯，在烤箱中放入香氣濃郁的發酵麵團，但我知道母親不會吃的。她似乎也在生我的氣，雖然我不曉得原因。難不成我要上前毆打莎拉的父母，責備他們生下了女兒嗎？我站在母親家的廚房，內心一片空洞卻感到緊繃，再度思索去年八月葬禮死者的身分。在母親花園的盡頭，一棵李子樹下，我瞥見一小池金黃色的光芒，白屈花正奮力掙脫雜草的統治。我想起它散落在棺木上的景象，也記得當時嚴厲阻止自己胡思亂想。

一如預期，母親不願進食。「他們毀了我的生日。」她喃喃說道：「我沒有胃口。」

「好吧。」我說：「但我想吃。如果妳晚點想吃，也可以自己熱湯。」

「不能反覆加熱，我會因此食物中毒。」

我原本想說「媽，那是番茄湯，不會食物中毒」，但我放棄，因為毫無意義。

於是，孤獨的湯匙敲打瓷器，我喝湯，啃著巨大的奶油烤麵包。用完餐，清洗餐具，將禮物送給母親，她說，晚點再拆禮物。然後，我拿起外套。

「如果妳想，我可以留下來陪妳聊天。」我說。母親依偎在沙發角落，像隻小貓。

「我沒事。」她僵硬地說：「謝謝你幫我過生日。」

我走上前，親吻她。「母親，再見，生日快樂。」

我在房門前停下腳步。「我愛妳。」

走到前門時，我聽見母親呼喚我。「艾迪？」

「怎麼了？」

我轉回屋內，這個時刻將永遠改變我的人生，儘管當時我毫無所悉。

「有件事應該讓你知道。」她避開我的眼神。

我小心翼翼坐在她對面的椅子上。從她的肩膀，我望見艾利克絲邋鞦韆的照片，當時，她剛上小學。她快樂地尖叫，看著拍攝者，一臉狂喜。多年來，我無數次猜疑母親刻意懷孕，希望藉此阻止父親離開——顯然他的婚外情長達多年——但每當我看著那張照片，我就會明白過去已無所謂。艾利克絲帶來的，只有快樂，無論父親是否在場。

「哈靈頓夫妻毀了我的生日。」停頓片刻，她重複一遍。母親咬著手指甲。

「我知道。」我油然湧現疲倦。「妳說過了。」

她環顧四周，一手滑過桌緣，確認是否沾染灰塵。「我不曉得哈靈頓為什麼可以原諒他們的女兒……」

我起身，準備離開，但母親臉上的表情讓我又坐回椅子的扶手上。她肯定知道什麼。

「媽，妳想告訴我什麼？」

「至少漢娜過得很好。」她忽略我的問題。「你知道嗎，她還是會來看我。她父母不在乎，但漢娜在乎。」她停頓，握緊拳頭，又鬆開手指。「直到去年聖誕節她就不再過來了。我們吵了一架。」

「為什麼？」

母親四處張望，就是不敢看我。「為了她的女巫姊姊。」

「莎拉？」我傾身盯著母親。「漢娜說了什麼？」

母親微微聳肩，臉上的表情糾結。倏然間，我感到恐懼——關於那可能隱瞞我許久的真相。

「媽……？」我感覺心臟急速跳動。這件事肯定與莎拉的父母匆忙離開餐館有關。「媽，求求妳，告訴我。」

她嘆了口氣，放下雙腿，端正地坐在沙發上，像是接受正式採訪。她讓雙手整齊地放在大腿上。「聖誕節之前，漢娜來看我。她說，有些事我可能無法接受。好吧，她說的沒錯。」

母親驟然停住，似乎找不到正確的用字，我覺得渾身不對勁。莎拉怎麼了？**天啊，莎拉到底怎麼了？**我的手像四下爬竄的蜘蛛，但我不知道究竟想抓住什麼。

「漢娜說了什麼？」我問。

母親還是不願開口。

「媽，這件事很重要，請妳告訴我。」

她咬緊牙關，繃緊下巴，太陽穴鼓起。我早忘了自己上一次如此緊張是什麼時候。她終於說了。「莎拉搬回了英格蘭。去年八月，她搬回英格蘭。」

血液衝上我的頭部，我往後靠在椅子上。我以為母親要說的是……我以為她想告訴我——我曾經反覆思索，那場葬禮究竟為誰而辦，誰的生命受到哀悼，美麗的花又是裝飾誰的棺木。我努力克服心中偏執瘋狂的想法，但可怕的疑問從未消失。**如果是莎拉呢？如果靈車裡的屍體就是莎拉呢？**

莎拉活著，而且安好。她就在英格蘭。

過了片刻，我才能夠理解母親的話。「等等，」我起身。「媽，你說莎拉搬回來了？回**英格蘭？**」

她霍然起身離開沙發，我幾乎沒看過她展現如此的氣勢。她走到我面前，嬌小的身軀卻滿腔怒火。「你怎麼可以變得這麼快樂？」她嘶吼：「看看你的表情，艾迪，你到底有什麼問題？她——」

「莎拉在哪裡？」我打斷母親。「她住在哪？」

她搖搖頭，走向窗戶。「就我所知，她和父母同住。」她喃喃自語。隨後又轉身走回沙發，盯著艾利克絲的照片。我猜想，她的舉動是在提醒我，**看看你可憐的妹妹吧**。

「和父母住在一起，像個寄生蟲，身無分文……而且……她懷孕了。」她快速伸手掩嘴，彷彿本不該吐出這句話。她停下腳步，重重陷入沙發，閉緊雙眼躺了下來。母親的身體顫抖著。「我的意思是，要是她到了這個年紀還無法控制自己的行為，她的人生根本毫無希望。」

我瞪大眼睛。「**懷孕？莎拉懷孕了？**」

我感受到一股尖銳的痛楚，彷彿母親正持一把利刃刺進我的肋骨之中。

她沉默不語。

「媽！」

終於，她露出明顯厭惡的表情點點頭。「對，她懷孕了。」

「不……」我的聲音無法穿過雙唇之間。

不對。不、不可能。

莎拉不可能懷上其他男人的孩子。我的眼神從母親身上移開，腦海中浮現無數個疑問，如千百張碎片灑落在不同的方向，又像雲霄飛車劇烈起伏，從體內湧現出一股異樣感。希望。我的感受過於迅速，早已頭暈目眩，但希望仍在——兩秒、三秒、四秒、五秒……希望一直都在。**那可能是我的孩子**，我終於明白，**那可能是我的孩子！**

「她回英格蘭，因為她外公過世。」母親惡狠狠地說：「我們之前看到的，可能就是他的葬禮。」

得知死者是她外公之後，我內心深處反而鬆了口氣。只不過眼下突如其來的驚詫，讓我一時之間沒意識到罪惡感。莎拉懷孕了，可能是我的孩子。

「妳還知道什麼?媽，告訴我。」

母親拿起裝滿的湯碗，走向廚房。我像隻忠誠的小狗尾隨在後。「媽。」

「漢娜打電話給她姊姊，通知她噩耗。」母親接著說，聲音很含糊。「顯然聽見漢娜的聲音讓她很驚訝，當時她正在過馬路，差點因此喪命。愚蠢的女孩。但是——」她放下湯碗，環顧乾淨無瑕的廚房。「無論如何，卡車及時轉向，她沒事。」

母親不再開口。她顯得很激動。她呼吸急促，幾乎站不穩。事實上我也是。莎拉就在英格蘭，而且懷孕了。我跟著母親回到沙發，她的呼吸節奏變得不尋常。

我無意識地協助母親進行德瑞克教導的呼吸調節法，引導她緩慢深呼吸。我同時思索為何母親隱瞞了我這麼久，現在卻選擇坦承，告訴我莎拉搬回英格蘭，這與她的立場相悖，更別說懷孕。她甚至厭惡我想起莎拉．哈靈頓。

顯然與莎拉的父母有關，我猜想他們匆忙離開餐館的原因。我絕望地看著母親，她慢慢控制住呼吸。**告訴我！**我想大吼。**告訴我所有的事！**但是，我仍溫柔問她：「妳還知道哪些事？莎拉的近況？她還好嗎？」

「我猜，她情況很糟。」母親終於說了：「她不願意告訴父母，究竟誰才是孩子的父親。」

希望幻滅。

「那場葬禮是她將近二十年來第一次見到漢娜。漢娜說，她和姊姊……她們認為……彼此都失去太多，打算修補彼此的關係。」

說完後，母親流露出厭惡，我終於明白她為何與漢娜決裂。多年來，她總是將漢娜留在自己身邊，肯定認為漢娜背叛了她。

「這段日子以來，莎拉一直住在弗蘭特頓．曼塞爾？六個月了？」

她點頭，默默窺探我的反應。「所以你沒有和她見面？」我的表情已經非常明顯了，完全沒有！

「妳確定她懷孕了？」我的喉嚨變得乾渴。

母親看著我，臉上籠罩著失望。她明白莎拉懷孕對我的意義。「我確定。」

「什麼時候？我說的是預產期。」

「我不知道。」母親轉動雙手。我知道她在說謊。

無論是什麼原因讓她願意向我坦承，現在這一切紛擾正在她腦海中掀起波瀾。她再度調整呼吸。

「妳知道預產期嗎？」我焦慮地追問：「妳不知道？我會用一切方法找到答案。」我又說：「但我希望妳現在就讓我知道。」

媽媽閉上雙眼。「二月二十七日，六天前。」她一邊說，身體變得畏縮。「她去年六月懷了那個孩子。」

我們陷入絕對的沉默。

「沒有人知道父親是誰？」

「我想只是某個陌生男人。」她拘謹地說，但言不由衷。她完全知道受孕日期的意義。

我的身體不住顫抖，在她面前蜷起，雙腿也失去力氣。我坐在她面前的地毯上，彷彿等待聽故事的小孩。「妳決定告訴我，因為妳認為那是我的孩子，對嗎，媽？這就是妳的想法吧？」

她睜開眼睛，滿是淚水。「我不能讓莎拉．哈靈頓生下我的孫子。」她氣若游絲。「艾迪，我無法承受……但是我……」她的聲音顫抖。「我無法想像那個孩子已經誕生在這個世上，而且可能是……」

我看著她，雖然我的視線變得一片模糊。莎拉，我的孩子，一切像風中搖曳的麥田。

我試圖整理思緒。「妳覺得莎拉的父母為何倉促離開餐廳？發生不好的事情了？」我讓右手撐起身體，才能站穩。

母親的聲音彷彿在我面前飄盪。「我不清楚，但我很擔心，才決定告訴你這一切。」她第三次調整呼吸。

我的手一邊顫抖，掌心同時按撫她的膝蓋，她緩慢地深呼吸。我得找到莎拉。「媽……」我說：「幫幫我。」

無盡的停頓之後，母親深深吸了一口氣，對著側桌的電話點頭。「通訊錄裡應該還有哈靈頓的電話號碼。」

我起身走過客廳，我知道她的付出，我曉得她承受的痛苦。但母親終究是善良的人，儘管生命讓她悲傷，依然願意愛著別人。

多年來，她已經好久不曾讓我有過這種感覺。

電話號碼還在，就在奈裘．哈林的下方，那是父親的會計師老友，還有賽倫賽斯特的哈里斯．帕柏林。恍如隔世，當初忙碌的母親潦草記下哈靈頓家電話。**派西．哈靈頓——玩伴漢娜**

的媽媽——〇一二八五……

　　我將電話號碼輸入手機，但我的手機——當然——早有號碼。去年六月，莎拉將那個號碼給我，當時，孩子可能還只是幾個小小的細胞而已。

「媽。」我小心翼翼地說：「我必須過去一趟，可以嗎？我要去他們家，弄清楚情況。如果妳需要幫忙，妳有德瑞克和菲利克斯的電話號碼。但妳一定會沒事的，媽，一定會沒事的。我得走了，我——」我話沒說完，匆忙起身，親吻母親的額頭，雙腿顫抖地走向汽車。

　　母親什麼都沒說。她知道那孩子可能是她的孫子，這件事比一切都重要。她無法開口——她寧死也不願承認——但她確實希望我弄清楚。

「你打電話來，最好不是要說你正在喝酒。」艾倫接起電話。「我是認真的，艾迪——」

「莎拉要生了。」我說：「或者說，她正要生。我很確定那是我的孩子。我打電話到她父母家，沒人接聽。我需要漢娜的手機號碼，你有沒有她的號碼？」

「你說什麼？」艾倫正在吃東西，他永遠都在吃東西。艾倫任職於建築師事務所。他的同事永遠無法相信他為了「以防萬一」，在抽屜中藏了多少食物。「你說真的？」

「對。」

「老天。」深思熟慮之後，艾迪做了結論。

「我需要漢娜的手機號碼。」

「兄弟，你知道我不能提供客戶的個資。」艾倫最近替漢娜在比茲利的住家設計後方的工具房。艾倫先前提到這件事時，我們同意不再討論漢娜，但我現在必須終止這個約定。

「姬亞和漢娜做完瑜伽之後都會一起喝咖啡。」我迅速地說（那是七年前的往事）：「姬亞可能會有漢娜的手機號碼。但你也可以省一點時間，從你面前的電腦查出號碼，不需要撥電話給你的妻子。艾倫，我是認真的，給我號碼。」

艾倫不住嘟囔著，彷彿這麼做能讓他即使耳邊傳來艾迪的咆哮聲，坐在安靜的辦公室也顯得毫不可疑。「好吧，但你要先傳訊息給姬亞，請她給你號碼。要是有人質疑，我只能說：『不是我給的，是艾迪直接問我太太。』」

我幾乎就要嘶吼了。「艾倫，給我該死的號碼！」

他給我了。

「我猜你不去約會了。」他嘆息。

漢娜關機了。她在語音信箱中的聲音和莎拉一樣迷人，只是更充滿活力、更有條理。或許，那就是莎拉在研討會或電視上說話的聲音。

孩子。我的孩子。我的眼前天旋地轉。天空泛成灰白。我雙手顫抖。

我看著手錶，下午三點四十五分。我突然想起漢娜的孩子已經放學了。幸運的話，她或她的丈夫必須到學校接孩子回家。我內心的感受流動太快，還難以釐清自己的思緒。我只曉得我得找到漢娜。

我啟動荒原路華的引擎，駛向比茲利。我試著拋開母親一個人在家的念頭，努力對抗那噩夢般的感受，但我轉念一想，**三個月，她知道這件事整整三個月了**。

她終究告訴了我，我提醒自己，我必須提醒自己。憎恨莎拉讓母親無需承受內心最深層的痛楚——最不堪的痛楚——長久以來都是如此，也是最好的藥方。她讓我找到哈靈頓家的電話，以及她幾番掙扎後的祝福，都是一種讓步，而我不該忽略這一點。

冬季的鄉村景致在我眼前倏然閃耀起光芒，萬物蕭索而潤澤。我想像漢娜多年來傾聽我母親的惡毒言語後，再次見到姊姊的場景。我彷彿能看見莎拉，半懷著希望與恐懼，迫切卻謹慎地吐出正確的話語，渴盼贏回妹妹的心。

所以她不願坦承孩子父親的身分，這就像將手榴彈丟進仍待康復的家庭。

下午三點五十分。「希望漢娜沒聘請保母。」我喃喃自語，驅車駛入比茲利郊區。「請讓漢娜或她丈夫在家。」

我的車速過快，意外的是，我不在乎。過去幾個月來所謂療傷後的振作，以及那可悲的「做出正確的選擇」，早已在此刻瘋狂的愚蠢行徑下被我拋諸腦後。當我得知莎拉懷了我的孩子不到十五分鐘，我已全然捨棄自己該遠離莎拉的念頭。最重要的是，我要見到她。

孩子。莎拉懷了我的孩子。

漢娜的丈夫開門時，我立刻認出了他。我喝得爛醉胡亂敲打酒館桌子的那一晚，我曾看見他。「小臭！」他冷不防大喊，一隻黑色的拉布拉多越過他，衝向我，嘴裡咬著一條骯髒而舒適的毯子。狗立刻撲向我，尾巴狂喜搖擺，像個無比激動的直升機。

「小臭！」他大喊：「不要這樣！」

他抓住狗的項圈，用盡全力想拉開小狗。

「牠叫小臭？」我說。這是幾個小時內我最想笑的時刻。

「讓孩子替狗取名是我們的疏失。」他滿懷歉意地微笑。「需要幫忙嗎？」

小臭再度朝我衝來，我伸手安撫牠，同時要向一個陌生人解釋我目前不尋常的遭遇。

「抱歉，我是艾迪．華勒斯。我認識漢娜很多年了，她——」

「哦，我知道。」男人說：「是，我知道你是誰。你是漢娜童年好友的哥哥——」他尷尬地停頓，不曉得是忘了艾利克絲的名字，或僅僅不願在我面前提起我死去的妹妹。

「艾利克絲。」我很快說。已經沒時間浪費在尷尬的停頓。

他點頭。房子內部傳出巨大的聲響及一陣孩子的尖叫聲。他緊張地回頭，在聽到其中一個孩子說「準備死在我的劍下吧」之後，才放下心來。

他轉頭看著我，我感到絕望，覺得自己就要失去理智。我需要和莎拉聯絡，現在就要。

「聽起來可能很怪，但是……我知道漢娜的姊姊剛生了小孩，或準備要生小孩。我的意思是，她或許目前正在醫院待產……」

男人笑了。「沒錯，漢娜在醫院陪她。可憐的莎拉已經待在產房兩天了。你是她朋友？」他突然停頓，可能正暗自思索艾迪．華勒斯怎麼會是莎拉的朋友。他似乎意識到自己分享了不該讓我知道的資訊，困惑隨即轉為警覺。

剎那之間，我啞口無言，愣在原地繼續安撫小臭。小臭對我微笑，儘管思緒紊亂，我也對牠笑。我決定向漢娜的丈夫坦承。我沒時間再去捏造他根本不會相信的藉口。「正確來說，我不是莎拉的朋友……我是她孩子的父親。」

一陣沉默。

男人瞪大眼睛。「不好意思，你說什麼？」

「三十分鐘前，我還不知道這件事……」我低聲說道。男人眉頭糾結起來。他似乎難以置信我會是莎拉孩子的父親。我緊張地吞嚥口水。「說來話長，但如果我無法肯定那是我的孩子，我不會貿然拜訪。」

一陣沉默。

「聽著，我就是個普通人，剛得知自己成了父親，或說，即將成為父親。我不會強迫莎拉接納我，但我……」我無法說完，我不由得害怕起來，我的聲音顫抖。「如果可以，我想支持她。」

「好吧。」男人終於開口。

小臭一屁股坐在我的腳上，抬頭看著我。我知道，我總是令人失望。

「我不想給你壓力，或只是一時衝動過來拜訪。可以的話，我想要幫忙，讓莎拉知道我愛她……或是，我不曉得。我希望你能告訴我，莎拉在斯特勞德或格羅斯特郡的醫院待產，還是其他地區。」

男人雙手交叉在胸前。「我必須先和漢娜討論。」他又說：「希望你可以諒解。」

我當然可以諒解，但我也想給他一拳。

我深呼吸，點頭同意。「我明白了。對了，漢娜關機了，如果這點資訊能幫上忙。」

男人點頭。「沒錯，她應該關機了。」但他依然堅持聯絡漢娜，他轉身走進屋內走廊，要是他告訴漢娜：「妳不會**相信**的……」我也聽不到。

片刻之後，男人走回來。「電話沒回應。」他握著手機上下晃動，略顯慌張。他也是個父親，他明白我的感受——我知道他想幫助我，但眼前的情況非比尋常。

我又不禁害怕，他可能不願透露莎拉的下落。

「我可以自行前往斯特勞德，或格羅斯特……至少，你能不能讓我知道莎拉目前的情況？」我又問。都到了這個地步，給我什麼都好，只要他願意分享絲毫資訊，我都想知道。小臭喘了口氣，牠巨大的頭顱靠在我大腿上。

男人說：「我只知道莎拉入院兩天了。醫院讓莎拉離開產房，目前應該已經轉到醫療會診房。」

「這是什麼意思？」

「漢娜生艾爾莎的時候也遇到同樣的情況，代表待產過程並不順利。」他坦承：「原因很多——或許，莎拉只是累了，需要舒緩疼痛，不必太擔心。」

「請告訴我，莎拉在哪裡？」我不由得提高音量。但我覺得自己聽起來只剩下絕望，而非脅迫或瘋狂。「**求求你**，我只是個普通人，不是瘋子。我想見莎拉。」

他嘆息，終究妥協了。「好……好吧。他們在格羅斯特皇家醫院。產房的單位名稱是女性中心，但我要警告你，除非莎拉同意，否則醫院不會讓你進去。我會傳訊告訴漢娜。我不該這麼做，但是……將心比心，我明白你的感受。」

我的身體癱軟，反射般撫摸小臭黑得發亮的頭頂。牠有顆巨大的頭顱，溫暖——沒錯——的確有點臭。「謝謝。」我靜靜地說：「非常感謝你。」

「爸爸？」屋內傳來孩子的聲音。我在男人身後，看見一個孩子從樓梯垂下頭，一頭紅髮朝我們搖曳擺動。「那個男人是誰？」

「祝你好運。」他忽略女兒的問題。那是莎拉的姪女艾爾莎。莎拉曾以為自己此生無緣再見到這孩子。男人朝我伸出手。「我是漢米許。」

「我是艾迪。」我回握他的手。雖然我剛才就說了。「我無法告訴你，我多麼感謝你的幫助。」

我快步離開。

47

這是我人生中最漫長的三十分鐘。驅車前往A417公路時，我快瘋了。**艾利克絲一定會非常喜歡姪女或姪子**，我心想。我正在等候圓環燈號，**為什麼還是紅燈？**我呢？我當然想要孩子。多年來，我一直都知道，只是無法如願——至少，遇見莎拉之前根本不可能。然而，孩子突然不再只是我遙不可及的幻想，驀然成了眼前的現實。

我愛莎拉，我瘋狂加速離開圓環。**她讓我的生命實現種種可能**。

幾個月以來，莎拉．哈靈頓懷著我的孩子，承受痛苦、悲傷和失去外公的哀痛。她搬到世界的另一端，又回到曾以為再也不會重返的家鄉，修補家族間的漫長傷痕。她獨力完成一切，即使她知道我甚至不想和她維持普通的友誼。

我想起莎拉談到漢娜和漢娜的孩子時，眼中流露難以言喻的悲傷，我思忖這兩個女人，如何在這不尋常的情況下修復彼此的關係。我希望莎拉快樂。我希望，漢娜陪伴她分娩，代表她們恢復了家族情感，姊妹該有的情感。

醫院：一英里，路標上寫著。一英里太遙遠。我穿過鐵路陸橋，爬上山丘，咒罵起壅堵的車潮。車速緩慢，我穿過一間速食店。一個男人站在店門的昏暗燈光下，塑膠袋裡裝著牛皮紙袋，在他的手腕上搖晃。他正在使用手機，有說有笑，完全沒察覺一旁有個絕望的男人，駕駛荒原路華，身陷緩慢移動的車陣之中。

過了一分鐘，路標顯示醫院就在前方半英里，還是太遙遠。又一個紅燈亮起。我持續咒罵。

我的荒原路華非常安靜，剩下老派的燈號閃爍警示聲。我想著莎拉，我美麗的莎拉，躺在醫院角落的病床上，疲倦不堪。我想起電影中的分娩場景，可怕的尖叫，驚慌失措的接生人員，醫師咆哮，急診燈關閉。彷彿一部機器正在擠出霜淇淋。我內心一震，恐懼讓我恍如失去全身重量。**如果出了意外，該怎麼辦？**

我驅車左轉，安慰自己，每一天都有孩子平安健康地誕生——必須如此，否則人類將無法延續。格羅斯特郡皇家醫院巨大的棕色建築進入我的視線。

醫院非常忙碌。我猜想，治療疾病是二十四小時永不停歇的職業。幾個人走過我面前的車道，四處都有減速坡。第一停車場沒有空位，我暗自吶喊。我希望快點找到最近的入口，將汽車丟在那裡。

我終於明白，那天莎拉急忙上車，想要追上男友和妹妹的心情。我曉得她內心的恐懼及閃入路肩的本能，好防止漢娜陷入一場無法倖免的車禍。莎拉當初並未閃躲，不是因為她不在乎艾利克絲。愛和恐懼，讓她轉動方向盤。現在，我對她懷著同樣的愛和恐懼。我願意做任何事，換取莎拉安全無恙。我寧可在醫院停車場直接丟下我的車。我願意打破該死的限速規定。回到一九九七年，換成我身處於莎拉的境遇，我也會左傾車身，只要能夠保護我最深愛的人。

48

漢米許是對的，他當然是對的。醫院不願讓我進產房。對講機另一端的女士聽起來很詫異，我居然膽敢提出如此荒謬的要求。

「我能去哪裡等候嗎？」我追問：「我已經告訴莎拉的親友，我會到醫院……呃，其實我是孩子的父親，如果這麼說對於情況有幫助……至少，我覺得自己應該是父親……」對講機女士沒有回應。我猜想，她可能正請保全人員趕來協助。

我發現女性中心的入口處有個小型等候區，就在電扶梯下方。等候區的對面是電梯入口，倘若我貿然進入，可能會遭到保全驅離。待在醫院走廊長條燈光下的現實世界——我的身旁是一個個健全的家庭、感情融洽的情侶或夫妻——我愚蠢的舉止顯得如此魯莽，我幾乎就要大笑出聲。

我期待什麼呢？難道漢娜會暫時放下照顧姊姊的責任，打開手機，確認訊息，甚至查看電子郵件？難道她看見漢米許的訊息之後，會想：**太棒了！孩子的父親艾迪・華勒斯終於來了！太美好了！**愉快地迎接我進入病房嗎？

我將臉埋入手掌，思考待在比茲利的漢米許是否有同樣的感覺。

倘若我還有任何挽回莎拉的希望，我要付出的努力，將遠遠大於趕往格羅斯特郡皇家醫院的努力。六個月，她就住在和我距離不到一英里的地方；六個月，她明明可以聯絡我，讓我知道我要當父親了，但我未曾聽聞任何消息。

即使我知道坐在這裡可能毫無意義，我依然決定等待。我不能離開。我不能再度放棄莎拉。

電梯鈴響，我抬頭觀望。當然，走出電梯的不是抱著孩子的莎拉，只是一個面容疲倦、配戴通行證的男人，他正從口袋裡掏出一包香菸。

我和莎拉相遇的那天，我曾對她說，我們可以選擇，我們不是人生的受害者，我們可以選擇幸福。儘管我說了那些話，我依然選擇不幸。我放棄莎拉．哈靈頓，以及我和她之間一生一次的幸福。我選擇照顧母親的責任，我選擇半死不活的人生。

一個小時過去，兩個小時過去，三個小時過去。醫院的人來來去去，冰冷的空氣從門外竄入醫院，旋即融入長廊的沉默。一顆壞掉的燈泡，在天花板閃爍不定，等我通知醫院工作人員之前，一個男人已經趕來修繕。為了莎拉，我在內心默默替英國的國民醫療體系祈禱；也為我的母親，我無法想像，她如何面對這種情況。或許，菲利克斯已經過去家裡了。菲利克斯擁有美好的幽默感，以及保持正向的意志力，無論他生命中曾經承受多少苦難。

又過了不知多久，夜色籠罩醫院，小型等候區裡除了我還有一個家庭，母親、父親，以及他們的孩子。小男孩有著一頭金色的蓬鬆鬈髮，小巧的臉龐看起來很調皮，我立刻就喜歡他了。小男孩環顧等候區，直嚷著無聊，問母親可以玩什麼。她專心使用手機，轉頭和丈夫討論醫院的會客時間。

此時小男孩說了一句話——我的心跳幾乎停止——「媽，為什麼莎拉的孩子沒有爸爸？為什麼是莎拉的妹妹在陪她，而不是孩子的爸爸？」

我盯著自己的大腿，覺得全身發熱。

小男孩的母親回答：「寶貝，你不可以對莎拉這麼說話。晚點進去探望她，你什麼都可以說，就是不能問孩子的爸爸，魯迪，聽到了嗎？」

「哦，但是——」

「如果你答應我，你絕對不會提到孩子的爸爸，我明天帶你去冰淇淋工廠，就是我上次說的那間斯特勞德附近的冰淇淋工廠。」

我的心跳如此沉重。我悄悄瞥向小男孩，他渾然未覺。

「孩子的爸爸就是那個讓莎拉心碎的男人嗎？那個不回電話、讓莎拉哭泣的男人？」

我想要扯裂自己的皮膚。

那個母親——莎拉的朋友蕎——接到一通電話之後，走進電梯。魯迪留在等候區和父親玩。但男人不是他父親。男人和魯迪玩剪刀石頭布，連續打敗魯迪五次，玩遊戲時魯迪叫他湯米。

湯米！莎拉的童年好友湯米！我發現這對男女的互動不太符合莎拉告訴我的故事。我清楚記得莎拉的訊息。她並未提到湯米和蕎是伴侶，或許是我記錯了。但願我可以更了解莎拉，還有她的人生。但願我知道她進產房那天吃了什麼早餐；她懷孕時發生了哪些事；多年後她和妹妹的關係是否好轉。但願，我能知道莎拉現在平安無恙。

蕎走回來，開始收拾物品。在魯迪的蓬鬆鬈髮上，她和湯米交換眼神之後搖頭。

「媽，妳要去哪裡？媽！我想看莎拉！」

「我們今天晚上要去住莎拉家。」蕎告訴兒子：「莎拉的爸媽打電話來要我們過去，時間很晚了，你得快點上床睡覺，莎拉今天不能會客。明天，她可能也沒辦法會客。」

「我們什麼時候可以看她？」

蕎的表情難以捉摸。「我不知道。」她坦承。

一場爭執在所難免。魯迪非常喜歡莎拉，他不想離開，但終究忿忿地穿上外套。他們正要離開時，湯米突然回頭看了我一眼。他繼續往前走，再度停下腳步。我知道他注意到我了。思考半晌之後，我抬頭望著他，我走投無路。倘若與莎拉最熟悉的友人進行一場尷尬的對話能夠解決一切，我願意。

「不好意思。」我們眼神交會時，湯米說：「抱歉，我認錯人了……」

他轉身。再度停下腳步。「不，你……你是艾迪？」

蕎已經在電扶梯的入口。她快速轉身，直直瞪著我。她和魯迪都瞪著我。魯迪的視線變得有點朦朧，他忙著生氣，還沒辦法接收更多訊息。我看見蕎的嘴脣竄出特定字眼——但分辨不出是出於憤怒或震驚——她拉著兒子朝醫院的自動大門走去。

我起身，朝湯米伸出手。片刻之後，他才回握我的手。

「你怎麼知道的？」他說：「是莎拉聯絡你嗎？」他的臉頰湧上明顯的潮紅。事實上，我才是該覺得羞愧的那個人。

「我今天下午才知道這件事。說來話長，但我想漢娜曉得我來了。」

湯米正在思索如何回應時，我脫口而出：「莎拉現在如何？她還好嗎？孩子出生了嗎？莎拉沒事嗎？抱歉——我知道自己聽起來很瘋狂，也知道去年夏天我讓莎拉很痛苦，但是我……我再也壓抑不了心情，我只想知道莎拉是否平安。」

湯米的臉看起來更紅了。他的眉毛彷彿有自己的生命，彷彿正在撰寫一篇偉大的演講稿，或企圖解開一道謎題。

「我不清楚。」他終於說：「蕎接到莎拉母親的電話。我猜，蕎不想在魯迪面前討論。」

「該死。」我說：「難道是壞消息嗎？」

湯米顯得無助而困惑。「我不清楚。」他重複說道：「希望不是。不過，莎拉的父母來過，他們已經回家了，所以可能只是……聽著，我得離開了……我……」他話音還沒落，已兀自奔往醫院出口。「抱歉了，朋友。」

午夜。我來回踱步，就像電影主角。我終於明白他們為何如此，因為感受到如坐針氈，彷彿某人將一塊炙熱的金屬放在你的皮膚上。

我和一個年邁的男人待在等候區，我們並未交談。他看起來和我一般焦慮。他可能要當祖父了。他和我一樣打著呵欠，抖動膝蓋，盯著產房的出入口。

我內心已認定，這必然是煉獄的體驗，恆久的停滯，在恐懼的音符中焦急等待。萬物終止前進，剩下時鐘表面緩慢移步的指針。

艾倫想要安慰我——不斷傳來和女性生育相關的文章。**姬亞要我提醒你，分娩不像電視上的恐怖節目。稍早他傳訊。世界各地時時刻刻都有女性生產。姬亞請你忘記誇張的影集與實境秀，專注思考莎拉正在緩慢深呼吸。**

許許多多類似上述內容的訊息，我應該專心閱讀，但我的腦海已經無法負荷。

在絕望中，我重新點開莎拉去年夏天捎來的訊息。我重讀所有的訊息。從她離開穀倉的第一天，直到我們在聖塔莫尼卡海灘見面的那天。讀了兩次，讀了三次，我想從字裡行間，找到它們未能透露的訊息。

產房區的大門開啟，我的心臟又奔馳起來。走出來的是醫院員工，她還戴著手術帽，打著呵欠，雙手垂在外套口袋裡。她走過我們，幾乎沒有看我們，臉上的表情十分疲倦。

我再也無法忍耐。

我將手機螢幕滑動至莎拉傳給我的第一則訊息，就在我們道別後二十分鐘。

我到家了，訊息寫著，**和你在一起，我非常快樂，謝謝你的一切。**

我也很快樂。現在，我終於回覆她了。**事實上，那是我人生中最快樂的一個星期。我依然難以相信發生在我們之間的一切。**

回到萊斯特的路上，我開始想你。我們道別幾個小時之後，她說。

我也開始想妳。我回她。**那個時候，我承認自己的情感不像妳如此可愛率真，但我依然想**

讓妳知道，我內心深處早已無可救藥地愛上妳，而我的愛比世間萬物更令人痛楚——因為我已經完完全全、從頭到腳、徹徹底底愛上妳了。我無法相信如此美好的人居然存在於這個世上，而今我依然難以相信。

她的訊息流露出擔憂。嘿——你還好嗎？準時抵達蓋威克機場了？

我吞嚥口水。看著她如此擔心，知道我當時明明可以消除她的憂慮，這讓我痛苦萬分。

讀了幾則訊息之後，我疲憊地打住。我的內心陷入深深的自責之中。

妳是我遇過最好、最美麗的人。我寫道。**從第一天，我就已經明白。看著妳睡著，我在內心想著，我想和這個女人結婚。**

我愛妳，莎拉。我想我哭了。**但願我能夠和妳一起，鼓勵妳，我只希望妳和孩子平安。對不起，我沒有在妳身邊支持妳。但願我當初留在妳身邊。但願我們能夠一起經歷妳懷孕的過程。我應該更勇敢。我應該相信自己能找到方法解決母親的困境。我不應該出於任何理由放棄。**

我肯定哭了。淚水沉沉地滴在手機螢幕。我掏出髒汙的手帕擦拭，螢幕反而變得更模糊。又一滴眼淚，我明白自己已瀕臨崩潰邊緣。我起身，再度來回踱步。我走出醫院，空氣如極海般冰凍，卻也止住了淚水。我決定留在這裡。停車場一片寂靜。銅色的燈光灑落，光禿禿的樹木在刺骨寒風中搖曳。

我願意將自己所有的力量和勇氣傳給妳，雖然我知道妳可能不需要我。妳是一位非凡的女人，莎拉·哈靈頓，我所知道最優秀的女人。

我的手指顫抖。冷風如刀，刺入我的粗呢外套，但我毫不在乎。

求求妳，如果妳願意，我們能不能重新開始？讓我們克服一切——即使是我曾經認為彼此無法跨越的障礙？我們能不能回到最初？在這世上，沒有任何事能超越有妳為伴的幸福。妳、我，還有這個孩子，小而幸福的家庭。

我愛妳，莎拉．哈靈頓。

救護車呼嘯而過，一道足以令人癱瘓的強風削過我的側臉。

我愛妳。對不起。

49

莎拉

我正在緩慢旋轉，就在自己的生命之上盤旋。六邊形、八邊形，可能是天花板的磁磚，或只是某個物品的一部分，稍早我將手臂靠在上面，好像是一張椅子……

這段期間，我看見許多家具物品微小的細節，我盯著它們太久了，以致它們變成無數碎片，拼湊出我眼前的圖像，輕柔舞動，一如天堂的萬花筒。

快樂的時光，積極正面的圖像，能夠刺激我體內催產素的一切。我應該專注在這些事物上。我額骨前方的螢幕正播放快樂時光的照片。一隻肥胖的小馬，牠的主人是住在湯米家後方的女人——

痛苦。宛如一道咆哮的瀑布。**我相信我的身體**，我重複說道，因為他們要我如此。**我相信我的身體。我的身體要替我生出孩子**。

雨果，湯米的貓，夏天時不願意喝水的搞笑貓咪。

接生人員正在處理我的腹部，綁緊繫帶。自從我搬來這個病房，他們使用某種看似實驗室器材的工具，監控孩子的心跳。**一個儀器用來感應妳的宮縮，另一個感應器監測孩子的心跳。**她提醒我，也理解我表情的意涵。我點點頭，努力讓自己沉浸在快樂的回憶。

小女孩，漢娜，只有十二歲。她身上綁滿繃帶，她的眼睛浮腫憔悴，她的皮膚滿是挫傷和瘀青。她最好的朋友死了，她恨我。

不對，這不快樂。我逡巡於層層痛苦之中，在疲憊中尋找快樂。我吸氣四秒，吐氣六秒，或吐氣八秒？**相信妳的身體**。生產課程的老師說：**相信妳的身體，相信分娩的過程**。

但是我早已進入某個隧道，又黑又深，我根本不曉得自己身在何方。我的身體似乎出現藥物反應。沒錯，我的大腿插著注射器，我的嘴附近也裝設了醫療器材。我緊緊夾住它，我在快樂的故事中緩慢呼吸，我爬上另一座山丘。山丘漂浮在半空，有人想要奪走那座山丘，我緊緊抓住山丘。

我看見一個房間，裡頭全是醫療器材，還有那個女孩，漢娜，只是她變得不同了。她又成為我的妹妹，但她現在已經是個女人，有自己的工作。她陪著我走過分娩過程。她一直在接受心理諮商，因為她不喜歡自己。漢娜說，她知道自己對待我的方式太過惡劣。

她不惡劣，她不曾惡劣。漢娜是我的寶庫，儲存所有美好的記憶，讓我走過這座隧道。我深深吸入時隔多年再見到她的感受。外公葬禮那天，她回到父母家，她站在我面前，顯得如此僵硬，隨後，她倒在我身上。將近二十年，我頭一次擁抱自己的妹妹，那是從不存在於這世上的喜悅。

更多的形體和圖像，一本四處飄移的塗鴉筆記本。我幾乎無法辨認房間裡的人，他們如何處理我的身體，他們發出溫柔的指令。

我記得斯特勞德的一間咖啡餐館。我和漢娜成年後第一次見面。沉默、緊張的笑聲。我們向彼此說對不起。還有當我告訴父親，漢娜邀請我到她家和她的家人見面，父親流淚的景象。

但是……**我的孩子在哪裡？**

我的孩子，我和艾迪一起創造的孩子。

艾迪，我好愛他。

艾迪。漢娜告訴我這個名字。她正在告訴我關於艾迪的消息。漢娜說艾迪在外面。她看起來又驚又喜，但我得專心聆聽醫師的聲音。醫師從我身上抽出管線，緩慢而清晰地說話：「我們恐怕不能再等了……」她說：「我們必須立刻取出孩子，妳的產道尚未完全張開……但是胎盤的血液樣本檢驗結果顯示……血氧……心跳……莎拉，妳明白我說的話嗎？」

「艾迪？」我問：「他在外面？」醫療人員說了更多話，輪床移動，準備離開病房。

隧道的光線愈來愈黯淡，我看見天花板的磁磚。漢娜的聲音迴盪在我耳邊。「妳同意他們剖腹生產。」她說著：「寶寶很努力，別擔心，很多人選擇剖腹生產。妳進入手術房，幾分鐘後寶寶就出來了。一切會沒事的……」

我問起艾迪，這可能只是萬花筒隧道中其中一個快樂故事。我疲倦至極。

血液氧氣不足？

但艾迪是真實的，不是隧道中的幻想。艾迪正在外面等我。他傳訊息到我的手機，他說他愛我。「他一直說對不起。」漢娜告訴我。她非常驚訝。「艾迪．華勒斯。」她喃喃自語，直到有人拉住漢娜的手肘，要求她穿上手術衣。「艾迪是孩子的父親，這到底怎麼回事？」

艾迪說他愛我。但我的孩子很危險。

所有的醫師聚集在我身邊，他們說話，我必須傾聽。

50

艾迪

我倏然驚醒，坐直身子，通往產房的大門敞開。我發現自己睡著了。我的狀況不太好，身體因寒冷而不住發抖。我為什麼不戴帽子或手套？我為什麼不準備好再過來？從去年六月，莎拉離開我的穀倉那一刻起，我為什麼總是**搞砸一切**？

「艾迪．華勒斯在嗎？」一位女士站在產房大門詢問，她穿著手術衣。

「我在！就是我！」

她停頓，對著電梯點頭，要我上前談話。在那裡，等候區的同伴不會聽見。那男人先前也睡著了，目前正嫉妒地望向我們。

就像學校播放的科學影片，恐懼感彷彿在體內四處流竄的箭頭，我的腳步變得異常緩慢。穿手術衣的女人略顯不耐，雙手交疊胸前，我留意到她正盯著地板。

我很快就曉得自己不喜歡這種情況。

我同時迅速理解到，當她告知我壞消息時，我的人生將永遠改變。

因此，一開始幾秒鐘，我沒聽見她說什麼，因為恐懼遮蔽了我的耳朵。

「是男孩。」她重複一次，她發現我似乎沒聽進去。她泛起微笑。「一個小時前，莎拉生了一個美麗的男孩。但我們還需要精密檢查，母親和男孩都要。莎拉請我告訴你，她生了一個男孩，那孩子絕對會好好的。」

我望著她，內心只有純粹的震驚。「男孩？是男孩？莎拉沒事嗎？她生了男孩？」

她笑了。「莎拉很疲倦，但她沒事，她做得很好。」

「她希望妳通知我？她知道我在這裡？」

她點頭。「她知道。我們帶莎拉進剖腹生產手術房之前，她妹妹讓她知道你在。你的兒子很可愛，艾迪，一個可愛的小傢伙。」

我的身體不由自主地前傾，驚奇、喜悅、放鬆、快樂，以及上百萬種永遠無法言喻的感受從我體內轟然竄出，我放聲大哭。這應該是快樂的消息，絕對是值得歡笑的消息，而我仍以雙手遮住臉龐，痛哭流涕。

那女人拍著我的肩膀。「恭喜你。」她的聲音從我頭上傳來：「恭喜你，艾迪。」

最後，我好不容易起身。她正要轉身離開。我無法想像她又將迎接下一個新生命到來。我難以相信這種奇蹟就是她的日常。

一個男孩**！我的**兒子！

「莎拉正在病房裡休息，她必須待在產後病房幾天。恐怕你今晚還不能見她。病房的會客時間從下午兩點開始。」她說：「不過，還是取決於莎拉的意願。」

我愚笨而快樂地點頭如搗蒜。「謝謝妳。」我輕聲說著，她已經往產房走去。「非常感謝妳。請告訴莎拉，我愛她。我為她而驕傲，我……」

自從妹妹去世之後，我不曾如此痛哭失聲。然而，那是我生命中最惡劣的時刻，現在卻是我生命中最美好的時刻。

良久之後，我顳頏步出醫院，風已經停了，夜空灰濛濛。萬籟俱寂，除了我的抽泣和擤鼻聲，連遠方的汽車引擎也消失了，只有我和一個令人目眩的重大消息。「我當爸爸了。」我輕聲對著黎明前的空無一物訴說：「我有了一個小兒子。」

我反覆說著，因為我想不到還能再說什麼。我倚著醫院的冰冷外牆，想要重新調整看待宇宙的目光，才能理解那降臨在我身上的奇蹟。但幾乎不可能。我幾乎無法想像。我不能消化。我難以相信。我喪失了力氣。

一輛孤獨的汽車駛入停車場，緩慢停在我對面的無障礙車位。生命依然繼續向前，世界正在甦醒。現在，我的孩子已然降生在這個世界。眼前所有一切都屬於他。空氣，日出，以及一個淚流滿面的男人，有朝一日，他可能願意叫他爸爸。

我的口袋震動，我看見莎拉的名字和訊息通知。我讀取訊息之前，再度失去冷靜，失控地哭泣。

他很美。莎拉寫道。**他是我看過最美麗的事物。**

我幾乎停止呼吸，看著莎拉傳來第二個訊息。

他很像你。

明天，請來看我們的兒子。

然後是最後一則訊息：我也愛你。

51

莎拉

今天是六月二日，在寬馬道度過的又一個六月二日，我的第二十個六月二日。我將頭髮塞入彈性髮帶時，忽然想了起來。這天風勢很強，橫掃天空的雲朵，雲層緩慢集結為緊密的螺旋。風吹動我的髮梢，它們遠離我的雙手，在空中飛舞。

我想起某一年雨勢驚人，壓垮路旁的蕁麻，又有一年，我的帽子被狂風吹拂。我想起去年此時，溫度炙熱，彷彿壓縮了我周圍的空氣，鳥群不再啼叫，翅膀委靡不振，懶懶地待在樹上。那一年，我遇見艾迪，一切由此展開。

艾迪。我的艾迪。即使我疲倦不堪、缺乏睡眠的程度早已超乎想像，只要想起艾迪，我依然微笑，無可救藥地微笑。我的肚子嗡嗡作響。

我依然微笑，即使我在鄉村草地與艾迪相遇已是一年前的事了。他說，他也是如此。我知道他是認真的，因為我看得見他的表情。有時，我不禁會猜想，這是因為我們經歷了何等艱辛的努力，終究找到彼此、並且留住彼此之後，才會出現如此巨大的效應。儘管大多時候，我認為這就是兩個人相愛的感覺。

彷彿察覺母親心中的情感，艾利克斯發出鼻息，更緊密地依偎在我的胸前。雖然前一小時，許多人都想輕戳他的臉頰，對他呢喃低語，艾利克斯依然沉沉睡去。他躺在我身上的嬰兒背巾，我還抱他，親吻他溫暖的小巧頭顱，不停親吻。他躺在我身上——即使我已疲倦到能夠快樂地睡在狗窩——如此就令我感到幸福。我從不曉得自己能如此深愛某個事物，或者說，一個人。

艾利克斯出生隔天，艾迪走進我的病房，帶著一隻玩具松鼠，他的雙手顫抖，臉龐顯得驚恐而蒼白，但我知道，我們的愛終於有了結果。我將他的兒子交給他，他無比驚喜地望著手上的小東西，無法克制地痛哭，他說艾利克斯是「狠角色」。後來，護理師從艾迪手中抱走艾利克斯。艾迪看著我，說他愛我。無論過去發生什麼，他說，只要我願意，他就屬於我。

我一出院，他就和我一起回父母家。幾個星期後，我們搬到他的穀倉（他自己打造了一張嬰兒床，嬰兒床！他將那隻老鼠懸掛在嬰兒床上方）。他母親拒絕提到我的名字，即使她成日打電話找艾迪。儘管我已失去所有財產，艾迪的穀倉屋頂出現裂縫，我因哺乳發炎而身體不適，但我從未感到如此幸福。第一天早上，我們不曾離開床。我們和兒子躺在一起，餵他，呵護他，遊走在夢境的邊緣，我們親吻彼此，替兒子更換尿布，微笑。

起初，艾迪每天會接到母親兩次或三次來電，很快地，他母親一天只打來一次，但他依然深陷煎熬。「這對我來說太艱難了。」一天早上醒來，他發現三通未接來電後這麼說：「深夜的來電是最可怕的。」他坐在床上，回電給他母親時雙手發抖，我坐在椅子上餵艾利克斯喝母奶。艾迪四處走動。「狀況還可以。」回來時，艾迪對我說：「只是做了噩夢。但過去二十年來，她每個月至少會做一次噩夢，她能夠適應的。我必須相信她。」

多年來，我經常思考華勒斯一家人所承受的痛苦，此刻，艾迪對母親的責任感依然讓我驚訝。艾迪因為母親來電而道歉，艾迪因為自己必須探望母親而道歉，我告訴他，他不需要為此道歉。在這世上的所有女人之中，我明確地說，我絕對能夠理解他母親的感受。

我也明白，相較於母親的精神疾病，艾迪心中還有更重要的事，那就是為人父母，以及隨之而來，言語難以描繪的本能和情感。艾利克斯走入艾迪的人生，嬌小而溫暖的身軀，彷彿足以解開全世界的謎題。他還不曾對父親開口說出任何一個字詞——甚至沒能抬抬手指——就已經永遠改變了艾迪的人生責任。

之後，艾迪的母親來電時，他會按下取消，再透過訊息聯絡。他的注意力都在艾利克斯和我身上。「我必須祈禱媽平安無事。」有一天，他說：「我對她的付出已經夠了，因為我再也無法給她更多，莎拉。我也不能給她更多。這個小傢伙，他需要我。他才是我現在要呵護的人。」

即使如此。我依然明白，他母親今天沒出現，讓艾迪非常受傷。我知道她不會來，他也知道她不會來——這三個月，她來看艾利克斯六次。每一次她都堅持只能艾迪在場——艾迪的母親不在場，這讓他的肩膀因失望而頹下，目睹此景，我心碎了。

珍妮和哈維爾打算六月搭飛機來英格蘭，我們決定替艾利克斯舉行盛大的歡迎派對。他父母是無神論者，因此，艾利克斯可能沒機會受洗。但我們替他規畫了小小的儀式，由幾個好友上臺致詞之後，賓客就能專心享用佳餚。

過去十個月，珍妮陷入煎熬。我們一星期至少聯絡兩次，也曾經出現令人心碎的低潮時期，但我知道她已經度過難關。昨天清晨抵達英格蘭之後，珍妮保持愉快的心情。稍早，她告訴我，她和哈維爾準備重新認識沒有孩子的新人生（她說，他們可能會到各地旅行）——她考慮就讀「很酷」的研究所。可憐的魯本，基金會一旦失去珍妮，必定讓他心煩意亂。

艾迪提議，六月二日，在寬馬道舉行派對，就在艾利克絲和漢娜的祕密基地。我認為那是完美的地點。

但是，出於各種原因，這場派對並非如此完美。小臭，我妹妹的狗，在我們替艾利克斯舉行歡迎典禮時幾乎吃光所有食物——包括一個巨大的巧克力蛋糕——漢米許火速帶牠到動物醫院掛急診，漢娜的孩子一直啜泣，他們擔憂小臭可能撐死。艾迪最好的朋友，艾倫，因為必須向艾利克斯致詞而緊張不已，喝了太多啤酒，輪到他發表時，早已呼呼大睡，艾倫的妻子氣到不和他說話。我們發現魯迪躲在充滿荷蘭芹的祕密洞穴，親吻我的母子瑜伽班同學的女兒。魯迪只有八歲，按理說還要四年，他才會覺得女孩子不討厭；而瑜伽班的同學上個星期才高興地告訴我，她女兒完全不像現在的小孩那麼早熟。

蕎止不住笑意，完全無法緩和事情的嚴重程度。

現在，每個人都在，除了漢米許——當然，還有艾迪的母親。珍妮、哈維爾、我妹妹和她的家人，以及艾倫和姬亞，姬亞溫柔地歡迎我——湯米和蕎，終於展開屬於他們的愛情故事。

這是我認識他們以來，他們最幸福的模樣。雖然蕎向蕭坦承和湯米的關係之後，事態混亂了一陣子，但她終於擁有過去沒有的事物：伴侶。她會做得很好。

我父母也在，他們愉快地看著兩個女兒所有細微的互動。他們依然無法相信我願意回英格蘭，而且和漢娜重修舊好，我們又是一家人了。當然，他們相當著迷於艾利克斯。父親替艾利克斯寫了一首大提琴曲，但我擔心他今天就要演奏。

我吃了一塊牛奶蛋捲，趁著空檔——艾利克斯可能隨時會醒來——四處尋找艾迪的蹤影。在那兒。他朝我們走來，雙手插在口袋，臉上浮現微笑。我永遠不會厭倦他的笑容。

「嗨。」他說。他親吻我，又吻了一次。他低頭凝望我們嬌小的兒子。「嗨，狠角色。」他輕聲呼喚。艾利克斯慢慢甦醒。他眼睛半張，擠著自己的臉頰，磨蹭我的胸口，很快又睡著了。他父親親吻他的頭，那聞起來就像全世界最完美的氣味，然後他順手吃了一口我的牛奶蛋捲。

艾利克斯又醒了，這一次，他要和我們同樂。他迷濛地盯著父親瞧，艾迪的表情就像一顆滑稽明亮的南瓜。片刻猶豫之後，艾利克斯也露出笑容。艾迪再也無法思考，只要看到兒子，他永遠都是如此。

他從嬰兒背巾中抱起兒子。此時此刻，我彷彿看見我和艾迪，就在去年此時，我們因為一隻走失的綿羊而相遇。希望與期待猶如狂風，勢不可擋揭露我們不知道的過去。自此之後，許多事改變了，我們還會迎接更多改變，但我不再猶豫，沒有陰暗的角落，沒有即將到來的雪崩，只有美好的生活。

誰能知道，艾迪・華勒斯居然是我生命的解答？這世上的所有人之中，竟是艾迪讓我不再選擇逃避？那個讓我終於能平靜呼吸、能夠做自己的人，誰料想得到是艾迪・華勒斯？也正是那個我逃避多年的男人，讓我絕望地回到家鄉、讓我終究找到了歸屬？

我抬頭，看見卡洛・華勒斯。

她站在派對人群的外緣，她的手放在一個男人的手臂上。男人上衣的另一隻袖子隨風飄動，他一定是菲利克斯。我瞬間靜止，我的心跳加速，我不曉得自己是否準備好面對她。出於一己之私，我其實不明白我是否想要面對她。我無法面對衝突，就在艾利克斯這個重要的日子。

但她來了，她走向我們，筆直地朝我們走來。

她想找艾迪，我告訴自己，**她連正眼也不願意看我**。艾迪將艾利克斯高舉在頭上，因為兒子流露驚喜和困惑的表情而哈哈大笑。我看著卡洛和我的母親彼此相視。我的母親走向她，短暫地將手放在卡洛的手臂上，交談與微笑。卡洛一臉驚訝，她對母親眨眼，尷尬地站著，然後緩緩回應。卡洛似乎笑了，縱然如此，也是一閃而逝的微笑。母親繼續說著，指著正在野餐的朋友。菲利克斯溫暖地對母親微笑，點頭表達感謝，然後看著卡洛，但卡洛已經轉身朝我和艾迪走來。

「艾迪。」我低聲喚他。他還在和兒子說話。「艾迪，你媽來了。」

他轉身，我能感覺他的身體瞬間進入高度警戒。他似乎思索著如何應對，全身發熱。有那麼一秒，艾迪打算上前，在他母親靠近我之前，攔住她，但他停下腳步，堅定地站著，握住我的手，另一隻手將艾利克斯抱在身旁，拇指輕輕揉著艾利克斯身上的小小吊帶衣。

我抬頭望著艾迪。他的太陽穴鼓起，脖頸顯得僵硬，我知道他非常想要攔住他的母親。但他選擇留在我身邊，以前所未有的力道，緊握住我的手。**我們是一對戀人**，他說，我為此愛他。**我已不只是我，我是我們**。

卡洛只願看著她的兒子。她走近之後，菲利克斯緩緩後退，對我露出溫暖的微笑。但我難以相信一切會安然無事。菲利克斯身後，我的父母正看著我們，蕎看著我們，艾倫也看著我們。事實上，所有人都看著我們，雖然他們佯裝不在意。

「嗨，親愛的艾迪。」她站在我們面前。她似乎發覺菲利克斯已經從身邊退開，緊張地回頭，但菲利克斯並未上前，她決定留在原地。「在這個特別的日子，我想看看艾利克斯。」

艾迪更用力握住我的手，我微微感到疼痛。

「嗨，媽。」他聽起來愉快且放鬆，彷彿一切已成過去。我心想，**你很善良，多年來，你總是如此。無論你的內心承受何種痛楚，你都讓她平安。你是一位不凡的男人**。

「艾利克斯，」他輕輕呼喚。「艾利克斯，奶奶來了。」

艾利克斯餓了。他鑽向艾迪的胸膛，但那裡沒有母乳。「妳想抱抱他嗎？」艾迪問他母親。「他很快會需要哺乳，應該還有幾分鐘的時間。」

卡洛還是沒看我，她笑著張開雙手。艾迪謹慎溫柔地將我們的孩子交給卡洛。直到卡洛確實抱住艾利克斯，艾迪才鬆開手，親吻兒子的頭。

他走回我身邊，再度握住我的手。卡洛的臉上綻出笑容，我不曾想像能夠看見她露出這種笑容，多年來，我不時渴望見到卡洛如此的微笑。「嗨，我親愛的孫子。」卡洛輕聲說道，眼眶沁出淚水，我驀然發現艾迪那雙海洋般的美麗雙眼，其實遺傳自卡洛。「我可愛的小男孩，奶奶很愛你，艾利克斯，奶奶真的愛你。」

艾迪伸手揉捏艾利克斯圓潤的小腳。他側身望著我，捏著我的手。

「媽。」他平靜地說：「媽，我希望妳見見莎拉，孩子的母親。」

漫長的沉默。卡洛．華勒斯對著艾利克斯低喃，直到孩子在她的胸膛扭動起來。艾迪放下我的手，讓手臂環抱住我的身體。卡洛還是沒抬頭。「你乖不乖？」她對著艾利克斯說：「你是不是**乖巧**的小男孩？」

「媽。」

卡洛．華勒斯緩慢且不安地望著我。她凝視著我，視線越過我的兒子，穿越二十年的痛苦，直到身為人母，我才真正理解她失去女兒的苦楚。那一秒——迅雷般一閃而逝——她對我微笑。「謝謝妳生了我的孫子。」她的聲音顫抖。「謝謝妳，莎拉，謝謝妳生了這個孩子。」

她親吻艾利克斯，然後離開我們，回到菲利克斯身邊，回到讓她感到安全的環境，每個人繼續日常的對話。風變得和煦，氣候變得溫暖。賓客們脫下外套與針織套衫。荷蘭芹恣意搖擺，彷彿有個孩子正撥動它們的花莖。蝴蝶在周圍野草上盤旋，我們終於遠離過去，放棄多年來禁錮著我們的故事。

我將手臂放上艾迪的腰間，感受他的笑容。

致謝

首先我要感謝喬治・帕格里羅和艾瑪・史東克斯。在那個異常炙熱的日子，我們一致同意，我不該再拖延，必須盡快動筆。我也要感謝他們後來的支持和熱忱。

感謝優秀的編輯珊・漢弗雷斯完全信任這本書，並且讓本書成為所有編輯都盼望出版的傑作。在編輯過程中，我受益良多，非常榮幸成為曼托出版社的作者。

感謝曼托出版團隊的努力和熱忱。

感謝利絲・克拉馬，一名超乎尋常的女性和經紀人，若不是她，我必然迷失方向。謝謝妳為我做的一切，利絲。這一次，妳終於戰勝自己了！感謝努力不懈的美國經紀人艾利森・杭特。參加運動課程時，她差點將我折磨致死，但她扭轉乾坤，讓我完成在美國出版小說的夢想。也要感謝哈利耶特・摩爾和奧利維亞・巴伯。

最溫暖的感謝要獻給潘・多曼，我的美國編輯，提供聰穎的編輯才能，以及對於本書的重要見解。感謝潘蜜拉・多曼和維京出版社的團隊，能夠成為貴社的作者，甚感榮幸。

我要感謝全世界願意翻開這本書的讀者與編輯朋友，我依然無法相信各位如此傾囊相助！感謝大衛・希漢協會的艾麗絲・豪威，以及她在版權部門的同仁：艾瑪・傑米森、艾蜜利・蘭多、卡蜜拉・杜賓尼和馬格絲・維勒榮。

特別感謝老羅伯森尼亞足球隊，他們是真實存在的球隊，我非常支持他們。他們因為在本書登場而願意慷慨解囊，捐贈金錢協助CLIC Sargen兒童慈善基金會。

感謝琴瑪．奇克斯和美好的心靈基金會，謝謝他們協助我研究小丑醫師慈善活動。每一天，小丑醫師對孩童生命帶來的正面影響，都讓我驚喜且深受啟發。也要感謝布里斯托兒童醫院的林恩．巴洛。

感謝社區心理護理師艾瑪．威廉斯、廚具製造商詹姆斯．蓋勒，以及年輕男孩的家長維多利亞．博戴。謝謝許多願意回覆我臉書訊息（通常涉及個人敏感資訊）的朋友。

感謝艾瑪．史東克斯，蘇．蒙格迪恩，凱蒂．雷根、柯斯蒂．格林伍德和艾瑪．荷蘭在本書草稿階段提供建議。最誠摯的感謝獻給我的寫作搭檔戴布拉．歐多諾休，如果沒有她，我可能無法完成本書。戴比，這本書中許多重要的觀念都要歸功於妳，謝謝。我很期待妳的小說出版，希望我能夠將它放在我的書架。

感謝SWANS——西南作家和小說家社團——的支持、午餐和歡笑，也要感謝ＣＡＮ社團的女性朋友。感謝琳賽．柯克協助我進行洛杉磯研究之旅，提供許多無涉於寫作的討論與建議。感謝羅絲．曼森和她的家人，讓我在那座美麗的山谷留下美好的回憶，以及艾利．堤多繼續實現馬格里．凱佩的精神。

感謝我親愛的家人，林恩、布萊恩和卡洛琳．華許，你們永遠鼓勵我努力追求目標。我終於成為一名作家，謝謝你們以我為傲。

最重要的是，謝謝你，我最親愛的喬治，嬌小完美的男人，你永遠改變了我眼中愛的模樣。

【Echo】MO0075
從妳的全世界消失
The Man Who Didn't Call

作　　者❖羅絲・華許 Rosie Walsh
譯　　者❖林曉欽
封 面 設 計❖謝佳穎
排　　版❖張彩梅
總　編　輯❖郭寶秀
特 約 編 輯❖周奕君
行 銷 業 務❖許純綾

發　行　人❖涂玉雲
出　　版❖馬可孛羅文化
10483台北市中山區民生東路二段141號5樓
電話：(886)2-25007696
發　　行❖英屬蓋曼群島商家庭傳媒股份有限公司城邦分公司
10483台北市中山區民生東路二段141號11樓
客服服務專線：(886)2-25007718；25007719
24小時傳真專線：(886)2-25001990；25001991
服務時間：週一至週五9:00～12:00；13:00～17:00
劃撥帳號：19863813　戶名：書虫股份有限公司
讀者服務信箱：service@readingclub.com.tw
香港發行所❖城邦（香港）出版集團有限公司
香港灣仔駱克道193號東超商業中心1樓
電話：(852)25086231　傳真：(852)25789337
E-mail：hkcite@biznetvigator.com
馬新發行所❖城邦（馬新）出版集團【Cite(M) Sdn. Bhd. (458372U)】
41-3, Jalan Radin Anum, Bandar Baru Sri Petaling,
57000 Kuala Lumpur, Malaysia.
電話：(603)90578822　傳真：(603)90576622
E-mail：services@cite.com.my
製 版 印 刷❖前進彩藝有限公司
一 版 一 刷❖2022年9月
紙 書 定 價❖400元
電子書定價❖280元

ISBN：978-626-7156-24-7（平裝）
ISBN：9786267156254（EPUB）
城邦讀書花園
www.cite.com.tw

國家圖書館出版品預行編目（CIP）資料

從妳的全世界消失／羅絲・華許（Rosie Walsh）著；林曉欽譯. -- 一版. -- 臺北市：馬可孛羅文化出版：英屬蓋曼群島商家庭傳媒股份有限公司城邦分公司發行, 2022.09
352面；14.8×21公分 --（Echo；MO0075）
譯自：The man who didn't call
ISBN 978-626-7156-24-7（平裝）

873.57　　111012420